KB116220

그 여름의 두만강

그 여름의
두만강

___ 이정 소설집

책만드는집

지난 추억들을 아주 소소하게 만들 만큼
제게 풍요로운 선물을 안겨주신

이상문, 김영재, 장경렬, 홍사성 선생님께
깊이 머리 숙입니다.

차례

|

낮 전등

1

아내와 나는 케이크 위에서 일렁이는 촛불을 훗, 불어서 껐다. 이어서 케이크를 살 때 딸려 온 두 개의 폭죽을 하나씩 잡고 꼬투리를 당겼다. 퍽, 소리와 함께 허공으로 날아오른 오색 종이테이프가 아내와 내 머리 위로 팔랑팔랑 떨어졌다. 박수를 쳐줄 다른 사람은 없었다. 주방의 식탁에 마주 앉은 사람은 아내와 나 둘뿐이었다.

"34년이라니. 우리 참 오래 살았다, 그치?"

미리 따라놓은 포도주가 든 글라스를 아내가 눈높이로 들어 올렸다. 우리는 서로 글라스를 마주쳤다. 크리스털의 마찰음이 째이잉, 여운을 끌었다. 아내 모르게 오후에 마트에 나가 케이크와 포도주, 치즈, 와플 따위를 사 왔다. 잘했다는 생각이 들었다.

"당신이 아직도 나랑 살고 있다니."

나도 포도주를 한 모금 마시면서 대꾸했다.

"당신이 생각하기에도 신기하지? 당신이 참 많이 변했다는 걸 아는 모양이지? 젊은 시절엔 그렇게 멋있었는데, 명퇴 3년 만에 나쁜 건 뭐든 죄다 모인 쓰레기 더미가 되었어. 아직도 담배 피우지, 사흘이 멀다 하게 술 마시지, 목욕을 자주 하지 않아 퀴퀴한 냄새 나지, 9시가 지나야 기상하지, 수입이라곤 옛날 월급의 5분의 1도 안 되는 쥐꼬리 국민연금밖에 없지, 경조사비는 많이 나가지, 하루 세 끼 다 찾아 먹는 삼식이지, 월급쟁이 시절의 습관 못 놓고 아직도 으스대지, 별 볼 일 없는 백수들끼리의 모임은 잦지, 거기에다가 아내 한 번 안아주지 않고 투명인간 취급 하지……"

그저 해본 말이었는데, 아내의 대꾸는 악의적이었다. 하지만 오늘은 무슨 말을 하든지 다 용서될 것처럼 나는 기분을 좋게 가지자고 다짐했다. 1년에 한 번 돌아오는 이날을 위해서 1년 내내 아량을 축적해둔 것처럼.

"당신은 잘못된 점만 꼭꼭 집어내는 학생지도부장 같아."

"도대체 좋은 점이 있어?"

"그래도 내가 오줌 누고 나서는 늘 변기 둘레를 휴지로 닦는다."

나는 씩 웃으며 아양을 떨었다.

"앉아서 싸라니까 그 말을 죽어도 안 들어."

아내는 아랑곳하지 않는 태도였다.

"내가 여자야?"

"남자는 앉아서 누면 안 돼?"

아내가 입을 앙다물었다.

"당신은 젊었을 적엔 그렇게 얼굴이 아름답고 마음 씀씀이가 곱더니만, 지금은 마귀할멈이 되었어."

"마귀할멈? 하긴 아이들 둘 다 결혼시키고 나니까 빈둥지증후군에 걸린 것 같아. 종일 뭘 하면 좋을까 궁리하다가 잠자리에 드는 게 일이 됐네."

"남편 단점이 뭘까 찾는 건 아니고? 큰애가 아이 낳으면 돌봐줘야지. 나는 정신 좀 차려서 우리 동네에 생긴다는 50플러스 캠퍼스나 다녀볼까 해. 인생 2막을 위한 교육을 시키고 일자리를 제공한다니까 맞는 게 뭐 있는지 알아봐야지. 인생이 뭐 별것 있어? 그렇게 저렇게 사는 거지."

아내가 표정을 더 굳히더니 글라스를 홀딱 비웠다.

"우리 이만 헤어질까?"

"좋지. 헌것과 너무 오래 지내면 재미없지."

"나, 진심으로 말하는 거야."

"나도."

나는 질세라 아내를 따라서 대꾸했다. 퇴직 이후 이젠 아내의 비위를 맞춰주면서 살아야 할 때가 되었다는 생각을 종종 했다. 대화를 이런 식으로 이어가면 안 되지. 자책이 고개를 들었다. 하지만 채 새 습관으로 자리 잡지 못한 성미가 불쑥불쑥 도지고 있었다.

"진심이라니까."

"나도 그렇다니까."

아내가 글라스를 식탁 위에 탁, 소리가 나도록 내려놓았다. 자기가 먼저 시비를 걸었는데 뭘. 오늘 같은 날까지 악담을 늘어놓을 게 뭐야. 아휴, 아무리 그래도 오늘만은 내가 참아야지. 나는 내 입을 손바닥으로 탁 쳤다. 결혼기념일까지 망쳤다가는 시도 때도 없이 낡은 녹음테이프 돌아가듯 하는 잔소리로 고생을 사서 할 터였다. 나는 창밖으로 보이는 북한산으로 눈길을 돌렸다. 먹빛의 스카이라인 아래에 묵직한 어둠이 고였다. 언젠가 탈북민들에게 들은 이야기가 떠올랐다. 아내를 따라 절에 다닐 때 탈북민을 위한 자원봉사를 했었다.

2

울타리 밖의 아름드리 팽나무가 몸부림을 쳤다. 비바람에 머리끄덩이를 잡혔다. 군데군데 가지들이 꺾여 하얀 속살을 드러냈다. 옆의 은행나무는 비스듬히 기울었다. 곧 쓰러질 듯 밑동 부분의 지면이 불쑥 솟았다. 비바람에 위태하게 맞서고 있었다.

"여보, 같이 갑시다."

여행용 가방을 옆구리에 멘 아내가 출입문이 닫히지 않도록 팔로 누르고서 거실 안쪽을 향해 소리쳤다. 이번이 마지막으로 해보는 말이라는 사실을 알리듯 목소리가 메말랐다. 아내 옆에는 아내에게 손목을 잡힌 아들이 서 있었다. 아들은 얼굴을 잔뜩 찌푸렸다.

"어서 가라구. 까딱하면 버스를 놓치갔어."

정세는 출입문가로 몇 걸음 옮기며 손사래를 쳤다. 서로 뻔히 아는 상반된 결론들을 숨긴 채 부부는 마지막 예의를 갖추고 있었다. 비바람이나 그치면 가지. 한 번 더 말리고 싶었다. 하지만 아내는 그까짓 비바람 몰아친다고 버스가 못 다닐 리 없다고 이미 강행 의사를 밝혔다.

"내게 곧 좋은 일이 생길 거래도."

정세가 핑계를 덧붙였다.

"당신 말대로 되면 내 손에 장을……."

아내가 말을 하다 보니 심하다고 여겼는지 꼬리를 흐렸다. 불끈거리는 무언가가 정세의 가슴속에서 일어서려 했다. 하지만 정세는 꾹 눌렀다. 이제 와서 화를 낸들 돌이킬 수 있는 건 아무것도 없었다. 정세는 아내에게 희망을 갖게 하기 위해서 일어날 가능성이 적은 일들을 곧 일어날 일인 것처럼 종종 말하곤 했다. 아내는 오래전부터 정세를 뻥쟁이로 취급했다. 하지만 정세는 이젠 아내의 한 가닥 희망을 돕기보다는 자신의 한 가닥 희망을 놓치고 싶지 않아서 그런 아전인수식의 발언을 계속했다.

"아버지, 어머니 말을 듣자요."

아들이 발을 동동 굴렀다. 중학생인 아들은 이번만은 정세에 대한 불만보다는 아내에 대한 불만이 컸다. 아내가 신의주 구경을 시켜주겠다며 며칠 다녀오자고 했다. 그것으로 끝날 일이 아니라는 사실을 아들은 알고 있었다. 지금 헤어지면 아버지를 영영 못 본다는 사실 또한 알고 있었다. 그 사실을 아내도, 아들도 정세에게는 말해주지 않았다. 그래도 정세는 알았다. 아내의 오랜 과거가 이미 해줄 이야기를 다 한 까닭이었다. 정세가 아내를 따라가지 않으리라는 사실 또한 아내는 알았다. 아내와 마찬가지로 정세의 오랜 과거가 이미 해줄 이야기를 다 한 까닭이었다.

아내가 아들의 팔을 챘다. 아들이 출입문 밖으로 끌려 나갔다. 비바람에 문이 쾅당 닫혔다. 아내가 마당을 가로질러 갔다. 아내와 아들이 각각 쓴 우산이 날아갈 듯 찌그러졌다. 둘의 점퍼 등 부분이 풍선처럼 부풀었다가 꺼지기를 반복했다.

대문을 나서면서 아들이 뒤를 돌아보았다. 정세가 출입문을 열고 손을 흔들었다. 빗물이 묻었는지, 눈물을 흘리는지 아들이 손등으로 눈 주위를 훔치고 있었다.

3년 전.

눈이 꽤 내렸다. 아내의 귀가가 그날따라 무척 늦었다. 정세는 마을 앞 도로까지 마중을 나갔다. 눈 때문에 버스가 일찍 끊겼다. 목을 점퍼 깃 속에 파묻고 한 시간 남짓 어둠 속을 서성였다. 도로 끝에 희끄무레한 물체가 나타났다. 그것이 점점 짙어졌다. 이번만은 아내이기를 바랐다. 거북 등 같은 큰 배낭과 어깨 위에 하얀 눈을 얹고 나타난 이는 다행히 아내였다.

"오늘은 하나도 못 팔았네. 눈이 오니까 장마당 같은 데에 사람들이 나오지 않았어."

아내가 억울하다는 듯 투덜댔다. 말처럼 장사를 못 해서 심기가 불편한 것만은 아니었다. 집안에 깃든 모든 불운이 다 정세 탓이라고 믿고 있었다. 정세는 아내의 어깨에 얹힌 눈을 털어주었다. 배낭을 받아서 자신의 등에 멨다.

"점심도, 저녁도 굶었다구. 기러고서 60리 길이나 걸었단 말이야."

새벽 여명에 집을 나선 아내는 옷 장사를 하러 종일 먼 시골 마을들을 돌아다녔다. 정세는 오늘 집에서 일어난 일을 말할까 망설였다. 아내의 트집이 두려웠다. 하지만 말하지 않아도 될 일은 아니었다. 집에 도착하면 곧 알게 될 일이었다.

"영애가 집을 나갔어."

아내가 멈춰 섰다. 어둠 속이라서 얼굴이 자세히 보이지는 않았지만, 정세를 쩨려보는 듯했다.

"다시 돌아오지 않는댔어."

아내가 길바닥에 털썩 주저앉았다.

"그 애가 작은 기업소 초급당 비서로서는 할 수 없는 일을 요구했단 말이야."

정세가 변명했다.

"그동안 당신이 중앙당의 큰 간부나 되는 것처럼 큰소릴 뻥뻥 쳐댔으니까니 그 애가 부탁을 했던 거 아니냐? 돈 없으면 배경을 동원해야 입학 허가가 나는 게 요즘 대학 아니냐? 그 애 꿈이 음악가라는 걸 몰랐나? 딸한테 기런 것도 하나 못 들어

줘?"

틀린 말은 아니었다. 하지만 정세는 무척 억울했다. 말만 남고 말에 담긴 진의는 내동댕이친 비난이었다. 어떻게 해서든 딸의 소원을 풀어주고 싶었다. 썩 내키지 않았지만, 간부들을 찾아가 사정했었다. 결국 입학 허가는 나지 않았다. 그 사이 정세의 눈길 밖에서 딸과 아내가 씩씩거리며 정세를 꼬나보고 있었던가 보았다. 아글타글 생계에 매달리는 아내에게 정세는 연민의 정을 가지고 있었다. 하지만 아내는 용하게도 위로의 말을 건네려는 순간마다 남편 비난에 열을 올렸다. 정세가 속마음을 드러낼 기회를 그런 식으로 기어코 막았다. 남편이 맥을 못 추는 건 비단 정세네 가정만의 일은 아니었다. 어느 가정이나 남편들은 없어도 될 낮전등이라거나 생활에 보탬은 못 되면서 이래라저래라 지시나 하는 소비지도원이라는 비아냥거림을 당했다. 그런 세월이 된 지 이미 오래였다. 그래도 한때 정세네 가족들은 정세의 직장과 이력에 큰 긍지를 가졌었다. 자신의 가정이 남들 가정보다 특별하다고 믿었었다.

아내는 정세가 내민 손을 뿌리치고 길바닥을 딛고 힘겹게 일어났다. 눈이 발목을 덮었다. 뽀악뽀악 눈이 밟히는 소리와 바람 소리만이 둘 사이를 맴돌았다. 헝겊 운동화 사이로 들어간 눈이 녹아서 질척거렸다. 앞을 가로막는 눈발을 뚫고 그들은 집을 향해 걸었다.

못난 처, 악한 첩이라도 홀로 사는 것보다 낫다네.

정세는 소동파의 시를 되새겼다. 조금만 더 기다리라. 내가 건설공들을 데리고 러시아에 나가기만 하면 모든 문제가 한 방에 해결될 거야. 집에 돌아가면 우선적으로 할 일들을 궁리했다. 두 끼나 굶었다니까 밥부터 데워야지. 혹 아내가 동상에 걸릴지 모르니까니 옆집에 가서 콩을 한 됫박 얻어 와야지. 언 손발을 거기에 넣으면 동상 기운이 빠진다지? 그리고 내일은 일요일이니까니 철민 동무네 집에 가봐야지.

시 보위부원이 모여 사는 아파트 앞 도로와 마당은 여긴 뭐가 달라도 다른 곳이라고 말하듯 밤새 내린 눈이 깨끗이 치워져 있었다. 정세는 오늘은 러시아 파견 문제에 철민이 힘을 써주겠다는 확실한 언약을 받을 작정을 했다. 아파트 출입문을 두드리자마자 철민이 정세를 반갑게 맞았다.

철민은 거실에서 직장 동료 둘과 함께 술판을 벌이는 중이었다. 어제가 마침 아버지 제삿날이었다고 했다.

"제삿술을 딱 두 병 마련했는데, 그중 한 병을 여기 거실 바닥에 떨어뜨렸지 뭐야."

철민이 주전자에 담긴 술을 정세의 잔에 따르며 말했다. 술에서 중국산 백주 향이 풍겼다. 누군가 중국 출장을 다녀오면서 선물로 사 온 듯했다. 그런데 시커먼 이물질이 섞였다.

"문제가 생기면 대책이 나온다잖소. 바닥에 쏟아진 걸 수건으로 닦아서 꼭꼭 짜내는 새 공법을 써서 주조한 특주요."

철민 옆자리의 동무가 호쾌하게 웃으며 덧붙였다. 정세는 술을 아끼듯 천천히 마셨다. 어쨌거나 철민 정도의 사람네 집이 아니면 맛보기 힘든 술이었다.

제 한 몸 근심 중에 있을 때라도
나라를 잊지 않음이 충성이오.
어려움을 헤쳐나갈 때에는
관官을 무시하지 않음이 믿음이오.
나랏일을 도모할 때에는
죽음을 피하지 않음이 곧음이오.
……

정세가 보위부원들도 피해 가지 못한 척박한 시절을 위무한 답시고 지금은 전거가 기억나지 않는 중국의 옛 문장 한 구절을 읊었다.

"역시 정세 동무는 존경할 만한 인물이야. 내가 동무 동생인 걸 인정함세."

철민은 평소 자기 동무들 앞에서 정세를 은근히 치켜세웠다. 둘은 전공은 달랐지만, 중국 유학을 같이한 데다가 동갑내기였다. 하지만 철민은 정세보다 사회적 지위가 월등히 높았다. 평소 정세는 철민에게 넙죽 엎드릴 마음가짐이 돼 있었다. 지금같이 어려운 부탁을 하려는 처지에서는 더할 나위가 없었다. 뇌물이라도 바치라면 어떻게 해서든 바칠 각오를 하고 있었다.

"우리 사이에 무슨 말을 기리 하나."

정세는 손사래를 쳤다.

"좋은 수가 있네. 팔씨름을 해서 형 아우를 가리지. 기리고 내게 부탁한다는 건도 이 승부로 들어줄지 말지 똑 부러진 결정을 내세."

철민의 동무들이 흥정은 붙이고 보자는 듯 철민의 제의를 반겼다. 술병을 보니 술이 동날 때쯤 되었다. 흥도 올랐다. 그들에게는 정세의 의사를 들어줄 귀가 없었다. 두뇌보다는 손발 쓰기에 능한 사람들의 풍습이 반영되었을 터였다. 철민이 부탁을 거절할 명분을 그런 데서 찾자고 하는 것 아닌가 하는 의구심이 들었다. 정세가 아는 한 철민은 결코 그런 사람이 아니었다. 세상이 각박하게 돌아가다 보니 철민도 그리 변했을까? 어쩔 수 없이 팔씨름에 응했다. 죽을 둥 살 둥 힘을 썼다. 철민의 동료들이 손바닥으로 거실 바닥을 치며 철민을 응원했다. 정세가 결국 이판일승인 시점에서 삼판양승으로 이겼다. 철민은 정말 이기려고 했다는 듯 허탈하게 웃었다.

"철민 동무가 두뇌도 쓸 줄 아는구먼."

정세는 철민과 손아귀를 맞잡을 때부터 펜대나 굴리고 살아온 자신과는 힘의 세기가 완연히 차이 나는 걸 알아챘다. 겉으로 보기에 철민은 분명 용을 썼다. 하지만 균형을 유지하는 척하다가 슬슬 넘어져 주었다.

"정세 동무, 아니 정세 형, 형은 요즘 세상에 아주 보기 드문 일꾼이야. 애국자가 따로 없어. 이 어려운 시기에 블라디보스토

크 회사에다가 팩스 몇 장을 보내서 건설공 3백 명의 초청장을 받아낸 게 아무나 할 수 있는 일이야? 암, 정세 형이 아니면 어림 턱도 없지."

철민의 말을 들으면서 정세는 사실은 철민이야말로 보기 드문 일꾼임이 분명하다고 생각했다. 정세가 제 입으로 어려운 부탁을 꺼내지 않도록 배려했다. 팔씨름을 일부러 지면서 뇌물을 쓰지 않을 구실을 만들어주었다. 철민이 나서준다면 파견자들의 신원 조회 같은 가장 까다로운 일이 쉽게 풀릴 것이다. 기렇지. 기렇고말구. 이젠 로씨아 파견은 따놓은 당상이지.

"형이 동생에게 술과 밥을 사야 하는 법은 알지?"

정세는 기분 좋게 고개를 끄덕였다. 그런 한편으로 시에서 알아주는 보위부 간부가 자신을 형이라고 부르는 광경을 아내와 딸이 직접 보았다면 좋겠다는 생각을 했다. 내가 결코 뻥쟁이가 아니란데.

2년 전.

동료들과 함께 회사의 부업지 배추를 수확하다가 정세는 밭둑에 걸터앉아 담배를 피우는 철민을 발견했다. 철민도 옆의 자기네 직장의 부업지로 금요노동을 나온 모양이었다. 정세는 신문지 조각과 마른 담뱃잎을 보관한 쌈지를 꺼내 들고 철민에게 다가갔다.

"이거 피워."

철민이 제 담뱃갑에서 궐련을 하나 빼서 권했다.

"하나 묻자구. 로씨아가 이젠 우리 적이 됐나? 왜 로씨아 회사 측 태도가 돌변했는지 도무지 모르갔어."

정세가 철민이 켜주는 라이터에 담뱃불을 붙이면서 물었다.

"정세 동무가 정세를 너무 모르는군. 미제 놈들이 벽을 문이라고 하면서 우릴 몰아대니까니 기렇지."

"미제 놈들은 늘 기랬던 놈들이니까니 알 만해. 기런데 왜 로씨아 놈들까지 덩달아 기러느냐 말이야."

"우리가 핵무력을 완성했으니까니 그놈들도 속으로는 우리를 무서워하는 거지 머."

"무서워하는데 왜 우리를 괴롭히냐구? 왜 제재를 하냐구?"

철민이 주위를 둘러보았다. 보위부 부업지에서 배추를 수확하는 줄은 30미터쯤 앞으로 나갔다. 각자 싸 온 도시락들을 털어 넣고 끓인 꿀꿀이죽이 담긴 솥단지 주변에서 뒤늦은 점심을 먹는 몇 사람만 가까이 있었다. 하지만 자기들끼리의 잡담에 열중이었다.

"로씨아대사관에 한 번 더 힘을 넣어봐. 중앙당 간부과에서 파견 승인까지 난 건을 로씨아 회사 동무들이 돌연 없었던 일로 하자니까니 내 체면이 말이 아니야. 동무가 힘을 넣어도 안 되는 일이 있다는 게 신기할 뿐이야."

"이젠 단념해. 힘을 쓴다고 될 일도 아니지만, 길케 해서 동무가 혹 로력영웅이 된다 하더라도 달라질 게 뭐 있갔나?"

"위대한 령도자 동지께서는 우리 공화국은 언제나 안 되는 일을 되게 한 혁명력사로 점철되었다고 말씀하셨어. 혁명이란 본디 기런 거지 않아?"

철민이 꽁초를 내던지고 일어났다. 고개를 푹 꺾고 자기네 작업자들이 있는 쪽으로 설렁설렁 걸음을 옮겼다.

1년 전.

아내가 방 안으로 들여온 상에 오랫동안 보지 못했던 음식들이 놓여 있었다. 돼지고기볶음 한 접시와 만두 두 접시. 아직도 돼지고기를 먹는 사람이 있을까 의심했었다. 아직도 만두가 세상에 실재할까 의심했었다. 보고만 있어도 두뇌가 그것들의 맛을 기억해내고, 어서 한 입 베어 물으라고 침샘을 자극하고 있었다.

"내 운동화 좀 보라요."

아들은 운동화를 가슴에 꺼안고서 눈빛을 빛냈다. 겉에 영어가 새겨진 외국산이었다.

"요즘 대박이란 말이 있답데. 내가 그 꼴이 났지 머. 흐흐흐."

아내가 자랑스럽게 어깨를 추켜올리며 젓가락을 들었다.

"방심하지 마. 당의 눈과 귀는 안 보이는 곳에 있어."

정세는 점잖게 충고했다. 모처럼 성찬을 즐기려는 참에 가래침을 뱉자고 나설 수는 없었다. 아내가 밝은 표정을 거뒀다.

"신의주에 가보니까니 큰 장사꾼들은 거기 다 모여 있더구만. 그 사람들 다 잡아들이면 공화국 땅덩어리를 죄다 감옥으로 만들어도 부족하갔습데."

아내는 남편에 대해서라면 작은 거슬림도 참지 못하는 사람이 되었다. 큰 간부를 뒤에 세워둔 것처럼 남편에게 당당했다. 아예 남편을 의논 상대에서 제쳐놓고 사는 것 같았다. 돼지고기를 한 점 집어 입으로 가져가며 정세는 생각에 잠겼다. 목돈이 어디서 생겼을까? 중학 교원을 하던 사람이 옷 장사를 한답시고 고생깨나 했다. 수완이 늘긴 늘었을 터였다. 아무리 그렇다 하더라도 신의주 되거래 장사는 목돈을 쥐어야 하는 장사다. 도망친 딸과 내통하지 않았을까? 나라 밖으로만 나가면 돈벌이가 지천이라는데. 말하기 좋아하는 사람들의 말장난만은 아니리라 여기긴 했다. 정말 사실일까?

"로씨아에 가서 큰돈을 벌어 오갔다고 큰소릴 쳐댄 게 벌써 몇 년째나? 그 일 추진한답시고 놈팡이들과 어울려 시답지도 않은 시나 읊고 술이나 퍼마셔대더니만, 돈은 못 벌고 간만 키웠어. 제발 실속 있게 놀아, 이 낮전등 아바이야."

입꼬리를 실룩거리던 아내가 푸념을 했다.

마음이 없으면
보아도 보이지 않으며
귀를 기울여도 들리지 않고
먹어도 그 맛을 알지 못한다네.

정세는 공자의 말을 떠올리며 소외감을 곱씹었다. 나라고 놀고 있진 않아. 당신이 장사를 나가면 아들에게 밥 차려 먹이고, 공부시키고, 설거지하고, 빨래하고, 청소했어. 내가 이렇게 변했다는 사실이 부끄러웠어. 설령 죽더라도 당을 의지하고 살자고 당신에게 주의를 주지 못한 것도 부끄러웠구. 당신과 다투기 싫어서 꾹꾹 참았다구. 유능한 당일꾼이라는 소리를 듣던 내가 어쩌다가 가족으로부터 냉대와 외면의 대상이 되었는지. 어쩌다가 아내에게 죄인이 되었는지. 그런 생각 중에도 고기 냄새는 어서 고기를 입에 넣으라고 침샘에 계속 강한 자극을 넣고 있었다. 정세는 비로소 집었던 고기 한 점을 입안에 넣었다.

며칠 전.

늦은 밤, 정세는 잠을 이루지 못하고 있었다. 남 바라보듯 하는 아내의 냉대가 더욱 심해졌다. 밖에서 소리를 죽인 승용차 소리가 들렸다. 밤 짐승처럼 가만가만 움직이는 사람들의 발자국 소리가 이어졌다. 정세는 슬며시 일어났다. 겉옷을 걸치고 밖으로 나갔다. 김 동무네 집 앞에 검은 지프가 서 있었다. 창문에 누런빛이 달렸지만, 집 안이 들여다보이지는 않았다. 어린 시절 호랑이가 왔다고 하면 울음을 참아야 했는데, 그때 입을 악물어도 터져 나오는 울음소리처럼 끅끅, 탁음이 새어 나왔다. 김 동무 아내의 목소리였다. 정세는 팽나무 뒤에 붙어 서서 가만히 지켜보았다. 창문의 누런빛을 지우며 방 안에서 사람들이 왔다 갔다 했다.

한참이 지났다. 시커먼 사내 둘이 김 동무의 양팔을 끼고 나왔다. 지프 뒷자리에 짐짝 싣듯 김 동무를 태웠다. 사내 중 한 사람이 팽나무 곁으로 와서 오줌을 갈겼다. 진저리를 치며 지퍼를 올리고 돌아섰다. 정세는 나무 뒤에 바투 붙었다. 그런데 사내가 돌연 방향을 바꾸고 다가왔다.

"기렇지 않아도 내일쯤 동무를 만나려고 했지."

철민이었다.

"왜?"

"동무네에도 미구에 닥칠 일일지 모르니까니. 대책을 세우라고 말해주려고."

"무슨 이야길 하는지 통 모르갔어."

"세상 사람들이 다 무심해도 나는 감이 있어. 김 동무 딸이 딸라를 보내왔더구먼."

정세는 철민이 가슴에 품은 이야기를 제걱 알아차렸다. 정세의 딸 영애는 김 동무의 딸과 학교를 같이 다닌 단짝이었다. 음악 공부도 함께 했다. 김 동무의 딸이 사라지자, 얼마 안 있어 영애도 사라졌다. 집에 남긴 이유는 서로 달랐지만.

"김 동무 딸이 언제든 고향에 가서 부모를 만날 수 있는 세상을 만들어달라고 미국의 큰 국제회의장 앞에서 마구 떠들어댄 장면이 남조선 텔레비전 방송에 나왔다고 했지?"

철민이 고개를 끄덕였다.

"동무도 모르는 게 있구먼. 우리 애는 그 애랑 친할 뿐이지 그 애를 따라간 건 아닐 거야."

"기러길 바라는 동무의 심정은 알지. 연락되면 입조심, 얼굴 조심 하라고 일러. 내가 언제까지나 눌러놓고 있을 수는 없어."

지프 안에서 큼큼, 조심스럽게 철민을 부르는 헛기침 소리가 들렸다.

"김 동문 군은 신념으로 어머니당을 지지하는 사람이야. 심하게 다루지는 말아줘."

정세는 계면쩍은 생각이 들어 말머리를 돌렸다.

"기래서 내가 직접 나왔어. 자기 걱정도 좀 해."

철민이 돌아섰다. 정세는 김 동무를 태운 지프가 마을을 빠져나가는 광경을 물끄러미 바라보았다.

아내는 기어코 아들을 이끌고 비바람을 뚫고 마당을 벗어나 팽나무 너머로 사라졌다. 정세는 쌈지에서 담뱃잎을 꺼내 마라초를 말았다. 사납던 시간도 어느 정도 지나면 잠잠해질 것이라고 자신을 다잡았다.

　살든 죽든 멀리 떨어져 있든
　그대와 기쁨을 함께하자고 다짐했지.
　그대의 손을 잡고
　그대와 함께 늙어가자고 기약했지.

가만히 『시경詩經』의 한 구절을 읊었다. 그런데 변했네. 왜 변했는지 꼭 집어 말할 수는 없지. 하지만 알아. 우리는 오랫동안 서로 말하지 않아도 서로의 속을 알아내는 데 익숙해져 있었지. 당신이 신의주에 간다는 게 구실에 지나지 않는다고 털어놨더라도 나는 신고 따위는 하지 않았을 거야. 나도 참 많이 변했

다구. 더 변하라는 당신 말을 들어주지는 못했지만. 새 세상에
나가면 부디 가까운 사람들과 화평을 이루고 살게나. 나 같은
자를 다시는 만나지 말고. 정세는 거실 바닥에 머리를 박았다.
어깨를 들썩이며 울었다.

3

    남의 이야기였지만, 내 이야기인 듯 내 감정이 들끓었다. 나
는 헛기침을 하며 상념에서 빠져나왔다. 아내는 자기 잔에 스
스로 포도주를 한 잔 더 따랐다. 그걸 또 한입에 털어 넣었다.
낯빛이 싸늘하게 식었다.
    "어깨에서 힘을 빼지 않은 사람에겐 50플러슨가 뭔가는 안
맞아. 당신, 자연인 프로 좋아하잖아. 아무도 없는 시골 당신 집
에 가서 농사나 지으며 살면 어때? 가끔 아이들한테 농약 안
준 채소나 보내주면서."
    아내는 내가 그 프로를 볼 때마다 입을 삐쭉였다. 보기에는
좋아도 가보면 한 달도 못 살걸, 이라고 내 동경을 뭉개는 말을
했다. 거기에 더해 문을 쾅 닫고 자기 방으로 들어간 적도 적잖
았다.
    "서울은 미세먼지도 많고, 거주비도 많이 들고……. 사실 그
게 좋겠어. 분위기도 바꿀 겸 해서 우리 같이 시골 가서 살까?"
    나는 거절당할 줄을 알면서 그냥 해보는 말로 응대했다.

"난 싫어. 모기 많고, 벌레 날아들고, 농약 냄새 나고, 길 어지럽고……."

아내는 실제 자신이 농촌 마을에 가서 살기라도 하는 것처럼 진저리를 쳤다.

"그럼 나 혼자 갈까? 한 2년 별거하는 셈 치고."

나는 그것도 나쁘지 않겠다고 생각했다. 손수 음식을 해 먹어야 하는 게 어렵겠지만, 밑반찬은 아내에게서 얻어다 먹고, 가끔 아내가 와서 특별한 음식을 해주기도 하고……. 그렇게 하면 신혼 시절 같은 기분이 날까?

"별거 말구. 이혼을 원한다고 아까 말했잖아."

그리고 보니 농담으로 하는 말이 아니었다. 나도 포도주를 따라서 한입에 털어 넣었다.

"친구처럼 살자는 거야, 옛날 연애하던 시절처럼?"

"웃겨. 헤어지는 마당에 뭐 하러 더 얼굴을 봐? 세상에서 가장 나쁜 놈이 바로 너야, 라고 여기듯 서로 보지 말자고."

"부처님을 믿는 사람이 자비로워야지."

"불자니까 여태 참고 산 거야."

세상에 있는 것이면 무엇이라도 나를 위해 다 해줄 것 같았던 아내. 나 역시 아내를 위해서 그랬었다. 그 믿음이 드디어 박살 났나? 나는 그래도 일말의 희망을 붙잡고 농담일랑 그만하자는 듯 아내를 향해 히쭉 웃었다.

|

종려나무 아래서

1

선반에 여행 가방을 넣고 나는 29열 J석에 앉았습니다. 일부러 체크인 카운터에 부탁해 얻은 오른쪽 창가 좌석이었습니다. 혹 장산곶 일대가 보일지 몰랐지요. 경험으로 미루어보면 한국 여객기들과 달리 중국 여객기들은 북한쪽에 가까이 붙어서 보란 듯 비행했습니다. 하지만 8천 미터 상공에서 바라보는 지상의 풍경에서 무엇을 발견할 수 있을까? 그래도 내가 앉고 싶었던 자리니까, 라고 스스로에게 대답했습니다. 푸른 하늘이 내려앉은 탁 트인 활주로가 내다보였습니다. 방금 착륙한 여객기 한 대가 터미널로 천천히 다가왔습니다.

휴대전화기를 끄려고 막 손에 쥐었는데, 이 시각을 기다린 듯 착신음이 울렸습니다.

"형, 내가 괜한 걱정을 하는 거지? 북으로 넘어가려는 건 아니지?"

통화 버튼을 누르자 동생의 목소리가 튀어나왔습니다.

"그딴 말 자꾸 할래?"

나는 성마른 목소리를 냈습니다. 옆 좌석의 주황색 카디건 차림의 젊은 남자가 펼쳐 든 신문 위로 눈을 내밀고 힐끔 쳐다보았습니다. 동생은 생각조차 해본 적이 없는 일을 내가 저지를까 걱정했어요. 어머니의 노파심이 그의 아내를 거쳐 그에게까지 옮아간 탓일 것입니다. 어머니가 돌아가시자 그의 아내가 내 보호자가 되겠다고 마음먹은 게 분명했습니다. 그에게 나에 대해 이것저것 충고하는 듯했어요. 내가 중국에 다녀오기로 한 이즈음 며칠 사이 이번까지 세 번이나 그에게서 같은 말을 들었습니다. 기어코 나를 자신들의 걱정 속으로 빠뜨리려는 수작으로 여겨질 지경이었어요.

"어떻게든 그분을 서울로 모셔 오라고."

동생은 아랑곳하지 않고 제 말을 이어갔습니다.

"비행기가 출발한다. 끊자."

"어머니를 생각해보란 말이야."

나는 신경질적으로 통화 종료 버튼을 눌렀습니다. 어머니가 내 걱정을 하셨다는 말이 아니라 내 걱정 때문에 돌아가셨다는 말로 들렸어요. 억울하지만, 변명을 할 수 없게 하는 압박감이 느껴졌습니다.

비행기가 굉음을 냈습니다. 낮은 건물들과 격납고, 빨갛고 하얀 가로줄무늬 바람주머니를 매단 풍향 지시기, 대형 광고판, 검은색의 작은 숲이 획획 뒤로 물러났습니다. 몸이 뒤로 잦혀지는 듯하더니 이내 바다가 보였습니다. 물비늘이 눈밭처럼 하얗게 반짝였어요. 장난감 같은 몇 척의 화물선들이 긴 포말을 선미에 달고 육지로 다가오거나 육지를 떠나고 있었습니다.

닷새 전 어머니 장례식을 치르고 비용 결산을 할 때였습니다.

"이분, 북한분 아냐?"

동생이 제 외화 통장을 내밀었습니다. 통장의 가장 아랫줄에 미화 30달러와 민희라는 영문자 이름이 적혀 있었어요.

"큭!"

나는 오랫동안 가슴에 쌓여 있던 한숨을 엉겁결에 토해냈습니다. 나를 응시하는 동생의 시선이 따가워 슬며시 고개를 허공으로 돌렸습니다. 배롱나무의 앙상한 가지들이 차지한 하늘에서 민희의 얼굴이 돋아났어요. 통장에 적힌 민희라는 이름이 내가 아는 민희가 맞는지 잠시 헤아렸지요. 물론 민희 말고는 같은 이름의 아는 사람이 없었습니다. 기약 없던 기다림의 끝이 드디어 당도한 것일까? 나는 상주로서의 처신에 어울리도록 흐트러지는 표정을 애써 수습했습니다.

"이분이 인터넷으로 부음을 보았대. 장례식장으로 계좌번호를 묻는 전화를 걸어 왔더라고. 중국에서 거는 거라면서."

동생이 덧붙였습니다. 괜찮은 회사에 다니는 그 덕에 신문에 부음 기사가 실렸었습니다. 민희가 직접 전화를 걸었다면 민희가 다시 중국에 나왔을까? 세월이 흐르는 동안 세월 속에 민희가 묻히고 잊히면 어떡하나 걱정했었지요. 차라리 모르는 사이에 그렇게 되었으면 좋겠다고 맹렬히 기대하기도 했어요. 그렇지 않으면 정녕 내가 더 몹쓸 인간이 될 것 같았어요. 그런데 부스스 깨어나 옆방에서 눈을 비비며 나오는 사람처럼 민희가 나타나다니.

"다른 말은 없었고?"

나는 감정을 억누르며 물었습니다.

"바쁜 와중이었어. 전화를 끊고 나서야 그분이 기억났어. 유선전화로 온 거라서 번호는 알 수 없었고. 맞지, 그분이?"

중대한 기회를 놓친 낭패감이 몰려왔습니다. 그 사람이 민희든 아니든 네가 알 바 아니라는 듯 나는 동생의 질문에 대꾸하지 않았습니다. 나를 위한답시고 내 일에 참견하기 시작한 그를 대할라치면 내가 무척 초라하게 여겨졌습니다.

선반 밑에 붙은 모니터에 항적이 표시되고 있었습니다. 비행기가 백령도 부근으로 접근하는 중이었습니다. 장산곶은 백령도에서 북쪽으로 10킬로 남짓밖에 떨어지지 않았습니다. 창에 고개를 디밀었습니다. 코발트빛 창공 아래 우유를 쏟아놓은 것 같은 순백의 구름이 펼쳐져 있었습니다. 구름이 틈을 벌리길 기대하며 연한 곳에 눈을 박았습니다. 하지만 육지는 보이지 않았어요. 장산곶 부근이라는 황해남도 용연군의 어느 협동농장이 민희가 두 번에 걸쳐 가 있던 곳이었습니다. 중국에 나오지 않았다면 지금도 그곳에 있을 것입니다. 시간이 흐르다가 항적은 서쪽으로 꺾여서 백령도로부터 차츰 멀어졌어요. 가만히 눈을 감았습니다.

2년 전 겨울, 민희와 나는 베이징의 후청허護城河 주변 벤치

34

에 앉아 있었습니다. 후청허를 가로질러 자금성 성곽과 연결된 아치형 돌다리 밑에서는 아이들이 썰매를 지쳤습니다. 그들의 소음을 뚫고 주변의 편백나무 가지에 쌓인 눈이 이따금씩 툭 툭 바닥에 떨어지는 소리를 냈지요.

"밭을 매고, 염소젖을 짜고, 밤에는 가끔 하모니카로 노래를 불렀어. 별이 반짝이는 하늘을 보면서."

민희가 나와 만나지 못한 세월에 있었던 일들을 빈칸 메꾸기 하듯 풀어놓는 중이었습니다. 원래 민희는 선양의 삼지연 카페에서 피아니스트로 일했었습니다. 하지만 내가 준 한국 악보집이나 브로치, 장갑 따위의 물건들이 민희의 사물함에서 발견되었다는 이유로 평양에 소환되었지요. 그게 장산곶 부근 협동농장에서 일하게 되는 혁명화라는 명칭의 첫 번째 처벌이었습니다. 나는 민희를 잡아가는 데 앞장선 카페의 영접지도원 앞에서는 찍소리를 못 했습니다. 대들면 민희와의 관계를 증명하는 것 같았습니다. 하지만 나와 함께 일하던 북한 관리들에게는 욕을 퍼부어댔지요. 민희가 곁에 없다는 상상을 도저히 할 수 없다는 생각이 불현듯 신념처럼 확고해진 까닭이었습니다. 다행히 혁명화 기간은 소문처럼 길지 않았습니다. 카페를 운영하는 무역회사가 나서서 민희가 있어야 벌이가 수월하다며 선처를 호소했답니다. 그 덕에 2년 반 만에 중국에 다시 나온 것이지요. 이번엔 카페의 피아니스트가 아니라 실제 무역 실무를 담당하는 직원이었어요.

"내가 보고 싶어서 그랬다고 말하면 안 돼?"

투정하는 듯한 내 대꾸에 민희가 희미하게 웃었습니다.

"오빠, 내가 살던 마을에는 귀한 손님이 온 집에 빌려주는 훈제 돼지고기 덩이가 있었어. 돼지고기라고는 하지만 대부분이 비계였어. 기걸 손님상에 올려놓지. 손님이 군침을 삼키며 젓가락을 대려고 하면 주인이 얼른 손으로 막아. 드시기 싫으면 안 드셔도 돼요. 돼지고기는 너무 기름이 많아 배탈이 나기 십상이거든요. 기러면 손님이 눈치채고 저도 요즘 고기를 많이 먹어서 좀 물리는군요, 라고 대답해. 기래도 손님이 무심코 젓가락을 대려고 하면 주인은 고기가 상했는가 보다고 아예 상에서 내려놓아. 기걸 반환할 때엔 값으로 달걀 한 개를 주어야 했어. 기런 모습을 보며 나는 밤하늘을 향해 하모니카를 불어댔다고. 왜 사람들은 누군가 보고 싶을 때 하늘을 올려다볼까? 오빠는 아니야. 어머니가 더 보고 싶었어."

나는 팔을 뻗쳐 민희의 어깨를 감쌌습니다. 민희가 없는 동안 언론에 보도되는 북한 사람들의 생활상을 놓치지 않고 살폈습니다. 과장된 보도라고 의심하는 이들이 종종 있었습니다. 나는 보통 사람들보다 더 세세히 북한 사람들의 생활상을 알았습니다. 그러면서도 그들의 의심이 되레 반가웠습니다. 정말 그렇지요, 라고 묻고 싶을 지경이었지요. 하지만 민희의 농촌 생활은 상상했던 것보다 더 어려웠습니다.

"남북 관계가 나빠지고, 후원금 모금액이 곤두박질쳤어."

나 역시 민희가 곁에 없을 때의 변화된 내 생활을 들려주었습니다.

"활동비 명목으로 받던 고정급이 반 토막 나더니 어느 날 우리 단체 대표가 활동가들 수까지 반 토막 내겠다고 선언하더군. 난 자진해서 물러나는 반 토막 대열에 끼었어. 남북 관계가 더 나빠질 게 뻔했고, 너를 잡아간 북한을 돕는 일 또한 몹시 싫었거든. 그때부터 쭉 백수로 지냈지. 동생이 어머니한테 드린 생활비를 축내 술 마시고 책 사 보고. 일주일에 한 번쯤은 네게 편지를 썼지. 네 고생을 알면서 나는 부치지 못하는 편지나 쓰고 자빠졌다고 짜증을 내면서. 그러곤 술을 마신 날이면 네가 쳐다보며 하모니카를 불었다는 하늘에 대고 큰 소리로 욕설을 내뱉곤 했지."

민희가 내 어깨에 살포시 머리를 얹었습니다. 난초꽃의 향기처럼 매캐하면서도 기묘한 친화력을 가진 향기가 콧속으로 스며들었습니다. 나를 만난다고 일부러 향수를 뿌린 것 같았어요. 민희에게서 부정할 여지가 없는 내 여자를 느꼈습니다. 삼지연 카페에서 일할 때에는 향수를 사용하지 않았습니다. 그러고도 늘 신선한 향기를 발산하는 듯한 얼굴로 손님들의 이목을 끌었어요. 민희를 넋 놓고 바라보는 남자들 때문에 나는 까닭을 밝히지 못하는 짜증을 내기도 했습니다. 그땐 우리의 사랑이 사랑이 아니라고 하더라도 할 말이 없는 여지가 있었지요.

"너와 헤어지지 않을 거야, 이젠."

나는 빈말이 아니라고 말하듯 또박또박 발음했습니다. 무슨 짓을 하든 실천하자고 곱씹던 내 의지의 표현이었습니다.

"오빠를 믿을 수 있을까? 내일은 도저히 기럴 수 없었다는 말을 할 게 뻔한데."

말이라도 고맙다는 듯 민희가 내 손을 꽉 쥐었습니다. 민희와 삼지연 카페에서 만나던 시절, 우리의 관계는 태풍 속에 서 있는 것처럼 가슴 졸이고 놀라고 숨 막히고 괴로워하는 나날로 점철되었습니다. 그러면서도 둘 사이에 연결된 끈을 잘라내지 못했어요. 생텍쥐페리의 말을 빌리면, 내가 민희를 사랑하는 까닭은 민희가 아름다워서가 아니라 민희와 함께 보낸 시간 때문이라는 사실을 대신 절절히 체득했습니다. 사랑은 그런 곡절의 시간 속에서 익어가는 것이었습니다. 물론 그럴수록 우리는 더욱더 이별의 불안을 떨쳐내지 못했습니다.

"〈노래의 날개 위에〉를 기억해?"

무언가 생각난 듯 민희가 물었습니다. 그 곡은 민희가 삼지연 카페에서 〈솔베이지의 노래〉, 〈스노우 플로릭〉과 함께 자주 연주하던 것이었습니다. 카페에 모습을 드러낸 나를 발견하면 다른 곡을 연주하다가도 얼른 이 곡들 중 하나로 바꾸곤 했어요. 음대를 나왔지만, 내가 악보집을 사다 준 다음에야 고작 이런 고전적인 음악들을 알게 된 모양이었습니다.

사랑하는 그대여,

갠지스강 가의 풀밭으로 가자.

거기 우리가 쉴 아늑한 보금자리 있으니.

민희가 첫 소절을 나직이 소프라노로 불렀습니다.

"그래서?"

나는 달갑지 않은 목소리로 반응했습니다. 무슨 말을 할 것인지 짐작했기 때문이었습니다.

"종려나무 아래 우리 나란히 누워 사랑과 안식의 술잔을 나누고 행복한 꿈을 꾸는, 기런 곳이 이 지구 위 어느 곳엔가는 있겠지?"

"있겠지."

"오빠, 우리 기런 곳으로 여행 가자."

민희는 내 얼굴을 빤히 들여다보았습니다. 나는 후청허 안에서 떠드는 아이들을 바라보던 시선을 거두지 않았습니다. 전에도 이런 식의 말을 몇 번 들은 적이 있었어요. 민희는 연주 중에 가사에 깊이 몰입하는 경향이 있었습니다. 민희가 내 앞에서 그 곡들을 연주하곤 했던 건 가사를 마음에 둔 까닭일 것입니다. 하지만 나는 유치찬란한 사랑을 읊조리는 가사들이 마음에 들지 않았습니다. 그래서 화를 내곤 했지요. 나는 삶 전부를 걸고 너를 사랑하는데, 너는 환상만 좇는다고. 민희 역시 화를 냈어요. 꿈을 꿔야 꿈이 실현되는 법이라고. 그런 비논리적인 언쟁에 휩싸일 때면 이 여자가 또 생리 때가 되었는가 보다고 나는 투덜댔습니다. 한 달에 한 번은 그때가 오니까 사랑의 조갈증을 견디지 못하는 우리의 다툼 또한 잦은 셈이었습니다.

"아직도 철부지 소릴 하는군."

말을 내뱉고 보니 민희가 전과 달리 진지해 보였습니다. 오랫동안 생각하고 한 말이라는 느낌이 문득 들었습니다. 유치하지 않은 사랑은 사랑이 아니라는 생각 또한 머릿속에 파고들었습니다. 우리 사이의 사랑 역시 겉으로 드러내 놓으면 창피하고 하찮은 것들이 실핏줄처럼 엮여서 유지되고 있었지요. 고개를 돌려 민희를 찬찬히 살폈어요. 눈이 맑고 그윽했어요. 내 가슴이 풀럭풀럭 뛰기 시작했어요. 기다렸어, 그날을. 민희에게 속삭여주고 싶었어요. 가사에 나오는 것 같은 황홀한 공간에서 둘만이 나누는 시간이 눈앞에 그려졌습니다. 사람들이 위험한 불장난이라고 비난할지라도, 지옥 같은 고통을 대가로 치르게 될지라도 감내하고 싶었습니다.

"자기네 당에서 허락할까?"

나는 감정을 다스리며 말을 바꾸었습니다.

"흥! 몰래 갈 거야."

민희의 진심이 읽혔습니다.

"피아노를 치던 손으로 또 콩밭을 매게 되면 어쩌려고? 안돼."

하지만 내 입에서 나온 말은 엉뚱했습니다. 혁명화 처벌을 막 마치고 나온 사람이 왜 아직도 정신을 못 차릴까? 나로 인해서 또 한 번 불행 속에 빠지게 할 수는 없었습니다. 그러고 보니 내가 조금 전 헤어지지 않겠다고 한 말은 대책 없는 흰소리에 지나지 않았습니다.

"거봐. 바로 딴말하네. 우리가 지금까지 되는 일을 했어?"

민희가 비웃었습니다.

"이번엔 농촌으로 영구 추방을 당할 거야."

나는 내 말을 액면 그대로 받아들여 주기를 바랐습니다. 그러면서도 민희가 말을 번복할까 가슴을 졸였어요.

"언제까지 이런 어정쩡한 상태를 지속할 건데?"

따져보나 마나 누군가 한 사람이 크게 망가지지 않고서는 우리가 함께 사는 건 불가능했습니다. 머잖아 쾅 터질 폭탄을 가슴에 품고 있다는 걸 알면서 우리는 관계를 청산할 시간을 하염없이 미루는 셈이었습니다.

"안 돼. 안 된다고."

나는 무턱대고 목소리를 높였습니다. 우리는 같은 뜻의 말을 몇 번 더 거칠게 주고받았습니다. 그러다가 나는 유혹의 심연으로 성큼 빨려 들어갔어요. 민희를 아예 서울로 데려갈 수 있다면? 혹 민희가 그걸 원해서 여행을 가자고 한다면? 기다렸다는 듯 머릿속에서 희망이 넘실대기 시작했습니다.

안전벨트를 매라는 기내 방송이 나왔습니다. 비행기가 곧 착륙할 것이라고 했습니다. 나는 눈을 떴습니다. 누런 스모그에 휩싸인 베이징 시가지가 저 아래로 보였습니다.

2

동명은 평소처럼 입국장 앞에서 기다리지 않았습니다. 건물 밖 낭하에서 담배를 피우고 있었습니다. 남의 양복을 빌려 입은 것 같았던 전과 달리 감색 양복에 넥타이를 맨 모습이 세련

된 기품을 풍겼습니다. 이미 세상 온갖 일에 대한 처신에 익숙해진 사내라는 점을 그런 모습이 일깨워 주었습니다. 대신 깊은 크레바스 같은 균열이 그와 나 사이에 느껴졌습니다.

"왜 왔어요?"

동명이 나를 매섭게 훑어보며 물었습니다. 2년 만에 만나는데도 예의상이나마 인사치레를 앞세우지 않았어요.

"아우를 만나러 왔다니까."

나 또한 퉁명스레 대꾸했습니다. 동명의 입에서 피식 헛웃음이 새어 나왔습니다. 믿을 말을 해야 믿지, 라는 표정이 완연했어요. 서울을 출발하기 전 그에게 전화를 했었습니다. 베이징에 갈 테니 술이나 한잔하자고. 그때에도 그의 대꾸에 마땅찮은 기색이 한껏 배어 있었습니다. 그를 따라 주차장으로 향했습니다. 건물들 뒤에 회색 장막을 펼쳐놓은 것처럼 스모그가 여전히 짙었습니다. 멀지 않은 곳의 풍경들까지 다 지워진 탓에 새벽녘 같은 적막감이 들었습니다. 사람들의 움직임도 퍽 둔해 보였지요.

"내가 형 속을 다 알아요. 놀새 때문에 왔죠?"

나는 대답하지 못했습니다. 사실을 말하지 않으면서 사실을 알리는 방법에 대해서 누차 생각해뒀습니다. 막상 당하니 떠오르지 않았습니다. 사실대로 말하면 민희가 아직도 남조선 사내를 단념하지 못했다는 구설에 오를 수 있었습니다. 내가 NGO의 북한지원팀장을 하던 시절부터 동명은 민희와 나 사이에 끼어 있었습니다. 당시 북한 통전부의 관리였던 그는 내게서 남한 후원자들이 보내는 지원 물품을 인수해 가는 일을 했습니다. 그는 민희와 나를 위해서 자신이 도운 일이 많다고 믿었어요. 나는 그가 적극적으로 나를 돕지 않는다고 눈을 부라리곤 했지만. 이제 그는 예전보다 더욱 겁이 많은 처지에 놓였음이 확연했습니다. 그 사이 북한은 젊은 지도자가 할아버지와 아버지의 대를 이어 정권을 잡았습니다. 그가 툭하면 관리들을 무자비하게 숙청한다고 남한의 언론들은 떠들어댔습니다.

"민희 씨가 중국에 나와 있어? 혁명화는 끝났고?"

동명이 민희를 거론해서 민희가 생각났다는 표정을 짓고 나는 물었습니다. 동명이 자신의 승용차 앞에서 걸음을 멈추었습니다. 승용차는 '사使 131'로 시작하는 번호판을 단 북한대사관 전용차였습니다. 업무는 달라졌지만, 그는 아직 외교관 신분을 유지하고 있었습니다.

"맞네. 아직도 놀새를 못 잊었네. 이젠 눈만 한번 잘못 깜빡여도 반혁명분자 대열로 덜커덕 굴러떨어지는 시절이 되었다고요. 난 더 이상 관여 못 해요."

동명이 승용차의 문을 열면서 대못을 꽝꽝 박았습니다.

"아우가 반혁명분자가 될 사람이야? 그랬으면 벌써 서울 사람이 됐게?"

동명이 나를 뚫어지게 쳐다보았습니다. 그에 대해서 많이 아는 사람만이 할 수 있는 내 말 속에 맹수의 웅크린 발톱이 숨어 있는지 살피는 눈치였습니다. 그는 내 앞에서 많은 사상적 과오를 범했습니다. 물론 대부분 그가 나와 민희를 돕는답시고 저지른 일들이었습니다. 그때는 그나마 속으론 고맙다고 여겼습니다. 하지만 지금은 그 일들이 그를 조국의 배신자로 몰 수 있는 무기가 되어 내 손에 쥐어졌습니다.

"아아, 저를 협박하는 거야요?"

"이제 와서 내가 못 할 게 뭐가 있어?"

동명이 눈초리에 매서운 힘을 실었습니다.

"농담이죠?"

"그건 아우의 희망 사항이고."

나는 농담을 진담처럼 내뱉었습니다. 어차피 그의 입에서 민희의 이름이 나온 터였습니다. 차라리 잘된 일이었어요. 차에 올라탔습니다. 나는 옆자리에 앉았습니다. 차가 주차장을 빠져나왔습니다.

"형이나 놀새나 정말 간덩이가 커요. 지난번 놀새가 동남아에 간 게 걸렸을 때 내가 나서지 않았으면 어쩔 뻔했어요? 농촌이 아니라 관리소(정치범 수용소)로 갈 뻔했다고요."

"그러니까 내 아우지. 정말 고마웠어."

"내 속 좀 그만 썩여요, 제발."

"지금 민희 씬 어딨어?"

한참이 지나도록 동명이 입을 열지 않았습니다. 우리들의 천국인 양 민희와 동남아시아의 어느 왕국에서 보낸 시간들이 기억의 갈피 속에서 고개를 쳐들었습니다. 민희는 회사에 뭐라고 거짓말을 했는지 어렵지 않게 몸을 빼냈습니다. 나는 민희를 지구의 가장 후미진 곳으로 데려갈 작정이었어요. 아무도 찾을 수 없는 곳에, 그럴 수만 있다면 우리조차 다시 빠져나올 수 없는 곳에. 가장 비현실적인 공간이 그 공간에 흠뻑 취한 민희가 우리의 미래를 위해 가장 현실적인 결정을 내리는 데 쓸모가 있을 것이라고 믿었습니다. 하지만 민희가 비자 없이 갈 수 있는 나라는 드물었습니다. 다행히 〈노래의 날개 위에〉 가사에 나오는 것 같은 종려나무와 황금빛 과일과 상하常夏의 해변이 있는 한 왕국을 골랐습니다.

현지인 가이드 위로를 따라 그 왕국 남쪽 해변도시의 비치호텔에 여장을 풀었습니다. 주변 숲과 농경지 위로 우뚝우뚝 솟은 종려나무들이 보였습니다. 찡쪽이라는 도마뱀이 호텔 천장과 벽에 붙어서 찍찍 소리를 냈습니다. 그런 풍경이 우리가 현실로부터 멀찍이 도망쳐 왔다는 느낌을 더욱 짙게 했습니다. 해변의 종려나무 아래서 싱하이 맥주를 마시고, 수영을 하고, 마뚬차를 음미하고, 숲을 산책하면서 남 눈치 볼 것 없는, 기대했던 둘만의 시간을 가졌습니다. 그런 중에도 나는 민희가 서울에 가지 않겠다고 할 경우에 대비한 계략을 짜느라 복잡하게 머리를 굴렸어요. 뜻밖에 민희가 황홀한 시간을 보내는 것 같지 않았기 때문이었습니다. 가끔 먼 바다를 바라보며 한숨을 내쉬었습니다. 나름 골치 아파하고 있다는 걸 나는 눈치챘습니다. 나와 청산의 시간을 가지려고 이 여행에 나선 것이라는 생각이 내게서 움트고 있었습니다.

여행을 마치기 하루 전날이었어요. 우리는 객실에 연결된 발코니의 의자에 나란히 앉아 석양이 붉게 물드는 바다를 바라보고 있었습니다. 민희는 연한 연두색 원피스에 챙이 넓은 페도라 모자를 썼습니다. 모자의 빨간 꽃잎 장식이 바람에 살랑거렸어요. 문주란이 핀 화분들이 있는 발코니와 잘 어울렸습니다. 바다를 향해서 난 방파제에는 본래의 색깔을 잃은 작은 어선들이 정박해 있었습니다. 해변의 종려나무 숲 아래에는 사람보다 더 많은 수의 개들이 어슬렁거렸습니다. 가이드 위로는 들개라고 했습니다. 여기 사람들은 아무도 개를 잡아먹지 않는다고 했습니다.

위로는 자신의 안내를 별로 필요로 하지 않는 우리를 방치하고 대부분의 시간을 객실에 머물렀습니다. 자신은 어디까지나 손님의 의사를 존중할 뿐이라고 의무감 때문에 불편해지는 마음을 다잡는 눈치였습니다. 그러면서도 그는 우리와 마주칠 때마다 생각이 깊어진 시선으로 우리를 쳐다보곤 했습니다. 호텔 체크인을 도우면서 우리의 여권을 본 뒤부터 그랬습니다. 국가적인 중대사를 논의하러 온 사람이라고 보기에는 너무 젊고, 그렇지 않다고 하기에는 달리 해석되는 게 없는 모양이었어요. 어떻게 남과 북 사람이 함께 여행을 할 수 있느냐고 내게 물었지만, 나는 마침 생각났다는 듯 백 달러짜리 지폐 한 장을 팁이라며 내밀고 싱긋 웃었을 뿐이었습니다. 그가 곧 까닭을 알게 될 것이고, 그래서 나를 도울 시간 또한 곧 다가올 것이었습니다.

"우리 조국과 다른 것보다는 같은 것이 많은 나라 같아."

민희가 나직이 말을 건넸어요. 이 왕국에선 감시하는 사람을 의식하지 않아도 되는데, 몸에 밴 습관으로 주위를 둘러보면서.

거리에 나붙은 국왕과 그 가족들의 초상들을 보고 하는 말 같
았습니다.

"위안이 되니?"

나는 시큰둥하게 물었습니다. 배들에 꽂힌 깃발들이 하늘하
늘 나부꼈습니다.

"우리에게만 있다고 생각한 게 여기도 있다는 게 신기해서.
오빠가 언젠가 말했지? 과장과 미화가 우상을 만든다고. 우상
이 세 살 때 맨손으로 호랑이를 잡았다는 전설로 발전하고, 마
침내 전지전능한 능력의 소유자가 돼서 백성을 지상낙원으로
이끄는 신으로 변신한다고. 여기도 기 짝이네."

흡사 내가 자신을 속인 게 있다는 숨은 말이 느껴졌습니다.
나에 대한 미련으로 고민하다가 아무래도 각오대로 해야겠다
고 다짐하는 듯했습니다.

"이 나라에는 다른 나라 사람과 결혼을 못 하게 하는 법은
없어. 눈요기용 비계 따위도 없고. 다리 부러진 노루가 득시글
한 데서 계속 살겠다는 거야?"

나는 가슴에 품은 말을 내뱉었습니다.

"부모님의 여생을 담보로 할 순 없잖아. 오빠가 평양에 오면
안 돼? 오빠도 나와 같은 이유 때문에 못 오는 거 아냐?"

민희가 째려보며 토라질 기색을 보였습니다. 사랑만으로 살
수 있다고 하는 건 엉뚱한 말 하기를 좋아하는 종교인이나 사
상가들의 현혹에 지나지 않나 봅니다. 버리려고 아무리 노력해
도 결코 버릴 수 없는 것들에 민희와 마찬가지로 나 또한 뒷덜

미를 잡혀 있는 게 사실이었습니다.

감정을 추스른 민희가 쓸데없는 언쟁을 피하겠다는 듯 두 팔을 벌려 기지개를 켰습니다. 개 두 마리가 종려나무 밑에서 흘레를 붙고 있었습니다. 나는 민희를 안아서 객실 안으로 들어갔습니다. 내 침대 위에 눕혔습니다. 민희는 고분고분 따랐습니다. 어제까지 우리는 따로 침대를 썼지요. 사실 우리는 지금까지 한 번도 같이 잔 적이 없었어요. 동명은 믿지 않았지만, 나는 그의 오해가 싫지 않아서 애써 진실을 밝히지 않았지요. 민희는 조금 전 이 여행의 마지막 날인 오늘 밤을 서로 몸을 허락하는 시간으로 삼자고 제안했습니다. 그 시간을 민희가 이별의 기념으로 여기리라는 걸 그때 비로소 확고히 깨달았습니다.

모자를 벗기고 원피스의 단추를 풀었습니다. 레이스가 달린 하얀 팬티를 입었을 것이라고 상상하곤 했는데, 역시 그랬어요. 팬티도 벗겼습니다. 부끄러운지 민희가 다리를 꼬았습니다. 쏟아지는 석양에 고스란히 노출된 배와 허벅지와 그 사이의 검은 숲이 눈부셨습니다. 나는 눈을 감았어요. 아름다운 것은 눈을 감고 보아야 하는 법이랬지요. 한참 그렇게 있었습니다.

이제 벼르던 일을 저지를 시간이 되었어요. 깊이 고민했지만, 뾰족한 답을 구하지 못한 터였습니다. 정답은 단순한 데에 있다고 자위했습니다. 시트로 민희의 얼굴을 덮었습니다. 민희가 다리를 더 깊게 꼬았습니다. 나는 침대 밑에 손을 넣어 더듬었습니다. 숨겨놓은 정글용 칼이 잡혔습니다. 야자열매를 벤다는 핑계로 위로를 통해 빌린 것이었습니다. 칼날보다는 칼의 무게를 이용하여 목적물을 내리쳐 베는 둔탁한 칼이었습니다. 시트 밖으로 하얗게 뻗은 민희의 왼쪽 정강이를 칼등으로 겨누었습니다. 눈을 딱 감고 힘껏 내려쳤습니다.

동명은 앙상한 백양나무가 늘어선 도로를 달리다가 6환로環路 못 미쳐서 좌회전을 했습니다. 내가 자주 머물던 값싼 호텔들이 있는 옌조로 방향을 튼 겁니다. 자신의 집으로 간다면 직진하여 4환로에서 우회전해야 했습니다. 그동안 동명은 나를 마중 나오면 늘 공항에서 자신의 집으로 직행했습니다. 식사를 한 끼 대접하는 것으로 체면을 세우고자 했습니다. 동명의 아내는 내가 언젠가 좋아한다고 말했던 꽃게를 매번 삶아주었습니다. 괜한 말을 했다고 후회할 정도로 나는 고무줄로 엄지발을 묶은 채 삶은 꽃게를 먹어야 했습니다.

"호텔로 가는 거야?"

변함없이 쌀쌀맞은 분위기를 느끼며 동명에게 물었습니다.

"아내가 형을 무서워해요. 납치미수범을 집으로 데려갈 순 없죠. 형은 몸에 있는 구멍이란 구멍을 다 입으로 쓴대도 할 말이 없을 거라요."

틀린 말은 아니었습니다. 나는 잠시 살인미수범으로까지 몰렸습니다. 그날 비명 소리를 듣고 위로가 뛰어왔지요. 피가 낭자한 민희의 다리와 시트를 보고 위로는 지체 없이 경찰에 신고했습니다. 그 일을 떠올리면 무척 안타깝습니다. 내 계획은 다리가 부러진 민희를 이 나라에 있는 탈북자 수용소로 데려가려던 것이었습니다. 위로에게 제발 도와달라고 사정했는데,

끝내 현지 경찰에 붙잡혔습니다. 한국대사관에서 나온 영사에게 민희가 망명 의사를 밝혔다고 나는 주장했습니다. 하지만 영사는 어이없다는 표정만 지었습니다. 대신 그는 민희가 북한대사관 모르게 중국으로 돌아가도록 하는 데 힘을 보탰지요.

"미수에 그쳤으니 찾아오지."

나는 동명에게 대꾸했습니다.

"참 뻔뻔해요."

동명의 차는 백양나무 숲에서 불어오는 찬 바람에 맞서며 앞으로 내달렸습니다.

3

스모그는 더 진해졌습니다. 망망대해에 뜬 작은 섬에 갇힌 것 같은 고립감이 들었습니다. 얼마 전 베이징에 다녀온 친구가 병원에 들러 폐 검사를 받을까 고민했다고 하던 말이 빈말이 아니었습니다. 아파트들 사이의 골목길엔 인적이 드물었습니다. 화물차처럼 많은 폐지를 실은 리어카꾼만이 힘겹게 페달을 밟으며 지나가고 있었습니다. 나는 밖의 풍경들에 시선을 보내다가 사흘째 내가 호텔 객실에 방치되었음을 새삼 깨달았습니다. 동명으로부터는 아직 아무런 연락이 없었습니다. 마음을 돌이킬 시간이 부족한 듯했습니다. 내가 입을 열까 두려워하길 바랐는데, 두려움이 임계치에는 이르지 않았나 보았어요. 되레 내

기다림이 임계치에 이른 모양이었어요. 휴대전화기를 꺼내 전화번호를 눌렀습니다.

"내 전화번홀 잊었어?"

나는 평범한 목소리를 가장했습니다.

"아직도 돌아가지 않았어요? 우리 이미 만났잖아요? 술도 한잔 나눴고요. 모친상 당한 것에 위로도 드렸고요."

동명이 신경질적으로 대꾸했습니다. 그는 도착하던 날 호텔 로비에서 맥주 한 캔씩 한 걸 술 한잔한 것으로 얼버무리려는가 보았습니다.

"민희 소식을 못 들었잖아?"

"또 납치하게요?"

"실패한 수를 다시 두진 않아."

"알아서 찾아봐요."

동명은 바로 전화를 끊을 태세였습니다.

"아우가 잘 알 텐데 내가 왜 다른 사람에게 부탁하겠어?"

"나도 몰라요. 조국 어디엔가 있겠죠."

"농촌 생활은 끝났지?"

"모른다니까요."

동명은 내가 자신을 해코지하지 않을 것임을 철석같이 믿는 모양이었어요. 내 성격을 잘 아는 사람이니까요.

"할 수 없군. 베이징 시내를 누비며 공화국 사람들을 찾아다녀야겠어."

나는 발톱을 슬쩍 내보였습니다. NGO 시절 함께 일하던 성

참사 같은 이들이 아직도 베이징에서 같은 일을 하고 있을 것이었습니다.

"정말 더럽게 노네."

동명이 말은 험하게 하지만, 어투는 누그러뜨렸습니다.

"사랑하는 사람을 만나지 못하게 하는 게 더럽지."

"내가 못 만나게 하는 게 아니잖아요."

"아우가 국가를 대표하는 외교관이니까 하는 말이야."

"난 행운을 너무 누렸어요. 더는 바랄 수 없을 만큼. 이젠 확률상 악운이 덮칠 차례라고요."

동명이 내가 친 거미줄에 걸리기를 나는 기대했습니다.

"기다릴게."

먼저 전화를 끊었습니다. 민희와의 관계가 이어지길 바라는 한 동명을 버릴 수는 없었습니다. 따지고 보면 동명이 내 거미줄에 걸리는 게 아니라 내가 그의 거미줄에 초대받지 않은 손님으로 걸린 것이었습니다.

그날 저녁 무렵, 크리스티앙 자크의 소설을 읽던 중이었습니다. 그의 시대에는 정의로운 자들이 입을 닫지 않았고, 어떤 관리도 백성의 소망을 훼방하지 않았다, 는 구절에 걸려 생각에 잠겨 있었습니다. 그때 휴대전화기가 울렸습니다. 통화 버튼을 눌렀습니다. 아무 소리도 들려오지 않았습니다. 아니, 숨소리나 흐느끼는 소리가 어렴풋이 들리는 것 같기도 했습니다.

"민희? 민희지?"

나는 거듭 물었습니다.

"아니라요. 민희 언니라요."

먼 행성에서 발신된 신호처럼 느린 목소리에 하울링까지 끼였지만, 민희가 맞았습니다. 내가 왜 민희 목소리를 잊었겠습니까?

"거기가 어디야?"

돌연 가슴이 터질 듯 부풀어 올랐습니다.

"신의주야요."

대꾸가 간결했습니다. 필요한 말만 하겠다고 작정한 듯했습니다.

"중국이잖아? 내가 다 안다고."

물론 중국에서 전화를 건다고 단정할 수는 없었습니다. 신의주에서는 몰래 중국 휴대전화를 사용할 수 있습니다. 1, 2분의 짧은 시간 동안. 전파를 탐지하는 단속반을 피해야 하니까요.

"민희는 아직 농촌에 있어요. 이젠 잊으라요."

민희가 맞는다는 생각 속으로 그렇지 않다는 생각이 살짝 끼어들었습니다.

"제가 민희를 대신해서 동명 동지 부인에게 부탁해 부의금을 보낸 거라요."

내가 다음 말을 찾는 사이 전화기 속에서 말이 이어졌습니다. 민희를 잊으라면서 민희 언니는 왜 내 동정을 알아냈을까?

"민희가 저를 잊지 못하는데, 제가 어떻게 잊어요?"

의심스러웠지만, 나는 슬그머니 존댓말로 바꾸었습니다.

"같이 살 방도가 있으시면 대봐요."

"……"

"통일이 되면 만나자요."

민희와 만나라는 말인지 민희 언니 자신과 만나자는 말인지 분간이 안 가는 말이었습니다. 그게 상대가 민희가 아닌지 의심케 하는 또 하나의 단서가 되었습니다. 하지만 마음속에만 갇혀 있을 뿐이었습니다.

"언제 통일이 되는데요? 솔베이지가 애인을 만나는 것처럼 다 늙어빠져서나 만나라고요?"

"호상 열렬히 노력하면 빨라지갔지요. 후우."

말끝에 한숨인지 신음인지 분간할 수 없는 소리가 매달렸습니다. 대화를 더 나누길 바랐는데, 전화가 끊어졌습니다. 전화기에 찍힌 번호를 들여다보았습니다. 휴대전화 번호라서 어느 지역에서 전화를 했는지 구분하기 어려웠습니다. 얼른 그 번호로 전화를 걸었습니다. 하지만 전화기가 꺼져 있었어요. 정말 신의주일까? 정말 민희 언니일까? 몇 차례 더 통화 버튼을 눌렀습니다. 마찬가지로 꺼져 있었습니다. 나는 멍하니 창밖을 바라보았습니다. 스모그가 여전히 짙었습니다.

|

고비의 달

1

그는 열차 차창 밖 먼 곳으로 눈길을 돌렸다. 허공의 어둠과
고비사막의 더 짙은 어둠을 구분하는 지평선 위로 상현달이 막
얼굴을 내미는 중이었다. 여인의 가슴에 붙은 금장식처럼 찬란
했다. 줄기차게 따라오던 치롄산맥은 어느덧 자취를 감췄다. 사
막엔 집이든 불빛이든 인공의 흔적이 전혀 보이지 않았다. 어느
별에 불시착하지 않았나 하는 생각이 문득 스쳤다. 여기는 간
쑤성甘肅省이다. 그동안 그가 자주 다니던 둥베이東北 지방에
비해 한층 더 낯설었다. 무심한 표정 속에 숨은 매운 곁눈질을
깨달은 것처럼 생소한 질서, 도덕, 관행이 구축한 다른 세계 속
에 깊숙이 들어왔다는 느낌이 그를 지배하고 있었다.

봉구도 그를 따라 차창으로 머리를 디밀었다. 봉구와 그가
탄 침대칸에는 다른 승객이 없었다. 그들은 통로 끝 차창 밑에
붙은 작은 테이블 양편의 침대에 각각 걸터앉아 있었다. 캔맥

주를 마시던 봉구도 차창에 스치는 달을 본 모양이었다. 그는 어깨를 한껏 벌려 들이미는 봉구의 머리를 막았다. 봉구가 이번에는 몸을 높여 그의 어깨 위로 머리를 디밀었다. 그가 어깨를 높이자 봉구의 턱이 어깨에 부딪혔다. 아픈지 턱을 슬쩍 만져보는 모습이 차창에 비쳤다. 잘코사니!

벌써 몇 번째 거래 실패였던가. 다 봉구의 주둥이 탓이었다. 이번 물건은 죽더라도 손만은 관 속에 넣을 수 없다는 소릴 듣는 쟁쟁한 미술가가 솜씨를 부린 것이었다. 옛 벽란도에서 도굴한 고려시대 청자라고 이력까지 완벽하게 꾸몄다. 그게 모조품임이 들통난 것이다. 압구정동 구매자를 평양 심부름꾼인 봉구와 통화하게 한 게 화근이었다. 봉구가 구매자의 사소한 의심조차 풀어주지 못하고 또 실토했다. 아이구, 머저리! 그 돈 받으면 어머니 무릎 치료를 받게 해드리려고 했는데. 어떤 일을 시키든 얕은 시냇물처럼 상대에게 속을 훤히 드러내 보였다. 제 운명조차 상대의 선의에 기대하며 함부로 맡길 인간이었다. 까닭에 그의 예금 잔고가 푹푹 꺼지는 게 딛고 선 땅이 곧 꺼질 듯 위협적이었다. 봉구에게 시간을 더 주면 달라질까? 아이구, 골치야! 누군 태어날 때부터 사기꾼이었나? 큰 물건으로 한 건 해서 목돈을 쥐면 좋겠는데. 봉구가 충분히 변할 만큼 시간을 벌면 더할 나위 없겠는데.

"형, 나도 좀 보자마."

봉구가 투덜댔다. 그는 달을 보지 못하게 하려고 벌리고 높인 어깨를 비로소 거둬들였다. 봉구가 턱을 그의 어깨 위에 걸쳤다. 어린 시절 함께 창틀에 매달려 은하수를 올려다보던 때처럼 다정하게.

"하아! 저런 광경은 난생처음 본다!"

봉구가 감탄했다.

"지금 관광 가는 줄 아나?"

"둔황에 막고굴이 있다니까 기건 구경하고 오자마."

그의 끓는 속을 모를 리 없을 텐데 봉구는 아직 정신을 못 차렸다. 그제 서울서 중국으로 날아와 봉구를 만나자마자 그는 봉구를 심하게 타박했다. 봉구가 자신을 혐오하는 시간을 갖기를 바랐다. 그들은 지금 둔황의 불화佛畫 모사模寫꾼을 만나러 가는 길이다. 그 사람이 5백 년 전의 종이와 물감 따위 불화 재료를 재현해냈다. 입이 무거운 사람에게만 조금씩 판다는 소문을 들었다. 그런 재료를 손에 넣으면 평양 미술가를 동원한 감쪽같은 불화 모사가 용이할 것이다. 봉구가 똑똑했다면 재료를 구하러 가는 정도의 일은 혼자 해도 되었다. 하지만 봉구는 그런 짓 그만하면 안 되겠느냐고 되레 그를 설득하려 들었다. 그래서 목줄을 매서 끌고 가듯 봉구를 데리고 직접 나선 것이다. 물론 일만 하고 돌아오겠는가. 막고굴뿐 아니라 명사산도 보지. 그는 느슨해지던 신경을 바투 세웠다.

"달이 참 아름답다. 너, 가리키는 달은 안 보고 손가락만 본다는 말을 들어봤나?"

번민 끝에 얻은 생각을 털어놓기 위해 그가 운을 뗐다.

"구름이 자주 끼면 비가 온다, 이런 말은 안다마."

봉구의 말 속에 넌지시 가시가 박혔다. 저를 힐난하는 걸로 안 모양이었다. 건방진 자식. 잘못의 원인을 제게서 찾아야 하는데, 그게 늘 제 나름의 핑계 앞에 가로막혔다. 걸핏하면 그건 형이 잘못한 거라마, 라고 떠넘겼다.

"또 싸가지 없이 말한다. 달 보고 짖는 개처럼 아무 말이나 하지 말란데."

그는 몸을 돌려 제 어깨에 턱을 괸 봉구를 밀어냈다.

"기다려봐. 변할 거야."

봉구가 시무룩해져 마지못한 듯 대꾸했다.

"세계에서 가장 오래된, 금속활자로 찍은 책이 뭔지 알아?"

"그게 손가락만 본다는 말과 무슨 상관이야?"

"꼬박꼬박 말대꾸야. 주둥이를 꿰매놓을 수도 없고. 묻는 말에나 대답해!"

그는 마시던 맥주 캔을 들어 테이블을 탁탁 쳤다. 캔의 구멍 위로 맥주가 튀어나왔다. 정신병자가 속으로 씨부렁대듯 봉구가 입을 삐쭉삐쭉했다. 그 모습이 한풀 더 꺾인 모습으로 비쳤다.

"달을 보지 손가락은 보지 말라는 뜻을 가진 이름의 불경이야. 들어봤어?"

봉구가 고개를 가로저었다. 봉구는 지금의 무역회사로 적을 옮기기 전까지 그와 함께 평양의 대학에서 중국어 교원 노릇을 했다. 자연히 바깥소식에 남보다 귀가 더 틔었을 법한데……

"고려 시기에, 그러니까 6백 몇십 년 전에 남조선 흥덕사라는 절에서 그 불경을 찍었대. 유네스코 세계기록유산이라더라."

그는 아는 척을 했다. 어디서 이 이야길 듣다가 이것도 모르냐고 머리를 쥐어박힌 뒤 나름 공부를 했다.

"기런데?"

"그 불경이 지금 한국에는 없어. 프랑스에 있대. 이조 시기 말에 프랑스 사람이 가져갔대. 요즘 한국에서는 우리나라 어딘가에 그게 남아 있을 거다, 그걸 찾자, 하고 가끔 난리를 떨어. 찾는 사람에게 준다고 백만 딸라 넘게 현상금을 걸었어. 다음번엔 그걸로 한몫 잡자."

"햐아! 백만 딸라! 어케?"

액수가 커서인지, 이제 막 혼이 나서인지 봉구가 관심을 보이는 척했다. 그는 호흡을 가다듬으며 맥주를 한 모금 마셨다. 그때 누군가 문을 두드렸다. 누구냐고 물으려는데, 문이 열렸다. 모습을 내민 건 빨간 투피스를 입은 여자 승무원이 아니었다. 푸른 바지를 입고 왼팔에 빨간 완장을 찬 남자 열차공안원이었다. 공안원이 안으로 성큼 들어왔다.

2

"외국인이지요? 여권을 보여주시오."

공안원은 푸퉁화普通話로 거만하게 말했다. 허리춤에 두 손을 올리고 어깨에 힘을 잔뜩 줬다. 작고 깊은 눈에는 상대를 깊이 들여다보는 버릇이 배었다. 여권은 이 열차를 타기 위해 란

저우 역사로 들어올 때 출입구를 지키는 공안원이 이미 여행 가방과 함께 검사했다. 둥베이의 도시들보다 검사가 한결 엄격했다. 인근의 신장新疆 위구르족 자치구에서 독립을 요구하는 단체들의 테러가 종종 벌어진다는 언론 보도가 실감 났다. 그가 이 지역을 한층 더 낯설게 여기는 까닭이 무엇보다 여기에 있었을 것이다. 그와 봉구는 각각 벽에 걸린 재킷과 침대 밑에 넣어둔 가방을 뒤졌다. 여권을 공안원에게 건넸다. 그는 아까 화장실에서 몰래 담배를 피운 게 마음에 걸렸다. 화장실에서 나오면서 유별난 여승무원의 눈초리를 보았다.

"왜 여권 표지 색이 서로 다르지요?"

여권을 살피던 공안원이 작은 눈을 번쩍 키웠다. 뜻밖의 발견에 스스로도 놀란 듯했다. 담배를 피운 걸 훈계하려고 왔다가 자신의 또 다른 임무를 상기한 것일까? 대비하지 못한 데로 일이 엉뚱하게 번져갈 것이라는 예감이 그의 신경을 자극했다. 중국에 와서 봉구와 함께 호텔에 투숙할 때마다 번번이 여권을 제출했다. 지나가는 말로라도 이런 점을 지적한 호텔 직원은 없었다. 봉구 또한 당황한 표정이었다. 흡연 문제가 아니라면 공안원이 응당 자신을 의심하리라고 여기는 모양이었다. 중국 사람은 북한 사람을 얕잡아 보았다.

"사는 나라가 다르니까요."

그가 막 대답하려는데, 봉구의 입이 먼저 열렸다. 봉구는 이렇듯 제 약점을 견디지 못했다.

"설명이 필요하다고 보지 않나요?"

그는 봉구가 뱉어놓은 말 때문에 대답을 머뭇거렸다.

"조봉구, 조봉호. 이름도 닮았고, 얼굴도 닮았고, 난 날도 1972년 7월 6일로 같고. 그런데 국적이 왜 다르냔 말입니다. 조봉구 선생은 조선, 조봉호 선생은 한국……."

공안원이 여권에 눈을 박고서 채근했다.

"그럴 수도 있지요. 우연의 일치입니다……."

"아니, 쌍둥입니다."

그의 말이 채 끝나기 전에 봉구의 말이 뒤따랐다. 봉구의 귀뺨을 한 대 갈기고 싶은 충동을 그는 가까스로 억눌렀다. 대신 봉구를 사납게 쏘아보았다. 봉구는 또 제가 실수했다는 걸 깨달았는지 고개를 외로 꺾었다.

"쌍둥이가 맞을 테지요."

공안원은 눈에 힘을 박아 마땅히 뒤에 이어져야 할 말을 요구했다.

"그게 아닙니다."

그가 수습에 나섰다. 하지만 이내 공안원이 손을 들어 제지했다.

"조봉호 선생이 한국으로 갔겠지요? 한국 사람이 조선으로 가는 예는 거의 없으니까요. 우리 중국 영토를 거쳐서 갔겠지요? 그렇다면 그게 합법적이었다는 사실을 증명해주십시오."

그의 예감대로 문제는 봉구가 아니라 자신에게 있었다. 봉구는 정식 출장자 신분으로 나왔다. 하자가 있을 턱이 없었다. 머저리 봉구가 곁에 있는 한 무슨 말로 둘러대든지 다 글렀다는 생각이 들었다. 그는 대답하지 못했다. 침묵 속의 대치가 길어졌다.

"먼저 여권을 조회하겠습니다. 그리고 열차 내에서는 금연이란 사실을 잊지 마시오. 벌금이 담배 한 보루 값이 넘습니다."

공안원이 여권을 들고 돌아섰다. 그는 자신이 뭔가를 해야했는데 못 했다는 사실을 심각하게 뉘우쳤다. 한국인이 된 적잖은 탈북자들이 중국을 방문했다가 여권을 압수당해 곤욕을 치렀다는 이야기를 기억하고 있었다. 휴전선을 넘어온 사람도 무조건 중국을 불법적으로 지나가지 않았다는 걸 증명하라는 압박을 받았다고 했다.

그가 아무도 몰래 아내와 자식을 데리고 평양을 떠난 건 4년 전 일이었다. 퍼런 하늘에서 나뭇가지가 시린 바람에 흔들리던 날이었다. 부모님을 잘 모시라는 당부조차 그는 봉구에게 전하지 못했다. 힘에 부쳐 그렇게 못 하는 동생에게 그런 말을 한다는 건 퍽 염치없는 짓이었다.

곡절 끝에 한국 땅에 닿았다. 이삿짐센터에서 막노동을 했다. 시급히 돈을 모았다. 중국에서 보내는 것처럼 꾸며 평양에 보냈다. 하지만 결핵을 앓던 아버지가 벌써 세상을 뜬 뒤였다. 어머니의 관절염은 걷지 못할 정도로 악화된 상태였다. 병원에서 진료는 해주더라도 약과 재료비가 환자가 부담하는 사회가 된 지오래였다. 머잖아 어머니가 아버지처럼 되지 않을까 걱정되었다. 먹고사는 일에서 학문이 한없이 하찮게 여겨지던 시절이었다. 결코 일어나지 않을 듯한 일들이 흔하게 목격되던 시절이었다. 이삿짐을 나르다 보면 어머니나 봉구네 가족도 이삿짐처럼 서슴없이 옮겨 올 수 있다면 좋겠다는 생각이 들곤 했다.

고심 끝에 중앙당에서 일하는 옛 친구에게 선을 댔다. 봉구를 중국 잉커우로 나오도록 했다. 그곳에는 한국으로 가기 전 그가 골동품 거래를 하던 동업자 첸 씨가 살았다. 첸 씨는 그를 과거와 달리 깍듯이 대했다. 고작 20위안 안쪽의 백주를 내놓던 사람이 50위안이 넘는 걸 가게에 나가 일부러 사 왔다. 봉구는 상에 풍성하게 차린 고기 요리들을 눈이 번해서 먹었다.

"한국에 갔더니 굶진 않게 되더라. 나, 이제 승용차도 한 대 있어."

그는 자신을 봉구가 이해해주기를 바랐다. 세상을 험하게 살더니 거짓말을 입에 달았군, 말하듯 봉구는 비웃음을 머금었다.

"중국 조선족들이 한국에 돈 벌러 많이 간단 말을 듣긴 들었다마. 길치만 남조선엔 절대 가지 말라."

봉구는 마른 가지처럼 쭈글쭈글한 코끝에 음식을 먹느라 송송 땀방울을 달았다. 그는 봉구에게 남조선에서 살고 있다고 차마 대놓고 말할 수 없었다. 봉구는 남조선과 털끝만큼이라도 관계를 맺는 걸 끔찍이 두려워했다. 하지만 술이 몇 잔 더 돌자 봉구는 마침내 한국이 남조선의 다른 이름이라는 사실을 알게 되었다. 봉구는 젓가락을 거칠게 상에 내려놓았다. 먹은 걸 토해내고 싶다는 듯 역겨운 표정을 지었다. 정조를 팔아 생활비를 대는 누이를 대하는 것처럼 한동안 침묵했다.

"다시는 내게 연락하지 말라."

침묵 끝에 봉구가 말했다. 봉구는 예전의 그처럼 수많은 외피 속에 갇혀 있었다. 옷을 하나 벗겨내면 하나가 또 있는, 그런 지겹고 거친 대화가 거듭되었다.

"어머니가 전혀 기동을 못 하신다마."

봉구가 어머니를 거론한 건 술자리가 파장에 다다랐을 즈음이었다. 봉구의 대꾸가 궁색해졌다는 걸 그는 느꼈다.

"어머닌 네가 돌보아 드려."

그는 봉구를 한국으로 데려가려는 의향이 없었다. 형제 중 하나는 어머니 곁에 있어야 했다. 대신 돈을 써서 직장을 무역회사로 옮겨주기로 했다. 무역회사는 외국에 내왕하기 쉬운 이점이 있다. 회사에 어느 정도 돈만 바치면 제 돈벌이를 따로 할 수 있었다. 물고기를 잡아주지 말고 물고기 잡는 법을 가르쳐주라고 했던가. 그는 첸 씨와 함께 과거에 하던 일을 잇기로 했다. 첸 씨 또한 그가 한국에 감으로써 중단된 거래를 잇길 갈망했다. 봉구가 모조품이든 진품이든 골동품을 내오고, 첸 씨가 중간에서 그와 봉구를 연결하고, 그와 첸 씨가 한국과 중국에 그걸 팔고…… 이런 식의 새 체계를 만들면 과거보다 더 나은 여건에서 장사를 할 수 있다고 그와 첸 씨는 믿었다. 결국 봉구는 자의 반 타의 반으로 답이 없는 답을 향해 분투하는 그동안의 아득한 여정에서 이탈하는 길을 택했다. 그가 오래전에 그랬듯.

열차가 달리는 소리가 바람 소리에 섞여 쉼 없이 들려왔다. 상현달은 지평선 위로 한 뼘쯤 솟았다. 하늘엔 별들이 무수히 돋아났다. 세상의 별들이 다 이곳으로 몰려와 지상의 적막 속에서 벌어지는 일들을 구경하자는 듯했다.

3

그는 공안원이 하는 짓이 켕겼다. 걱정만 하고 있을 수는 없
었다. 봉구는 제가 아니라 그가 문제라는 공안원의 말을 듣고
도 긴장을 풀지 못했다. 생각이 깊어진 눈치였다. 그러건 말건
그는 봉구의 머리를 쥐어박고 이야기를 마저 했다.

"할아버지가 일제 때 해주 신광사서 중질한 걸 알지? 그 서책
들이 지금도 거기 있갔지?"

켜질지 말지 망설이는 형광등처럼 봉구의 눈이 깜빡였다. 오
랜 과거 속에 묻힌 기억을 힘겹게 캐는 눈치였다.

"할머니가 신광사 절 뒤 할아버지 묘소에 묻었다는 것 말이야."

그가 말을 보탰다. 봉구의 눈이 과거의 어느 시점에 초점을
맞춘 듯 잠잠해졌다. 절대 입조심하라는 당부와 함께 집안에
비장된 극약처럼 살짝살짝 내비치던 서책 이야기를 생전의 할
머니한테 그도 들은 바가 있으리라.

일제로부터 해방이 된 직후의 일이라고 했다. 공산주의에 빠
진 신광사 불목하니들이 붉은 완장을 찬 훤칠한 키의 사내를
앞세우고 절로 쳐들어왔다. 그들은 새 세상에 필요 없는 것들
이 이 절에 너무 많다고 목소리를 높였다. 중들을 결박하고 보
광전의 본존불을 마당으로 끌어냈다. 몽둥이질로 불상을 때려

부쉈다. 그때 불상의 몸 안에서 서책이 몇 권 쏟아져 나와 땅바
닥에 흩어졌다. 의기양양한 불목하니들은 서책 따위에는 눈길
도 주지 않고 다른 법당으로 몰려갔다. 풀려난 할아버지가 그
날 밤 가만히 불경들을 수습했다. 당시 할아버지는 절의 재무
소임을 맡고 있었다.

할아버지는 전쟁 후 사상개조 교육에 참가했다가 뭇매를 맞
곤 했다. 그 후유증으로 세상을 떴다. 가족들 또한 낡은 사상을
신봉한 반당분자로 몰려 자주 비판 대상이 되었다. 할머니는 벽
장 속 서궤에 보관하던 불경들을 단지에 담아 할아버지 무덤
속에 묻었다.

개구리 뜀박질하듯 배급 날짜를 폴짝폴짝 건너뛰던 90년대
중반 고난의 행군 초기, 그는 그걸 파내 팔까 고심했다.

"아무리 어지러운 세상이라도 할 일이 있고 못 할 일이 있어."

아버지는 낡은 사상에 물든 할아버지가 무덤에서 불쑥 살아
나올 것처럼 극력 반대했다. 아버지는 청년 시절 당돌하게도 죽
은 할아버지의 비판에 앞장섰었다. 그런 기질 덕에 출신성분을
극복하고 중국 유학을 가고, 사회과학원 연구사가 된 전력이 있
다. 물론 더 좋은 자리로 옮겨 가고 싶은 희망은 이루지 못했다.
아버지는 서책들을 묻기 전에 본 기억을 그에게 여러 차례 말
했다. 뒤에 알아보니 서책들은 이조 시대 후기의 흔한 불경들이
었다는 것이다. 그는 그 말을 다 믿지는 않았다. 하지만 하지 못
할 일을 할 자신은 없었다. 자칫 잘못하면 어느 정도 성분이 세
탁된 집안을 다시 주저앉히는 꼴이 되기 십상이었다. 떠돌아다

니는 골동품을 사고파는 일과는 차원이 다른 일이었다.

"그 서책들 속에 달을 보지 손가락을 보지 말라는 뜻을 가진 제목의 불경이 있다는 거야?"

봉구가 물었다.

"그 불경을 쓴 백운이란 고승이 10년 넘게 신광사 주지를 지냈거든. 그러니 그 20여 년 뒤 그 양반의 제자들이 펴낸 그 불경이 신광사에 보내졌을 가능성이 커. 오래된 불경은 다 불상이나 탑의 몸속에서 나온다는 것 정도는 너도 알지?"

봉구는 골치 아픈 일을 하나 보탰다는 듯 미간을 찌푸렸다. 그러고는 창 쪽으로 고개를 돌렸다. 상현달은 두 뼘쯤 솟아올랐다. 여기가 지구의 끝이라고 말하듯 지평선을 분명하게 드러냈다. 견우와 직녀가 서로 만나기 위해 칠월 칠석에 한 번씩 건넌다는 은하수는 달빛을 받은 강물처럼 반짝였다.

"달을 보지 손가락은 보지 말라는 말은 책에 쓰인 사상 따위를 보지 말고 제발 돈을 보라는 말과 같아. 단지 안에 그 불경이 없어도 돼. 한국서는 옛 책들이 다 비싸. 어머니 치료를 해드려야지."

그는 봉구의 뒤통수를 향하여 나머지 말을 덧붙였다.

4

공안실은 조금만 움직여도 공기가 서로 부딪쳐 달그락달그락

소리를 낼 것 같은 냉기가 흘렀다. 승객용 침대칸에 있는 것과 같은 작은 테이블과 의자, 침대가 각각 하나씩 너비 2미터에 못 미치는 공간에 두 줄로 빽빽이 놓였다. 테이블 위 벽에는 여기가 법을 집행하는 곳이라는 사실을 알리는 은빛 수갑이 두 개 걸렸다. 하나밖에 없는 의자에 공안원이 앉았으므로 그는 공안원 앞에 엉거주춤 섰다.

다시 객실로 찾아온 공안원의 명령에 따라 그는 열차 끝에 붙은 공안실에 끌려왔다. 여권은 조회 결과 이상이 없다며 돌려주었다. 하지만 공안원은 그에 대해 제대로 알아봐야 할 필요가 있다고 믿는 게 분명했다. 그가 공안원을 따라나서자 봉구는 아연실색했다. 공안실 앞까지 따라와 문에 붙은 작은 유리창을 통해 안을 흘끔거렸다. 그가 잘못될 경우 자신에게 미칠 악영향을 가늠해본 모양이었다.

"태어난 곳이 조선의 해주라는 말이지요?"

공안원이 물었다. 그는 기어드는 목소리로 그렇다고 대답했다.

"어떻게 한국으로 갔습니까? 우리는 선생이 어떤 정치적 신념을 가졌건 상관하지 않습니다. 한국으로 가는 도중 중국 국경을 불법적으로 넘나들지 않았다든지, 그런 사실이 있다 하더라도 이미 중국 법기관의 처분을 받았다든지 하는 사실을 밝혀주시오. 그러지 못하면 다음 우웨이역에서 전문으로 수사하는 기관에 선생을 넘기겠습니다."

불법적인 방식이 아니면 어떻게 한국에 갈 수 있겠느냐고 그는 되레 공안원에게 묻고 싶었다. 월경은 한국에 갈 때뿐이 아니었다. 북한에 살면서 골동품 장사를 할 때에는 셀 수조차 없을 정도로 넘나들었다. 중국 국경도시에서 거래 대금을 떼먹으려는 밀매꾼에게 칼부림을 하고 도망친 적도 있었다.

"오죽했으면 자기 나라에서 부모 형제와 함께 살지 못했겠어요?"

그는 대응을 달리하기로 했다. 일부러 처연하게 두루미가 한 눈을 파는 모양처럼 목을 길게 빼서 옆으로 틀었다.

"불법월경죄를 시인하는 말로 받아들여도 되겠습니까? 그렇다면 바로 우웨이역에서 내려야 합니다. 이곳 서부 지역은 정세가 긴장돼 누구든 범죄 혐의자로 인정되는 순간부터 우리 열차 공안원의 재량권 밖에 놓입니다."

공안원이 테이블 위에 있는 휴대전화를 만지작거렸다. 통화를 하고 나면 자신도 어쩌지 못한다는 사실을 암시하는 듯했다. 그는 바지 뒤 호주머니에 든 지갑을 슬쩍 만져보았다.

"만약 제가 잘못이 있다면 어떤 처벌을 받게 되나요?"

"가벼울 경우 추방이 될 겁니다."

"어디로?"

"중국에서 범죄 행위를 하기 전에 머물던 나라로 돌려보내는 게 상례로 압니다만……."

"그럼 북조선요?"

"법기관에서 판단해야겠지요."

"아이구, 안 돼요. 저는 제 동생에게 생활비를 주자고 중국에 온 거예요. 온 김에 여행도 시켜주자고 이 열차를 탔어요. 제발 제가 동생과 여행을 마칠 수 있도록 도와주세요. 이번 여행 중에 법을 위반한 건 하나도 없잖아요?"

사실과 차이는 있지만, 그는 가급적 공안원의 연민을 자극할 만한 말을 골랐다. 공안원은 대꾸하지 않았다.

"중국을 거치지 않고 한국에 가는 방법이 없는 건 아니에요. 바닷길도 있고, 휴전선을 넘는 방법도 있어요."

그는 공안원에게 자신을 처리할 방향을 가르쳐주듯 말했다.

"선생이 그렇다는 건 아니겠지요?"

공안실에 아무도 없는 게 다행이었다. 그는 호주머니에서 지갑을 꺼냈다. 살찐 마오쩌둥의 초상화가 박힌 백 위안짜리 붉은 지폐를 한 장 한 장 셌다. 다섯 장째에서 뽑아 들었다. 의아하게 지켜보던 공안원의 손에 그걸 쥐여주었다.

"담배를 피운 건 정말 잘못된 일이에요. 다시는 안 그럴게요."

공안원이 눈 밑과 입가에 깊은 주름을 새기며 허탈한 웃음을 머금었다. 이내 돈을 테이블 위에 올려놓았다.

"아무래도 전화를 쳐야겠습니다."

공안원이 휴대전화 화면을 들여다보았다. 그는 지갑에 있는 지폐를 전부 꺼냈다. 20장쯤 되리라. 더는 큰돈이 없다는 걸 보여주기 위해 지갑을 한껏 펼쳤다가 오므렸다. 음흉한 새끼! 속으로 공안원을 욕했다. 세상일의 대부분은 이처럼 이기적 욕망의 자극에 의해서 끌려간다. 누구나 아무도 모른다고 믿는 이런 못된 짓들을 반복하며 살아왔다.

"제발 도와주세요."

공안원은 그가 다시 건넨 돈을 또 테이블 위에 올려놓았다. 그러고는 한숨을 내쉬었다. 천연덕스러운 시간이 흘러갔다. 약을 먹으면 약효가 발휘되는 데까지 시간이 필요하다. 그는 꽂아 놓고 잊어버린 작대기 꼴로 마냥 서 있었다. 어느새 공안원의 휴대전화 화면이 시커멓게 꺼져 있었다.

"객실로 돌아가 있으시오. 열차 속도가 150킬로를 넘습니다. 뛰어내릴 생각일랑 아예 하지 마시오."

이것으로 없던 일로 하겠다는 말을 해야 하는데, 공안원은 그 말을 하지 않았다. 돈을 돌려주지도 않았다. 공안원도 부끄러움을 아는 것이다. 보는 이가 없을 때 제 지갑에 옮겨 넣을 것이다. 그는 공안원에게 깊이 고개를 숙이고 밖으로 나왔다. 봉구는 여전히 문밖에 서 있었다.

상현달은 너덧 뼘쯤 높이의 허공에 떠올랐다. 그 아래로 잔불 같은 노란 불빛들이 차창을 스쳐 갔다. 열차가 어느 소도시를 지나는 중인가 보았다.

5

"돈 먹은 총알은 사형수도 피해 간다는 말을 들어봤지? 조선만 그런 게 아니야. 중국도, 한국도 돈이면 다 된다구."

그는 공안실에 가기 전처럼 테이블을 사이에 두고 봉구와 마주 앉아 공안원이 제게 그랬듯 봉구에게 거만을 떨었다. 공안실에서 돌아오자마자 컵라면을 먹었더니 포만감과 함께 기분이 어느 정도 살아났다. 열차는 이미 우웨이역을 지났다. 공안원은 다시 찾아오지 않았다. 돈을 너무 많이 쓴 게 속이 쓰렸다. 이 제부터는 신용카드나 봉구의 돈을 써야 할 처지가 되었다.

"형은 죽은 걸로 돼 있다마. 남조선에 살아 있다는 사실이, 나와 만났다는 사실이 조국에 알려지면 어찌 되갔어? 지금은 세상이 바뀌었어. 기런 일엔 백만 딸라를 먹은 총알도 피해 가지 않아. 우리 가족 모두가 끝장이라마."

정작 당사자는 한숨 돌리고 있는데, 봉구는 두려운 낯빛을 풀지 못했다.

"멀쩡하게 살아 있는 사람이 죽었다고 하니 기분이 더럽다. 그딴 말 하지 말고 아까 얘기나 계속하자."

그는 불편한 분위기를 이어가는 봉구가 마땅찮았다.

"걱정이 된단데. 공안원이 위에 보고해서 조국에 알릴 것 같단데."

"입 닥쳐!"

봉구가 놀라서 어깨를 움찔했다.

"이번에 조국에 들어가면 서책을 먼저 손에 넣으라."

"내가 첸 선생한테 들은 말이 있어. 국보급 물건은 장물일 경우 원래 소장 국가가 돌려달라면 돌려줘야 한대. 기렇게 국제협약으로 정해져 있대."

"개소리 마. 내가 너처럼 어리석게 놀 줄 알아? 이력을 완벽하게 꾸밀 거야."

"형 만나는 일을 그만둬야갔다. 가슴이 팔딱팔딱 뛰어서 내 명에 못 죽갔다."

봉구의 얼굴이 곧 울음을 터뜨릴 것처럼 일그러졌다.

"이 머저리! 그럼 어떻게 먹고살래? 어머니 치료는 무슨 돈으로 할 거고? 잔말 말고 무덤을 파라. 신광사에 고려시대 석탑도 있다더라. 믿을 만한 애들이 있으면 그것도 들춰보라. 잘되면 인생이 확 바뀌는 거다."

"조국에 살 때 형은 왜 못 파냈어?"

봉구가 정말 못 하겠다는 듯 대들었다.

"그때 얘긴 왜 해?"

그는 아버지 말을 듣고 두려웠다고 말하려다가 참았다.

"형, 달을 보라, 손가락을 보지 말고."

"기가 막힌다. 내가 할 소릴 하네."

"구름이 자주 끼면 비가 온다마."

"아이구, 주둥아리를 콱……."

그때 또 출입문을 노크하는 소리가 들렸다. 문이 열렸다. 공안원이 들어왔다. 공안실의 벽에 걸렸던 수갑이 손에서 반짝거렸다.

"상부로부터 지시가 이제야 떨어졌습니다. 조봉호 선생을 체포하겠습니다. 짐을 챙기시오. 반항하면 수갑을 채우겠습니다. 다음 장예역에 도착하는 대로 관련 수사 부문에 선생을 인계하고 뇌물 공여 혐의도 추가하겠습니다."

질겁한 봉구가 팔을 휘저으며 그와 공안원 사이로 달려들었

다. 뼘으로 헤아릴 수 없도록 높이 떠오른 상현달이 그들을 무
심히 지켜보고 있었다.

|

그 여름의 두만강

1

세관 검사장을 빠져나왔다. 출영객들이 출구 양옆에 늘어서 있었다. 대부분 한국에서 일하다 돌아오는 가족을 마중 나온 사람들이었다. 추석을 며칠 앞두어선지 평소보다 훨씬 혼잡했다. 여행사 이름을 적어 머리 위로 치켜든 피켓들 사이로 이마가 좁은 연변대학 민 교수 얼굴이 보였다. 내게 손을 흔들고 있었다. 형호 형과 함께 여행 가방을 실은 카트를 밀고 나는 민 교수 곁으로 다가갔다.

"또 그 일로 온 건 아니지요?"

악수를 나누며 민 교수가 물었다. 반가운 표정과 달리 말투에는 근심이 뱄다. 나는 탈북자를 취재한다고 이곳에 드나들던 옛일을 떠올렸다. 그의 머릿속을 뒤져 정보를 빼내고, 길 안내를 받고, 운전을 시키고, 술친구를 삼았었다. 그런 탓에 내가 서울로 돌아가면 중국 안전부 요원들이 그를 찾아와 내 행적을 캤다고 했다. 솔직하게 말하는 게 신상에 좋을 것이라고 으름 장을 놓기도 했던가 보았다. 게다가 연변에는 북한과 관련한 일을 두고 남한 사람에게 협조하는 걸 좋아하지 않는 분위기가 이내처럼 퍼져 있다. 주민 대부분이 함경도 이주민의 후손이다. 그도 무산에 가까운 친척이 산다. 하지만 나는 이미 신문사를 퇴직했다. 출발 전 서울에서 형으로 삼고 지내는 분과 함께 놀러 간다고 전화로 알렸다. 그런데도 그가 재확인을 해서 고개를 쳐드는 근심을 잠재우려는 모양이었다.

하긴 나는 나대로 내 말을 믿지 못했다. 일주일 전 북한 인권 관련 세미나가 끝난 뒤였다. 형호 형이 바람이나 쐬러 함께 연변에 다녀오자고 했다. 웬 난데없는 소리를 할까 해서 형을 빤히 바라보았다. 멍한 눈망울의 자학적인 표정 속에는 혼자서라도 가겠다는 고집이 숨어 있었다. 정작 가고자 하는 진짜 이유가 있을 텐데, 그건 말하지 않았다. 건강이 허락할 때 북한 땅을 한 번 더 바라보자는 것일까? 모처럼 남북 이산가족 상봉을 하네 마네 하는 일로 시끄러우니까 가족 생각이 더 간절해졌을까? 요즘 형은 열정, 의지, 용기 같은 걸 다 내팽개친 사람처럼 변했다. 형을 더는 나빠지지 않게 하는 역할이 누구에겐가 주어졌다면 바로 나 자신이라고 나는 믿었다. 마침 며칠 전성묘하러 가지 않겠다는 아들과 다투다가 면전에서 쌍욕을 듣는 기막힌 사건을 겪었다. 갑작스러운 여행이 가족에게 비굴한 도피로 비치고, 가족과 더욱 골이 깊어질까 우려되었다. 하지만 그 사건이 자신에게도 휴식의 시간이 필요하다는 생각에 힘을 보냈다. 놀러 오긴 했지만, 과연 그럴까 싶은 여행이었다. 나는 민 교수에게 대답을 미루고 공항 청사 밖 쪽을 향해 턱짓을 했다. 우선은 혼잡을 피해 밖으로 나가고 싶었다.

청사 처마 밑에 이르자 푸른 하늘 아래 펼쳐진 너르고 한적한 광장이 눈에 들어왔다. 먼저 나온 사람들이 고인 물처럼 하얀 빛을 튀기는 광장을 두셋씩 짝지어 걸어갔다. 주변의 포플러 나무에서는 새들이 제각기 떠드는 소리가 아득히 들려왔다. 기내에 머무는 시간 내내 참았던 담배를 빼 물었다. 눈과 볼이 푹 꺼진 형을 민 교수가 곁눈질하는 게 보였다.

"전화로 말했던 분이야."

민 교수에게 형을 소개했다. 형은 일부러 힘을 준 목소리로 수고를 끼치게 됐다며 악수를 건넸다. 우리는 민 교수 옆에 나란히 서서 그의 승용차가 있는 광장 너머 주차장으로 향했다.

"정말 놀러 왔어."

그 사이 머릿속을 뒤져 옹색하게 찾아낸 대답을 나는 건넸다.

"어떻게 놀 건데요?"

민 교수의 얼굴에 비웃음이 비쳤다. 믿지는 않지만 제발 그랬으면 좋겠다는 쪽에 가까운 표정이었다. 그는 중요한 일일수록 가볍게 말하는 내 버릇을 기억할 터였다.

"즐겁게. 총연출은 형호 형이 할 거고."

나 또한 형의 말처럼 바람이나 쐬는 가벼운 여행이 되기를 진심으로 바랐다.

"형은 여기 온 적 있어요?"

형에게 하찮은 질문조차 참아왔다는 생각을 하던 참이었다. 그동안 아들 문제에 너무 깊게 파묻혀 있었다.

"고향 떠나올 때 거쳐 왔지, 7년쯤 전에."

민 교수가 형을 힐끗 돌아보았다. 그렇지 않아도 형에게서 뭔가 다른 분위기를 느끼던 중이었을 것이다.

민 교수의 중국제 엘란트라 승용차가 공항을 벗어났다. 연길 시내를 가로지르는 부르하통하布爾哈通河가 나타났다. 오후의 햇살을 받은 잔물결에 눈이 부셨다. 저 강에 물이 넘실댄 건 수중보를 설치한 뒤부터였다. 한강을 본떴다나. 10년도 더 된 일이지만, 내 눈에는 탈북한 핵물리학자를 찾아 갈대와 건설 폐자재와 연탄재와 모기 따위로 어지러운 강바닥을 헤매던 때의 광경이 선했다. 형 역시 창밖에 한눈을 팔았다. 어떤 광경에는 그게 사라질 때까지 눈길을 거둬 오지 못했다.

형은 외화벌이 일꾼이었다. 체코 프라하에서 봉제공 150명을 데리고 일했다. 그의 후원자였던 평양의 높은 간부가 알 수 없는 일로 체포된 뒤, 보위원으로부터 트집이 시작됐다고 했다. 목표 벌이 미달, 여종업원들에 대한 착취, 잦은 생활총화 불참, 뇌물 상납 따위의 비리가 하나하나 들춰졌다. 누구나 허물이 아니라 은근한 자랑으로 여겼던 일들이었다. 평양에도 있는 빨간 무궤도열차 트램을 타고 대사관을 드나들며 조사를 받았다. 보위원 역시 형으로부터 정기적으로 용돈을 받았던 사람이었다.

"동무는 반당반혁명분자가 되었소."

땀이 온몸을 적시던 여름날 오후, 보위원은 예비조사 결과를 선언했다. 봐주기 위해서는 먼저 겁을 준다는 그들의 직업적 습속을 가슴에 새겼다. 하지만 이내 평양으로 소환당했다.

연일 장대비가 내렸다. 보위부 조사실의 철창문으로 그걸 바라보면서 형은 처형된 높은 사람의 죄를 자신과 연관시키려고 억지를 부리는 보위원들과의 소통을 간절히 갈구했다. 아내와 아들과의 재회는 머나먼 이국에 사는 것처럼 기대를 품는 것조차 가당찮은 일이었다. 형의 집은 조사실이 있는 곳과 같은 형제산구역에 위치했다. 걸어간다 해도 반 시간이면 닿는 거리였다. 차츰 생명이 대수롭지 않게 육신을 떠날 수 있겠구나 깨달았다.

지친 보위원들이 마지막 한 끼의 외식 기회를 베풀었다. 형을 가엾게 여긴 누군가의 배려라면서. 옛날 형의 회사 평양 본사를 담당하면서 뇌물을 덥석덥석 받아먹던 보위원이 간부로 승진해 있었다. 그를 만나게 해달라고 누차 간청했는데, 그게 이런 식의 답으로 돌아온 모양이었다. 대동강 변의 허름한 식당이었다. 보위원들이 취기로 눈빛이 흐려진 틈에 비가 쏟아지는 강물로 뛰어들었다. 중학교에 다니는 아들과 아들을 뒷바라지하며 평양에 남았던 아내가 가슴속에 들어와 울부짖었다. 떠나면 이젠 다신 못 만나요. 당신이 우리를 버리는 거라요. 하지만 한편에서는 그동안의 경험들이 순응으로 얻을 이익에 대한 기대를 망상이라고 꾸짖고 있었다. 그렇게 형은 조국을 버리는 기구한 여정에 올랐다.

2

점심을 기내식으로 때운 탓에 나는 음식에 눈을 박고 시장
기를 달랬다. 문득 고개를 드니까 형은 아예 젓가락을 놓다시
피 하고 공연을 구경하고 있었다. 민 교수 집 근처 호텔에 체크
인을 하고 나자, 형은 북한식 냉면을 먹고 싶다고 했다. 일부러
냉면을 잘하는 류경식당에 왔다. 민 교수와 함께 자주 들렀던,
연변에서는 가장 오래된 북한 식당이다. 형이 꺼리면 어쩌나 했
는데, 형은 청명에 죽든, 한식에 죽든, 이라고 운을 떼다가 말끝
을 흐렸다.

형은 위를 거의 다 잘라냈다. 그 이유만으로 먹고 싶은 냉면
을 입에 넣지 못하는 건 아닌 듯했다. 홀 정면의 무대로 눈길을
돌렸다. 머리를 하얀 헝겊 띠로 질끈 동여매고 남색 조끼와 흰
바지를 입은 남장 여접대원이 〈군밤 타령〉 곡에 맞춰 춤을 추
는 중이었다. 세월이 흘렀어도 레퍼토리는 거의 바뀌지 않았다.
남한 관광객이 대부분인 손님들, 그들의 무대를 향한 눈길이나
소란스러운 잡담, 직업적인 것치고는 퍽 다감한 접대원들의 미
소가 눈에 들어왔다.

"어서 냉면 먹어."

깜박 잊었다는 듯 형이 젓가락을 집어 들었다.

"고향에 저 접대원들만 한 아이들이 있나요?"

앞자리에 앉은 민 교수가 끼어들었다. 나는 민 교수에게 눈

살을 찌푸렸다. 가족에 대한 이야기는 나와 형 사이에서 금기시되어왔다. 해결책이 없는 고민을 문병객의 덕담처럼 의례적으로 입에 올리며 아픔을 키우는 게 마땅찮았다. 민 교수가 내 뜻을 나름 알아채고 민망한 표정을 지었다.

형은 가족과 연결하려고 백방으로 노력했다. 불행하게도 형이 고용한 중국 동포 브로커의 선은 가족에까지 닿지 않았다. 늙은 부모까지 어딘지 알 수 없는 곳으로 추방당했고, 아들은 군대에 갔다는 따위의 풍문만 물어 왔다. 탈북민들이 남한 사회에서 북한 인권 참상을 규탄하는 일에 앞장설 때 형은 뒤에서 고슴도치처럼 웅크리고 있었다. 북한 인권을 연구하는 기관의 간부가 그러면 되느냐는 비난을 감수했다. 뒤에는 내 권유로 절에 나갔다. 절에서 구고구난救苦救難 관세음보살을 지극정성으로 염송하면 소원이 이루어질 것이라고 했단다. 간절한 소망이 기댈 곳이 이런 허황한 구석밖에 없느냐고 형은 몹시 불만스러워했다. 스님이 달래는 말을 듣고 절을 계속 다녔지만, 암이 수술 불능 상태로 전이됐다는 판정을 받고 나서는 그마저 그만두었다.

"아우가 모르는 일이 있었어."

형이 대수롭지 않은 일이라는 듯 입을 열었다.

"올봄 일이야. 마침내 아들과 연락이 닿았어."

형이 가족에 대해 입을 다문 게 그러고 보니 벌써 두어 해가 흘렀다. 그동안 형은 병원을 들락거리며 항암 치료를 받았다. 내 관심이 거기에 쏠린 틈에 무슨 변화가 있었을까? 기쁘면서도 너무 무심했던 것 같아 한편으론 미안했다.

"아들은 휴전선 인근 지역에서 군사 복무를 하고 있었다더 군. 내가 없어진 직후 아내는 이혼 수속을 밟았고. 이악스럽게 풍진 세월을 견뎌온 사람이었어. 누군가는 국가의 감시망 밖에 서 가족을 위해 힘을 써야 한다는 점을 고려했을 거야. 남편을 공개 비판하는 일까지 서슴지 않았다고 했어. 나는 중국 동포 를 시켜 아들과 닿는 줄에 있는 모든 간부들에게 돈을 쥐여주 었지. 아들을 중국으로 빼냈어."

형의 이야기를 듣는 중에 민 교수가 흠흠, 헛기침을 했다. 접 대원이 귀동냥이라도 할까 염려스러웠을까?

"이야기는 식사 끝내고 나가서 계속하지."

귀는 다음 말을 기다렸지만, 나는 형을 제지했다.

"짧게 말할게."

주위를 둘러보던 민 교수가 의자를 얼마간쯤 뒤로 뺐다. 공 연에 정신을 빼앗긴 척 무대로 눈길을 돌렸다.

"그런데 중국 심양에 도착한 아들이 고장 난 자동차처럼 더 는 꼼짝하지 않았어. 아버지를 만나야만 다음 행선지로 이동하 겠다고 떼를 썼어. 어느 정도 위험을 벗어나니까 가슴에 사무쳤 던 아버지에 대한 은원과 애증이 드러나는가 보다 여겼어."

민 교수를 의식한 형이 목소리를 죽였다.

아들의 떼가 응석 같아 형은 싫지 않았다. 중국 동포는 신속 히 아들을 데리고 제3국으로 이동해서 위험을 벗어나야 한다 며 중국에는 안 오는 게 좋겠다고 했다. 하지만 굳이 심양으로 갔다. 공항에서 택시를 타고 도심으로 들어가는 혼하渾河를 건널 때였다.

"이리로 절대 오지 말라요. 위험해요."

아들이 묵는 곳 인근에 있던 중국 동포의 다급한 목소리가 휴대폰에서 울려 나왔다. 설렘을 누르는 서늘한 냉기가 몸을 감쌌다.

"아들이 낚싯밥이 된 게 틀림없어요."

서울을 떠날 때 형의 신변 보호를 담당하는 경찰관이 당부한 대로 심양 주재 한국영사관에 전화를 걸었다. 달려온 영사와 함께 중국 동포를 따라 아들이 은신했다는 따둥취라는 지역으로 갔다.

백화점 앞 인파 속에 몸을 숨기고 대로 건너편의 아파트를 살폈다. 푸릇푸릇 막 봄빛이 오른 버드나무와 햇볕을 튕기는 유리창, 베란다에 걸린 녹슨 위성안테나나 빨래 따위가 보였다. 중국 동포가 버드나무 쪽을 향해 눈짓을 했다. 버드나무 가지에 가려 잘 보이지 않는 아파트 외부에 설치된 비상계단에 젊은 사내 셋이 걸터앉아 있었다. 긴장된 눈길로 주위를 둘러보는 중이었다.

아들과 통화했다.

"어서 오라요."

아들은 그 말만을 반복하며 울었다.

"아버지는 조국과 당의 배신자야. 가정을 박살 낸 악마야. 이제라도 조국에 용서를 빌고 같이 살자."

아들은 마침내 해야 할 말을 하며 욕을 퍼부었다. 지척에 있지만 만날 수 없는 상태에서의 대화는 형의 밭은 숨소리로 끝이 났다.

"아들의 욕이 누가 시켜서 한 것이 아니고 오랫동안 가슴에 고여 있던 것이라는 생각이 들었어."

나는 형의 맥주 글라스에 맥주 대신 생수를 채웠다. 형의 병명이 확정된 뒤부터 해온 짓이었다. 이 어쭙잖은 짓을 형도 습관으로 받아들였다. 의연한 척하며 맥주가 담긴 내 글라스를 형의 것에 부딪쳤다. 그러고는 한입에 털어 넣었다. 혈육이란? 정이란? 분명히 답을 아는 문제인데도 알고 있는 답이 과연 맞는지 헤아렸다. 형이 아들과 아내, 고향에 대해 실컷 취하도록 내버려 두는 게 좋겠다고 마음을 바꿔먹다가 고개를 내저었다.

무대에서는 한복을 입은 접대원이 전자기타를 팅기며 〈심장에 남는 사람〉을 불렀다.

"인생의 길에 상봉과 이별이 얼마나 많으냐고 하잖아. 어서 냉면 먹어."

나는 노래 가사에 빗댄 말로 쏘아붙였다. 접대원은 이어서 헤어진대도오, 헤어진대도오 심장 속에 남는 이 있네에, 라는 구절을 노래했다. 가사에 취한 듯 몸까지 비틀었다.

식탁에 돌연 적막이 감돌았다. 그걸 감지했지만, 웬일인지 나조차 입이 열리지 않았다. 무슨 말을 해야 한다고 생각하면서도 생각에만 머물렀다. 이따금 성급히 글라스를 비우는 형의 동작만이 적막을 깨뜨렸다. 가만 보니 생수가 아닌, 맥주를 자작하고 있었다.

"안 돼!"

내가 새된 소리를 냈다. 글라스를 빼앗으려 하자 형이 다른 손을 내둘러 막았다. 형을 째려보았다. 민 교수가 식탁 앞으로 의자를 당겨 앉았다. 분위기를 잡아보려는지 연길 마사지집 이야기를 꺼냈다. 전신 마사지는 어떻고, 오일 마사지는 어떻고, 마사지사 아가씨는 어떻고…… 내 귀에는 스쳐 가기만 할 뿐인 그 이야기를 민 교수는 말하는 것만으로도 즐거운 듯 한동안 지껄였다.

3

침대 위에 벌렁 드러누운 형이 코를 골았다. 형이 잠들기를 기다리던 나는 창가 소파로 나와 앉았다. 부르하퉁하에 홀로그램 같은 울긋불긋한 도시의 야경이 들어앉았다. 휴대폰을 꺼내 카톡을 열었다. 받는 이에 아내 이름을 쳤다.

'잘 도착했어. 별일 없지?'

새벽에 집을 떠나왔으면서 새삼 별일 없냐고 묻는 문장이 마음에 들지 않았다. 여보, 걱정이 많지? 이런 다감한 문장으로 바꿀까 잠시 망설였다. 아들 사건은 입 밖에 내기 싫었다. 이미 써넣은 문장의 전송 버튼을 눌렀다. 하지만 보내고 나서도 뭔가 부족하다는 느낌이 사라지지 않았다. 휴대폰으로 부르하퉁하에 비친 야경을 찍었다. 그걸 또 카톡으로 보냈다.

'편히 계시다가 오세요.'

짤막한 답신이 왔다. 아내의 가슴에 쌓인 앙금이 느껴졌다. 아들은 그제 제 회사 근처에 원룸을 잡아 집을 나갔다. 그날 아내는 10년 만에야 엄마가 해준 밥을 먹기 시작했는데, 라고 말을 맺지 못한 채 훌쩍였다. 아들은 공부를 퍽 잘하는 아이들이 다니는 고등학교에 들어가 학교 기숙사에서 생활했다. 대학과 군대 생활을 마치고 취직까지 한 뒤 집으로 돌아왔다. 만 9년은 넘고 10년에는 몇 개월이 모자랐다. 집 안이 꽉 찬 듯 훌쩍 큰 그가 무척 대견했다. 학비를 대야 했다면 생활에 타격이 있었을 게 뻔해서 고맙기까지 했다. 하지만 그의 언행에서 언뜻언뜻 불안감을 느꼈다. 잘못을 찾자면 애매하고, 억측이라고 단정하면 아비 노릇이 소홀하다는 말을 들을까 우려되는 불안감이었다. 시비를 보다 확실히 가려주면 사회의 훌륭한 재목으로 커나가리라 믿었다.

아, 그런 다짐이 지금 무망해졌다. 아비와 자식 간의 관계조차 회복할 수 없는 지경에 빠졌다. 그날 아들은 술을 마셨을까? 그래도 그렇지. 아무리 머리를 굴려도 이해되지 않았다. 내가 참아야지 않을까? 무엇에 대해 섣불리 판단하면 진실을 왜곡할 가능성이 크다는 걸 나는 경험을 통해 알았다. 나중에 보면 그때 왜 그랬지, 하는 어처구니없는 상황이 한두 번이 아니었다. 무슨 소릴! 죽고 싶도록 치욕스러웠는데.

강변 건물들의 모서리를 장식한 네온사인이 어느새 모두 꺼

졌다. 부르하퉁하의 수면 아래에 보이던 황홀한 세계가 온데간
데없어졌다. 검은 물결 속에는 구름과 구름 속을 헤쳐 가는 반
달이 담겼다. 어디선가 컹컹 개 짖는 소리가 밤하늘을 흔들었다.
그 소리가 현실이 아닌 것 같은 현실을 절실히 일깨워 주었다.

4

민 교수의 오래된 엘란트라는 에어컨이 시원찮았다. 차라리
창문을 열고 달리는 게 나을 것 같았다. 북한 회령으로 연결된
삼합의 두만강 교두 부근에 다다랐다. 민 교수가 파란 페인트
를 칠한 블록 담장 옆에서 브레이크를 밟았다. 예전과 다름없이
담장은 파란색보다는 하얀색이 더 많을 만큼 퇴색되었다. 담장
밑으로 누런 개가 지나가고 있었다.

"삼합 개들이 형을 보더니 슬금슬금 꽁무니를 빼네요."

시동을 끄지 않은 채 혼자서 차에서 내리며 민 교수가 중얼
거렸다. 나는 차창을 내리고 개를 향해 눈을 부라렸다. 개가 재
빨리 담장 옆 골목 안으로 달아났다.

"개고기 맛은 삼합 똥개가 일품이야."

담장 안의 주택으로 걸음을 옮기는 민 교수의 등에 대고 나
는 소리쳤다. 대문이 없는 주택의 마당 한 귀퉁이에는 일정하게
자르고 쪼갠 자작나무 장작들이 가지런히 쌓여 있었다. 장작더
미 옆 텃밭에서 차양이 넓은 모자를 쓰고 일하는 아주머니의

등이 보였다. 그녀에게 민 교수가 뭐라 말을 걸었다. 벼르던 대로 특별한 점심을 준비시키는 모양이었다.

옛날에 오랑캐령이라고 부르던 강변의 야산으로 민 교수는 다시 차를 몰았다. 정상에 다다를수록 하늘 아래로 단조로운 높낮이의 음표를 줄로 이은 듯한 산맥이 모습을 드러냈다. 연이어 청색 지붕을 한 빌딩들이 드문드문 박힌 회령 시가지가 솟아올랐다. 옛날엔 건물들이 거무칙칙했었다. 최근에 일률적으로 청색 페인트칠을 했는가 보았다. 산과 시가지를 지나온 하천 양옆으로는 누른색을 띠기 시작한 논밭이 펼쳐졌다. 하천의 북단에 중국 쪽 산이 비친 두만강이 흘렀다. 두만강 교두에는 시내 빌딩들과 마찬가지로 청색 지붕을 한 북한 세관이 보였다. 중국에서 북송되는 탈북자들은 저 세관 앞에서 북한에 인계되곤 했다. 내가 간간이 도와주던 핵물리학자 장 씨도 저곳을 거쳐 잡혀갔다. 탈북자들은 세관서 시내로 이어진 도로를 포승에 묶여 줄지어 걸어가면서 중국 쪽으로 고개를 돌리곤 했다. 그들의 모습을 카메라에 담으려고 사진기자와 함께 이 산 소나무 숲에 잠복했던 적이 있었다. 안내를 맡았던 민 교수가 한사코 망원렌즈 앞을 막아서는 통해 촬영에는 실패했다. 사진이 신문에 실리면 안전부가 자신을 가만 놔두겠느냐고 정색하며 달려들었다.

정상에서 차에서 내렸다. 돌연 습기를 품은 바람이 숲의 나뭇가지들을 흔들었다. 때늦은 태풍이 서울을 강타할 것이라고 했다. 여기까지 영향을 미치나?

"형이 이 부근에서 강을 건넜어? 그래서 오자고 한 거야?"

이곳에 대한 특별한 사연이 있는지 궁금했다.

"아니. 저 상류 쪽 남평이란 데로."

형이 무심코 한숨을 쉬었다. 심약한 모습을 보이지 않으려 해도 그리되지 않는지 이내 입꼬리에 멋쩍은 웃음을 매달았다. 우리는 정상에 있는 망강각望江閣이라고 쓴 돌비석 옆의 정자 안으로 들어갔다. 회령 쪽을 향해서 난간에 앉았다. 단독무장을 한 변방대 병사 둘이 정자 옆 소나무 그늘 속에서 불쑥 나타났다. 매운 눈초리로 그들을 살폈다. 그러다가 원래 그러고 있었다는 듯 소나무 밑에 쪼그려 앉아 담배를 빼 물었다.

"그럼 왜 여길 오자고 한 거야?"

"저쪽……."

형이 손가락질을 했다. 형의 손가락을 따라 나는 회령 시내를 둘러싼 산의 서쪽 기슭으로 눈길을 옮겼다.

"내 부모님이 아들과 함께 저 하늘 밑에 있대."

내가 눈동자를 키웠다.

"저기에 유선탄광이 있어. 지도를 보니까 여기서 10킬로도 떨어지지 않은 곳이야."

민 교수는 또 그딴 이야기를 하느냐는 듯 일어나 차로 향했다. 운전석에 앉아 의자를 뒤로 눕혔다. 이내 차 밖으로 음악 소리가 새어 나왔다. 군가 같은 북한 노래가 시끄럽게 울려 퍼졌다.

"형은 평양 출신 아냐?"

형이 흐물흐물 무너질까 걱정하면서도 대꾸하지 않을 수 없어 물었다. 형의 푹 꺼진 눈에 물기가 비쳤다. 그걸 보이지 않으려고 형이 슬며시 고개를 반대쪽으로 돌렸다.

"훗날 중국 동포 브로커가 자세한 경위를 알아냈어. 아들은 애초부터 군인이 아니었어. 할머니 할아버지와 함께 평양에서 추방돼 7년째 저기 유선노동자구 탄부로 일한다는 거야. 아들을 심양에 내보낼 때 보위부가 군인으로 위장시키고 줄곧 미행했다는 거야."

"형수는?"

"아들은 알 텐데, 그 애를 못 만났으니……."

"개새끼들!"

엉겁결에 나는 욕설을 내뱉었다.

"평양 집에 가족이 모여 추석 음식을 먹은 게 10년이 넘었네."

알 수 없는 기운이 치밀었다. 나도 모르게 벤치 바닥을 주먹으로 내리쳤다. 추석날은 아들과 차례를 같이 지내야 하는데. 그 전에 화해하긴 글렀지? 형은 자신의 상황을 개탄해서 그러는 줄 아는지 가만히 있었다.

회령 뒷산의 산색이 차츰 검게 변해갔다. 바람이 거세졌다. 산 위에 얹힌 먹구름이 산의 형체를 위로부터 빠르게 지우는 중이었다.

"비가 쏟아지려나 본데, 얼른 내려갑시다. 고기가 지금쯤 맛있게 익었을 겁니다."

민 교수가 차창 밖으로 얼굴을 내밀고 소리쳤다. 벌써 빗낱이 정자의 기와지붕에 둑둑 들었다. 소나무 밑에 앉은 병사들이 엉덩이를 털고 일어났다.

5

세 사람은 푸른 담장 집 마당 한편에 친 차양 밑의 평상 위에 둘러앉았다. 가운데에는 매화 가지에 앉은 파랑새가 그려진 빨간 포마이카 상이 놓였다. 뜨거운 것에 뎄는지 포마이카 칠이 돌멩이에 맞은 유리창처럼 쩍쩍 갈라졌다.

푸른 담장을 따라 이랑이 이어진 텃밭에서는 해바라기와 귀리, 고추, 토마토 따위가 익어가고 있었다. 해바라기들은 이젠 해를 바라보기가 지겨운 듯 고개를 푹 꺾었다. 50대 중반쯤 되어 보이는 주인아주머니가 김이 솟는 큰 양푼을 가슴께에 받쳐 들고 마당을 가로질러 왔다. 빗방울인지 땀방울인지 분간할 수 없는 물방울이 얼굴에 송송 맺혔다. 상 위에 올려놓는 양푼에는 손으로 찢거나 분지른 개의 다리며 갈비가 수북이 담겼다. 몇 번 왔던 집인데, 아주머니는 나를 알아보지 못했다. 이렇게 싸고 푸짐하게 주는 집이 서울 근처에 있다면 자주 드나들 수 있어 좋겠다는 생각을 그때마다 했었다.

"놀러 왔다면서요? 오늘은 놀자고요. 이 고기 먹으면 회춘할 겁니다."

이 집 요리는 자신이 내겠다고 이곳에 오기 전부터 선언한 민 교수가 고기가 너덜너덜 붙은 뼈다귀 하나를 맨손으로 집어 형에게 디밀었다. 형도 맨손으로 그걸 받았다. 고기를 한 입 베어 물면서 싱긋 웃었다. 민 교수의 입장을 무시한 채 자기만 주책을 부렸다는 것처럼. 형이 식욕을 내는 모습이 내게는 되레 비정상적으로 비쳤다. 암을 발견하기 전엔 냉면 못지않게 개고기를 좋아했다. 서울 개는 항생제를 과다 투여하여 사육한 것이라고 내가 고개를 절레절레 흔들어도 별걸 다 따진다고 투덜대곤 했었다.

"이래 봬도 나, 아직 생산능력이 있어요."

형이 민 교수의 농담을 농담으로 받았다.

"또 낳아서 어쩌려고?"

나 역시 뼈다귀 하나를 손에 들고 대화에 끼었다. 세 사람은 고춧가루를 듬뿍 푼 양념간장에 고기를 찍어 먹으며 하하하, 공허한 웃음을 날렸다.

"강 건너에 있는 아들 이야길 하시던데, 안됐어요. 저도 딸년 때문에 골머리를 썩이고 있어요."

민 교수가 뜻밖의 말을 꺼냈다.

"딸년이 아비도 모르는 애를 낳았다고요."

우리의 눈길을 묵묵히 견디다가 민 교수가 덧붙였다. 나는 그제야 그에 대한 아픈 기억이 떠올랐다. 연변 사람들이 너 나 할 것 없이 해외로 돈벌이를 나가자, 지식인들조차 막노동꾼 대열에 끼어 한국으로 몰려가던 시절이었다. 그렇게까지 자신을 낮출 수 없던 그는 내게 교환교수 자리를 찾아달라고 부탁했다. 친분이 있는 서울의 몇몇 교수가 큰소리치며 약속한 바 있는데, 감감무소식이라나. 곡절 끝에 그의 청을 들어주었다. 그는 아내도 한국으로 데려왔다. 식당에 취업시켜 벌 때 벌자는 속셈이었다. 중학생 딸은 외할머니에게 보내졌다. 교환교수 생활 2년을 마치고 부부가 귀국했을 때, 딸은 반항과 방황에 물씬 젖어 있었다. 대학에도 들어갈 형편이 되지 못했다. 가출을 일삼았다.

"자세히 말해봐."

내가 요청했다.

"입에 올리기 싫어요. 그 애를 생각하면 지긋지긋해요."

"곧 방황이 끝날 거야."

"다음에 오실 땐 티셔츠라도 하나 사 와요. 그 애가 한국 옷을 무척 좋아하거든요."

"돌아가면 소포로 부쳐줄게."

"형이 제일 부러워요."

이번에는 민 교수의 눈길이 내 얼굴 위에 머물렀다.

"에구. 말 마. 나도 마찬가지야. 천 리 길을 달려왔는데, 문턱을 못 넘고 나자빠지게 생겼어."

아들과의 사건이 있기 전까지 친구들과 앉은 자리에서 자식 이야기가 나오면 나는 빠지지 않고 아들 자랑을 슬쩍 끼워 넣었다. 전혀 겸손하지 않은 태도였지만, 겸손한 체하려고 애쓰면서. 그때 나는 한없이 행복한 기분에 젖었다.

민 교수의 눈길이 대답을 재촉했다. 나는 비가 내리는 마당을 마냥 바라보았다. 차양을 우둑우둑 두드리던 빗소리가 실로폰 소리에서 큰북 소리로 바뀌었다. 보랏빛 섬광이 하늘을 찢었다. 동시에 크릉크릉 하늘이 우는 소리가 누리에 진동했다. 나는 아들에게 못되게 군 적이 있었던가 오랫동안 해온 생각 속을 또 헤맸다. 내 시야 밖에서 그 녀석이 씩씩거리며 나를 꼬나보고 있었던 걸 왜 몰랐을까? 다시 옛날로 돌아가려면? 만약 그 방법을 찾았대도 그가 돌아올 것 같지 않아 머릿속이 몹시 어지러웠다. 그 틈으로 형에 대한 근심까지 간간이 끼어들었다. 가족이 있는 북한 땅을 그저 한번 건너다보자는 게 여기 온 이유의 전부일까? 그것만은 아닌 것 같은 느낌이 들었다.

6

차는 오던 길과 달리 두만강을 왼편에 끼고 비포장도로를 달렸다. 백금을 거쳐 연길로 돌아가는 우회로였다. 형이 유선노동자구를 가까이서 보고 싶다고 했기 때문이었다. 폭우는 멈추지 않았다. 와이퍼는 가장 빠른 속도로 작동하고 있었다. 번갯불이 비치듯 앞이 드러났다가 순식간에 사라지곤 했다. 강 건너 회령은 먹물빛의 장막에 가려졌다. 산의 형상만 어렴풋했다. 오른편의 중국 쪽 산은 군데군데 자리 잡은 활엽수 군락지에서 나뭇잎들이 비바람에 뒤집혀 하얗게 질려 있었다.

"차 좀 세워줘요."

북한 쪽에 눈길을 주던 형이 민 교수에게 부탁했다. 시계를 보니 삼합을 출발한 지 20분이 지났다. 차가 천천히 비탈길을 오르는 중이었다.

"아무것도 보이지 않는데?"

내가 의문을 품고 대꾸했다. 형이 손바닥으로 입을 막고 건구역질을 했다. 속이 거북한 모양이었다. 물이 줄줄 흘러내리는 비탈길을 지나 풀숲 위에 차가 멈추었다. 형이 푸른 담장 집 아주머니가 준비해준 낡은 우산을 펴 들고 밖으로 나갔다. 앞에서 물속을 헤엄쳐 오는 메기처럼 군용 지프 하나가 다가왔다. 국경 순찰을 도는 변방대 군인들의 것이었다. 군인들에게 토하는 모습을 보이지 않으려는지 형이 강 쪽의 왕버드나무 숲으로 들어갔다. 지프가 멈추는 듯하자 민 교수가 운전석 창문을 반쯤 내려 얼굴을 보여주었다. 군인이 손가락으로 형이 사라진 숲을 가리켰다. 민 교수가 제 입에 손을 가져가 토하는 시늉을 했다. 지프가 지나쳐 갔다.

한참이 지났다. 민 교수와 나는 창문을 살짝 열고 담배를 한 대씩 피웠다. 꽁초를 창밖에 내던지고 다시 한참이 지났다. 형이 돌아오지 않고 있었다.

"이 양반이 마지막 장 연출을 과격하게 하는 것 같네요. 강 너머로 간 거 아닐까요?"

민 교수가 근심스럽게 물었다.

"그럴 리가."

대답은 그렇게 했지만, 나 역시 그런 근심에 사로잡힌 참이었다. 바람을 쐬러 온 게 아니라 태풍을 맞으러 온 것 같았다.

"이번엔 제가 제대로 곤욕을 치를 모양이네요."

나를 바라보는 민 교수의 얼굴에 겁이 서렸다. 나는 우산을 펴 들고 밖으로 나갔다. 우산 위로 떨어지는 빗방울 소리가 세상이 무너지는 소리처럼 들렸다.

"형! 형호 형! 어딨어?"

왕버드나무 숲에 대고 목청껏 외쳤다. 목소리는 빗소리에 막혀 멀리 퍼져나가지 못했다. 숲 안으로 들어갔다. 넘어진 풀들이 형의 자취를 보여주었다. 다리에 휘감기는 풀숲을 헤치며 자취를 따라갔다. 개구멍처럼 뚫린 중국 측 국경 철조망을 허리를 굽혀 넘었다. 자갈밭이 나왔다. 자갈밭 끝은 누런 강물이었다. 비에 이미 씻겼는지 토한 자국은 어디에도 보이지 않았다.

"형! 어딨어?"

두만강 줄기가 급하게 휘어지고 있었다. 그렇다면 저쪽 대안이 유선노동자구일까? 강 속에 군데군데 바위가 돌출된 걸 보면 깊지는 않았다. 자갈밭과 강, 다시 자갈밭 위쪽의 왕버드나무 숲을 살폈다. 제가 제대로 곤욕을 치를 모양이네요. 민 교수의 말이 귓가에 웽웽 맴돌았다.

그때 저만큼 떨어진, 왕버드나무 가지가 늘어진 자갈밭에서 조금씩 들썩이는 시커먼 물체가 보였다. 검은 우산이었다. 다가갔다. 우산 안을 들여다보았다. 형이 무릎을 꿇고 강 저쪽을 향하여 연거푸 허리를 굽히고 있었다. 절을 하는 모양새였다. 얼굴은 빗물인지 눈물인지 땀인지, 아마도 그것들이 다 함께 범벅된 것 같은 물에 흠뻑 젖었다. 재킷 등과 바짓가랑이도 마찬가지였다. 나는 지켜보다가 손바닥으로 그의 등을 찰싹 쳤다.

"개고길 먹으니 힘이 넘쳐?"

형이 동작을 멈추고 돌아보았다. 손으로 얼굴을 훔쳤다. 붉게 충혈된 눈이 드러났다.

"망나니 같은 자식이라도 곁에만 있으면 좋겠어."

말 같은 소릴 해, 라는 힐난이 입 밖으로 터져 나오는 걸 참았다. 대신 형의 어깨를 우산을 들지 않은 쪽 팔로 감싸 안아 일으켜 세웠다.

|

압 록 강

드디어 큰 놈이 지난밤 짙은 안개를 헤치고 강을 건너온 모양이다. 큰 놈을 기다리던 자들이 아침부터 말을 아끼고 있다. 관심사가 오직 큰 놈뿐인 것처럼 쑥덕거리더니 자, 네가 등장할 시간은 따로 알려줄 테니 빠져 있어, 라고 노골적으로 눈치를 주었다. 해는 길고 할 일은 없다. 더구나 이국의 낯선 도시. 술이나 축낼 수밖에.

"영섭아!"

복도에서 나는 발소리를 듣고 류징이 외친다. 조선족 마을에서 자라 우리말을 어지간히 할 줄 아는데도 영섭에게는 반말이다. 달포 전에 왔을 때와 달라진 것이 없다. 문이 열린다. 천장에 UFO처럼 매달린 미러볼 탓에 룸 안의 벽이며 바닥을 알록달록 수놓던 빛이 사라진다. 흰 와이셔츠에 빨간 나비넥타이를 맨 영섭이 얼굴을 쑥 내민다. 죽이겠대도 웃겠다고 작정한 놈처럼 밝게 웃고 있다.

"네 어머니 자궁이 웃는 놈만 뽑아내는 공장이니? 얘가 반말을 하는데도 웃게? 부지배인답게 놀아야지."

앞에 엉거주춤 선 영섭에게 나는 시비를 건다. 군청색 미니스
커트를 입은 스물다섯 살짜리 류징의 부드러운 허벅지 위에 손
을 얹고 소파에 몸을 기댄 채. 하지만 영섭은 아랑곳하지 않고
눈꼬리와 입 주위에 주름을 새기며 웃음을 얼굴 전체로 키운
다. 하긴 제 사장한테 욕을 바가지로 얻어먹다가도 손님만 나타
나면 변검變臉 배우처럼 순식간에 웃는 얼굴로 바꾸는 놈이다.
이렇게 가볍게 노니까 이런 시비조차 어느덧 내게 심심찮은 안
줏거리가 되어가고 있다.

"아가씨들이 손님들한테나 반말하지 않음 돼요."

영섭이 뒤통수를 긁적인다. 영섭은 이 도시에서 멀리 떨어진
산촌에서 왔다고 했다. 그래서일까? 제가 부려야 할 여종업원들
한테도 굽실거린다. 어느 영악한 것이 그래야 된다고 가르쳐준
모양이다. 부지배인 자리를 어떻게 꿰찼는지 도대체 이해가 안
된다. 이 룸살롱 프리마 주인인 강 사장의 가까운 피붙이라면
모를까. 나는 슬그머니 손을 뻗어 영섭의 사타구니 속을 움켜
쥔다.

"앞으론 저 강변 거지들한테까지 아양 떨고 살아라, 자식아!"

영섭이 얼른 엉덩이를 뒤로 빼자 손끝에 걸렸던 물컹한 것이
빠져나간다. 류징이 히히, 웃는다.

"영섭아, 진류푸 한 병 더 줘. 작은 걸로."

류징이 내가 자주 마시는 중국산 백주를 주문한다. 또 반말
로. 값싼 백주를 시키고도 나는 당당하다. 가짜 양주를 먹고

실명한 사람이 나왔다는 신문 기사를 본 직후였다. 나는 영섭에게 "느네 사장이 하는 짓을 보면 여기서 파는 양주 역시 가짜겠지?"라고 농담 반 진담 반으로 물었다. 내 말이 막 끝나자, 하필 강 사장이 오랜만에 들른 내게 눈인사를 하러 룸 입구에 모습을 드러냈다. 영섭은 내 말을 강 사장에게 그대로 옮겼다. '느네 사장이 하는 짓을 보면'이라고 말한 부분까지. 다른 종업원이 그랬다면 나를 골탕 먹이려고 일부러 하는 짓으로 보였을 것이다. 강 사장은 무슨 헛소리를 주절대느냐고 영섭에게 빽빽 소릴 질렀다. 가짜도 진짜라고 우겨야 할 놈이라는 뜻이 질책 속에 숨어 있었다. 종업원들을 데리고 사장 험담을 한 꼴이 되어서 나는 퍽 난감했다. 영섭은 직사하게 깨졌다. 내가 사장이라도 반 죽여놓았을 것이다. 하지만 영섭은 어떻게 거짓말을 하느냐는 표정을 지었을 뿐이었다. 사장이 돌아간 뒤 영섭은 가짜가 없다는, 돈 없는 현지 손님들이 주로 마시는 백주를 내게 권했다. 그 뒤부터 나는 떳떳하게 백주를 주문한다. 룸에서 나가려고 고개를 숙이려던 영섭이 다시 예의 밝은 웃음을 짓는다. 그러다가 해야 할 말을 잊을 뻔했다는 듯 내게 바짝 다가선다. 제 사타구니 속을 또 만질까 손바닥을 펴 앞을 가리고서.

"사장님, 귀한 물건이 있는데요."

영섭이 내 귀에 대고 재빠르게 속삭인다.

"그런 건 한국 관광객들에게나 팔아."

나는 눈살을 찌푸린다. 정말 머저리네. 내게까지 수작을 부리려 하다니. 강 사장은 골동품 가게도 운영한다. 가게는 프리마

바로 곁에 붙어 있다. 북한에서 기술자를 데려와 청자 모조품을 구워 진품으로 속여 판다. 바다에 1년쯤 넣었다가 따개비 따위를 잔뜩 붙여 내놓거나 화공 약품에 산화시키면, 문화인입네 해서 어깨에 살짝 힘이 오른 사람들의 눈에는 영락없이 예성강 하구나 개성 고분의 발굴품이 되는 것이다. 아직도 이런 눈면 구석이 있네, 여기고 꾸지도 않은 간밤의 꿈을 기억해내려 애쓰며 서슴없이 신용카드를 긁는다. 한국 관광객이 많이 오는 술집이니까 이젠 영섭까지 삐끼로 내세웠나?

"기런 물건이 아니고……."

영섭이 볼멘 얼굴로 덧붙인다.

"난 꾼들하고만 거래해."

"저도 꾼인데……."

나는 기가 막혀 큭, 헛웃음을 터뜨린다. 너까지 꾼이라고 하면 난 뭐라 해야지? 꾼 할애비의 할애비의 할애비? 목을 타고 넘어오는 막말을 겨우 참는다. 머저리한테 괜한 말품을 더는 팔 필요가 없다.

"꾼은 꾼이라는 말 안 해. 술이나 어서 가져와."

안타깝다는 듯 영섭이 또 뒤통수를 긁적인다.

"잘 생각해보셔요."

영섭이 나와 눈을 맞춰보려고 애쓰다가 밖으로 나간다. 룸 안은 다시 미러볼이 흩뿌리는 알록달록한 빛으로 채워진다. 따지고 말고 할 것 없이 강 사장이 현명하다. 요즘처럼 물건이 귀하면 이 장사를 더는 못 해먹는다. 큰 놈이 강을 건너왔는가 본데, 이 도시의 본토박이 업자들이 나를 얼씬 못 하게 하고 있다. 강 저쪽 물건을 전담하는 자기들의 영역을 침범하지 말고 자기들을 거쳐서 사라는 것이다. 그렇게 하면 겨우 경비밖에 건지지 못한다. 기술자만 구할 수 있다면 나도 차라리 강 사장처럼 모조품 사기꾼으로 본격 나서는 건데.

"옵빠, 한 잔 마셔요."

류징이 내 얼굴 앞으로 잔을 내민다. 나는 그것을 받아 원샷으로 비운다.

"옵빠, 노래 불러요."

류징이 신나는 분위기로 돌아가고 싶은지 테이블 귀퉁이에 놓인 노래책을 내민다. 류징의 풍만한 가슴골 밑으로 빨간 브래지어가 비친다. 나는 류징의 스커트 속으로 손을 더 밀어 넣어 가슴만큼 풍만한 엉덩이를 만진다. 그래. 삼수갑산을 갈망정 놀자. 놀자고.

거리는 강바람과 별들과 가로수의 차지가 되었다. 하루에 한 번은 이처럼 적막하고 낯선 시간이 이 도시의 거리에 깃든다는 사실이 믿기지 않는다. 내가 막 나온 룸살롱 프리마가 입주한 3층짜리 건물의 이마에서 반짝이는 네온사인만이 불과 한두 시간 전까지 존재했던 거리의 번잡을 옛이야기처럼 드러내 주고 있다. 프리마는 아직도 룸살롱이 아닌, '롱살룸'이란 간판을 달고 있다. 저 꼴불견을 왜 빨리 고치지 않느냐고 따졌더니 강 사장은 그래도 손님만 많으면 된다고 대꾸했다. 저것 때문에 손넘이 한 명이라도 더 오면 왔지 덜 오지는 않을 것이다. 숨은 그림을 찾아낸 듯 간판은 저 오자를 발견한 한국 관광객들의 시선을 붙잡고, 실소를 자아내게 하고, 그래서 프리마를 오래도록 기억하게 할 테니까. 사전에 전혀 의도하지 않았을 저런 것까지 돈 잘 버는 강 사장의 치밀한 각본으로 여겨지게 한다.

"창공에 빛난 벼얼, 물 위에 어리어, 바람은 고요히 불어오누 나아. 내 좋은 흥겹게 류징을 누비리라아."

불현듯 떠오른 가곡을 마음 내키는 대로 가사를 바꿔 부르며 나는 비틀비틀 강변도로를 걷는다. 호수처럼 잔잔한 강물에서 별빛이 반짝인다. 돈을 벌면 도달할 수 있는 찬란한 세계가 그 속에 자리한 것 같다. 나를 부축하는지 내게 의지하는지 분간할 수 없도록 류징은 내 한쪽 팔에 매달려 따라온다. 나는 강변에 설치된 난간을 붙잡고 청바지 지퍼를 내린다. 류징이 보든 말든. 하얀 오줌 줄기가 둔치로 기세 좋게 뻗어 나간다.

"옵빠, 오늘 나, 뿅 가게 해줘요. 나, 이제 남자가 좋아요."

나와 열두 살 차이가 나는 류징이 창피한 줄 모르고 또 히히, 웃는다. 내가 류징을 찾는 이유가 여기 있다. 이 방면에서 일하는 여자답지 않게 솔직하다. 돈이 떨어졌을 때나 출근하고, 파트너는 주제넘게 제가 고르려 한다. 류징은 제가 나를 선택했다고 믿고 있다. 류징과 다른 이유지만, 나 역시 창피가 사라졌다. 남의 나라에서는 체면, 배려, 인간관계 따위로 내 안에서 숨죽이고 있던 행동들을 슬쩍슬쩍 드러내도 나무랄 사람이 없어서 좋다.

"그래서 궈 사장한테 병을 옮겼니? 니 별명이 유삥有病이라며?"

궈 사장은 류징을 유삥이라고 불렀다. 류징한테서 병을 옮았다고 했다. 나이 육십을 바라보면서 궈 사장처럼 여자를 밝히는 사람도 드물 것이다. 냄새 나는 여자와 동침할 때는 제 코밑에 향수를 바른다고 했던가. 정말 병에 걸렸다면, 병은 다른 여자에게서 옮았을 수 있다. 내가 프리마에 나타나면 류징이 달려와 제 애인 챙기듯 팔짱을 껴서 채 가니까 질투심이 뻗쳐해본 소리일 것이다.

"나, 못 살아. 못 살아."

류징이 눈을 흘긴다. 가슴까지 탕탕 친다.

"눈 더 찢어지면 내가 다신 널 안 봐."

문득 아래쪽에서 외치는 소리가 들린다. "탈북자 새끼가……!"라는 우리말이 회오리바람처럼 획 솟구쳤다가 사라진다. 무척 화가 난 남자 목소리다. 사업하는 조선족이나 한국 사람이 적잖게 사는 도시다. 하지만 70만 인구에 비하면 우리말을 쓰는 사람은 새 발의 피다. 저 후미진 구석에서 우리말 욕설이 울려 퍼졌다는 사실이 심상치 않다. 귀를 세운다. 쏴아 바람소리가 흐른다. 그 속에서 둔치로 떨어지는 오줌 소리가 보다 크게 이어진다. 오줌을 멈추려 해보지만, 한창 쏟아지는 중이어서 마음대로 되지 않는다. 환청? 아니다. 류징도 들은 듯 아래를 내려다본다. 류징의 시선이 향한 곳에서 오줌 줄기가 차츰 사그라지고 있다.

"뭘 봐!"

나는 진저리를 치며 청바지 지퍼를 올린다. 난간 아래 강 하류 쪽을 계속 살핀다. 별빛에 번들거리는 이파리들에 감싸인 버드나무 숲에 눈을 끔벅거리며 초점을 맞춘다. 사람만 한 것이 바람에 수런거리는 버드나무 숲 속으로 쑥 들어간다. 마침 막 지나간 차의 전조등이 만든 그림자? 아니, 강 건너에서 밀선을 타고 온 또 다른 꾼들? 그런데 탈북자라니.

"유삥, 너도 봤지?"

유삥이라고 부르는데도 류징이 가만히 있다. 숲 쪽을 살피기에 바쁘다. 숲에는 방금 본 걸 증명할 어떤 것도 없다. 갑자기 밤꽃 냄새가 진동한다. 누가 등 뒤로 다가와 칼로 찌를 것같이 등골에 서늘한 기운이 흐른다. 어서 가! 바람이 등을 떠민다. 기죽지 않으려고 나는 목을 빳빳이 세우고 걸음을 옮긴다. 거리가 스산한 기운으로 넘실댄다. 작년 이맘때, 강을 건너온 고려시대 청자 주전자를 본토박이들을 거치지 않고 직접 사겠다고 나섰다가 그들의 하수인이 분명한 자들에게 4일 동안이나 잡혀 있었다. 내가 갇힌 숲 속의 방 창문으로 밤꽃 냄새가 흘러 들어 왔다. 그들은 돈을 요구하며 칼로 내 배를 찔렀다. 어설픈 상처였다면, 돈을 주지 않고는 풀려나지 못했을 것이다.

"영섭이, 영섭이를 때려요, 누가."

아직까지 난간 밑에 눈길을 주던 류징이 놀라서 말을 더듬는다. 술값을 치를 때 영섭이 보이지 않았다는 데 생각이 미친다. 돌아서려는 내 몸을 바람이 한사코 가로막는다. 가! 가래두! 맞

는 사람이 정말 영섭? 그럼 영섭이 탈북자? 거기에 더해 꾼? 그
럴 리가…….

"옵빠, 저기."

류징이 따라와 내 팔을 잡아챈다.

"골동 장사에 뛰어들었으면 영섭이도 고난의 골짜기를 통과
해야 되는 거야. 그래야 새 세상이 그놈을 받아준다고."

나는 아무 말이나 지껄인다. 지껄이고 보니 영섭이가 꾼이라
면 틀린 말은 아니다.

"구해줘요. 빨리."

내가 앞으로 나아가지 못하도록 류징이 팔을 잡아끈다.

"얘도 취했네. 공안한테 할 말을 내게 하네. 가자. 오늘 밤 내
가 너를 뿅 가게 해줄게."

나는 더욱 의젓하게 걸음을 뗀다.

"옵빠, 나쁜 놈. 저러다가 영섭이가 먼저 뿅 가면……."

류징이 멈춰 서서 발을 동동 구른다.

"영섭이한테 반말이나 하지 마."

진열대에 늘어선 도자기들 사이를 빠져나온 햇살이 쭈글쭈
글해지기 시작한 주인의 얼굴에 매병 주둥이 모양의 짙은 그림
자를 드리웠다. 조선시대 청화백자 주발을 수리하던 주인 귀
사장이 출입문에 매달린 방울 소리를 듣고 고개를 든다. 옆으
로 길게 째진 눈이 몰래카메라처럼 살짝 내게 향한다.

"어젯밤에도 밀선이 들어오던데요?"

내 말을 듣고 귀 사장이 작업대 앞에서 일어나 안쪽에 놓인 응접 소파로 간다. 나도 따라가 귀 사장이 앉는 앞 소파에 풀썩 몸을 부린다. 귀 사장이 자신과 나 사이에 있는 탁자 위의 전기포트 스위치를 누른다.

"봤어요. 밤늦게 프리마에서 나오다가."

나는 짐작을 사실처럼 보이도록 덧붙여 말한다. 골동품 밀선들은 대부분 귀 사장의 손바닥 안에서 논다.

"얼마나 많아서 배가 어제 오고 오늘 또 오고 하갔어?"

"어제 큰 놈이 오긴 왔군요?"

귀 사장이 도자기를 수리하던 작업대 한편에 있는 뚜껑이 열린 스티로폼 박스를 손가락으로 가리킨다. 비닐에 싸인 청자 접시, 백자 주병, 청동 수저 따위 잔챙이들이 박스 안에 보인다. 이것들이 여기 있는 걸 보면 큰 놈도 벌써 귀 사장의 손안에 들어간 것이 틀림없다. 창고 안에 고이 숨겼으리라. 귀 사장은 강 건너 신의주에 사는 화교 동생 덕에 밀매 일을 오래 해왔다. 이 도시에서는 이 일의 원조 격이다.

"청자는 다 신훠新貨(모조품)야. 자네에게 내줄 만한 게 없어."

오랜 세월 속마음 따로 겉말 따로 해온 습관이 표정에서 느껴진다. 포트에서 물 끓는 소리가 난다. 아무 손님에게나 다 내놓으면서 특별한 손님에게만 내놓는 것이라고 말하는 보이차를 귀 사장이 탁자 밑에서 꺼낸다.

"근데 영섭이는 왜 맞았대요?"

나는 어젯밤 일에 관심을 두는 척한다. 큰 놈을 보자며 안달

하는 속마음을 다스리면서.

"그 착한 아이가 왜 맞아?"

귀 사장이 탁자 위 쟁반에 엎어놓은 찻잔 두 개를 바로 세워 보이차를 따른다.

"글쎄 말입니다. 걔가 겁도 없이 모조품 장사에 끼어든 것 같던데요?"

"강 사장 밥을 먹으니까 강 사장을 도와야갔디."

"탈북자 같던데, 제 나라 코빼기서 그런 짓 하다가 잡히면 어쩌려고?"

숙취 상태에 녹차를 마시면 속을 버린다는 생각을 하면서 나는 잔을 들어 입에 대는 시늉을 한다. 귀 사장이 나를 뚫어지게 쳐다본다. 내가 정말 알고 하는 말인지 가늠하는 눈치다. 그저 던져본 말인데 별나다.

"걔가 혹시 작년에 제게 청자 주전자 사기 친 북한 미술가 놈들 일당이 아녜요?"

근거가 있다면 있고 없다면 없지만, 내 추측이 한발 더 나아간다. 내가 당한 일을 귀 사장에게 상기시키면 큰 놈을 넘겨받는 데 보다 유리한 국면이 조성될 것이라는 계산을 한다. 작년 북한 최대의 미술가 집단인 만수대창작사 도예창작단에서 미술가 세 명이 자기들이 만든 도자기들을 들고 강을 건너왔다. 창작단 소속 미술가들에게 식량을 공급해주기 위한 궁여지책이었다나. 중국에서 활동하는 업자들의 가슴을 열려고 형편을 과장하던 여느 북한 사람들과 그들은 달랐다. 좋은 말로 하면 순박하고, 나쁜 말로 하면 무지했다. 수집가들의 기호조차 모르고 있었다. 현대미술의 추세와 동떨어진 북한 작품들을 누가 살까. 외면의 원인을 뒤늦게 깨달은 그들은 돌아가서 국가 수장고의 문화재를 털어 왔다. 그 소식을 들은 나는 귀를 바짝 세우고 은밀히 행방을 추적했다. 마침내 이 도시의 뒷골목에 있는 커피숍에서 그들을 만났다. 그들은 보자기를 풀어 오리 모양을 한 청자 주전자를 조심스럽게 내보였다. 도록에서도 보지 못한 희귀품이었다. 얼마나 가슴이 뛰었던지. 원래 주전자 골동은 손잡이나 주둥이가 돌출된 탓에 성한 게 희소하다. 그들의 주전자는 주둥이 역할을 하는 오리 입 부분이 조금 깨졌을 뿐이었다. 나는 이 장사를 하는 묘미가 바로 여기 있지, 생각하며 쾌재를 불렀다.

"아, 자네가 한 번 당했디?"

차가 식기를 기다리던 귀 사장이 잔을 들어 한 모금 삼킨다. 내가 직거래를 하다가 당했다고 바닥을 떠들썩하게 한 내 피랍 사건을 어찌 잊었을까. 귀 사장도 십중팔구 관련되었을 것이다. 내 움직임이 포착되자, 여기 업자들이 서울 미꾸라지가 한 마리 끼어들어 온 물을 다 흐린다고 성토해댔으니까. 배에 칼을 찔리고도 나는 호텔 침대 밑에 숨겨둔 돈을 꺼내 청자 주전자를 샀다. 20만 달러라는 파격적인 값에. 다행히 중상은 아니어서 응급치료만 받은 채 후다닥 서울로 내뺐다. 감정을 받았다. 그런데 자기 표면의 기포가 모두 뭉개져 있었다. 내가 왜 이걸 확인하지 못했을까? 화공 약품으로 강제 산화시키고 땅속에 묻어두었던 가짜였다. 부랴부랴 판 자들을 수소문했다. 연결되지 않았다. 낭패였다. 수습을 하는 방법은 딱 한 가지. 수집가로 유명한 기업인 장 회장을 찾아갔다. 그 물건을 담보로 급전인 척 30만 달러를 빌렸다. 정한 날짜까지 갚지 못하면 물건이 장 회장 소유가 된다는 구절을 차용증 말미에 끼워 넣고. 장 회장은 이런 방식이 헐값으로 명품을 손에 넣는 편리한 절차의 하나임을 잘 알고 있었다. 상환 날짜가 빨리 지나가기를 나보다 더 간절히 바랐을 것이다. 돈이 완벽하게 내 것이 된 뒤 일은 엉뚱한 데서 터졌다. 장 회장이 등산 중에 돌연 심근경색으로 저세상으로 갔다. 소장품들이 자식들에 의해 모두 지역 공공 박물관에 기증되었다. 기증 목록에 있는 청자 주전자가 모조품 임이 드러났다. 감옥의 담장 위에서 위태롭게 놀던 나는 드디어 감옥 쪽으로 굴러떨어지고 큰 별 하나를 이마에 떡 붙이게 되었다.

"영섭이가 그놈들 일당 맞죠?"

나는 거푸 묻는다.

"착한 아이라니까."

귀 사장의 대답이 궁색하다. 내가 조금은 안다고 여겨 소극적으로 부인하던 이가 이젠 제 속이 다 들통날까 우려하는 듯하다. 나는 심증을 굳힌다. 치미는 부아를 삭이려고 입을 앙다문다. 영섭이 미술가다? 그래서 강 사장의 모조품 제조책이 되었다? 룸살롱 부지배인 노릇을 하면서? 내 상상력이 봄바람이 불을 달고 달리듯 정신없이 번져나간다. 머저리 짓을 하며 뒷구멍에서 호박씨를 까고 있었다? 나쁜 새끼!

"착하긴 뭐가 착해요?"

나도 모르게 억양이 좀 올라간다.

"속단하지 말고 내 이야길 먼저 들어봐. 나중에 알았네만, 자네가 당한 데엔 사연이 있었디. 그 사람들이 값을 많이 쳐주는 자네 같은 한국 업자들과 밀거래를 했던 모양이야. 자네와 거래하기 전에. 기런데 그 업자 중 하나가 황훠荒貨(잔챙이)를 몇 개 구입해 환심을 산 뒤 13세기 상감청자 매병 열한 개를 감정한 뒤 돈을 주갔다 하고선 가지고 한국으로 내뺐대."

"……"

"물건들이 많으니까니 가져올 때 큰 빚을 내서 군대, 보위부, 보안서에 뇌물을 바치거나 바치기로 약속하고 기랬던가 봐. 큰일이 난 거디. 아낙(안)에선 너희들이 떼먹었디? 들어오면 곧장 감옥에 처넣갔다, 난리를 쳤다나 봐."

"그러니까 한국 업자에게 당한 걸 제게 복수했다는 말이네요. 여기 사람들이 주전자가 가짜인 줄 알면서 저를 납치했다는 말도 되고요."

궈 사장이 멋쩍은 웃음을 머금는다. 나는 머리를 쿡 쥐어박고 싶은 심정에 빠진다. 내가 악착같이 주전자에 매달릴 때 본 토박이 업자들은 속으론 웃고 있었다? 저희들이 멋대로 만든 거래 질서를 보호한답시고 나를 납치하여 내가 허겁지겁 물건을 사도록 유도했다? 그러니 순순히 풀어줬지. 그러니 물건이 내 손에 들어왔지.

"한국 사람에게 청자를 열한 개나 날렸으니 그 사람들이 얼마나 악에 받쳤갔어? 서울까지 쫓아가서 그놈을 죽이고 자기도 죽갔다고 설쳐댔으니까니. 기런 차에 자네가 걸려든 거지."

"개새끼들!"

"기러고도 가져가야 될 돈이 모자라고, 자네에게 사기 친 게 겁도 나니까니 골 있는 미술가들은 여기 업자한테 돈 조금 꾸어서 평양의 높은 데 있는 간부들과 타협하고 조용히 들어갔고, 한 사람이 멍청하게 책임 다 뒤집어쓰고 남았대. 들어간 사람들이 물건을 계속 보내주갔다고 했다디. 약속대로 하긴 하는데, 황휘만 보내니까니 뇌물 액수도 계속 늘어나서 팔아도 빚만 는다디. 그 빚 다 갚아야 간다고 그 사람이 어디 숨어서 일을 한다는데……. 영섭이는 아닐 거고."

영섭이 아니라는 말이 영섭이 맞는다는 실토처럼 들린다. 나는 이제 다 지난 일이라고, 인생을 마저 조지지 않은 걸 다행으로 여기자고 다시 한번 다짐한다. 다음 물건이 있으니까. 그러면서도 영섭을 머릿속에 꾹꾹 챙겨 넣는다.

"그나저나 그젯밤에 넘어온 큰 놈은 금동불상 맞아요? 진품이 맞냐구요?"

궈 사장이 내가 그 일 때문에 온 걸 왜 모르겠느냐는 듯 휴대폰을 꺼낸다. 사진 하나를 찾아 내 코앞에 내민다. 가슴 높이에서 왼손의 검지를 오른손으로 감싸 쥔 지권인智拳印을 한 것으로 봐서 금동비로자나불좌상이다. 금칠이 많이 벗겨졌다. 듬성듬성 진한 검버섯이 피었다. 그래도 값은 상당할 것 같다. 보물큰 물건이 나온다더니 빈말이 아니다. 예상처럼 귀 사장이 어느새 다른 업자들을 제치고 손에 넣었다. 조용히 지켜보다가 덥석 무는 수완에 나는 은근히 감탄한다.

"많이 썩었네요. 실물을 보여주시죠."

흥정을 위해 물건을 얕잡아 보는 말을 건넨다. 귀 사장이 대답하지 않고 창밖 거리로 눈길을 돌린다. 자전거 앞부분에 리어카를 결합한 수레에 채소를 가득 실은 짐꾼이 힘겹게 페달을 밟고 있다. 수레가 사라지고 뒤로 넘어질 듯한 글씨체로 묘향산여행사란 상호를 옆면에 새긴, 강을 건너온 승합차가 지나간다. 침묵의 시간이 흐른다. 나는 비행기 삯만 날렸음을 깨닫는다.

"제 값이 더 좋을 텐데요."

이미 셔터를 내린 가게 문은 아무리 두드려도 소용없다는 걸 알면서 덤벼본다. 여전히 대답이 없다.

"이미 서울 큰손이 낚아챘어요?"

"요즘처럼 물건이 귀하면 이 짓, 더는 못 해먹갔어."

귀 사장이 더는 대꾸를 하지 않을 수 없는지 동문서답을 한다.

"저를 왜 오라고 했어요? 저랑 흥정을 해봐요."

"……."

나는 맥이 빠져 일어선다. 이번 것은 내게 넘겨줄 것처럼 물건 정보를 알려주며 어서 비행기를 타는 게 좋을 것이라고 하더니 돈 많이 준다는 수집가와 직거래를 하기로 한 모양이다. 귀한 물건은 임자가 따로 있다는데…… 정말 이 짓, 더는 못 해

먹겠다. 아이구, 더러워.

"오늘 밤에 프리마에서 한잔하디. 유삥이 데리고. 자네가 좋아하는 꺼꾸로 치는 민화투도 한번 놀고. 제일 점수 적게 난 사람이 돈 따는 거 말이야. 머리를 역회전시키는 데는 그것만 한 게 없어."

궈 사장이 나중 거래를 생각하는 듯 인사치레의 말을 한다. 그러면서도 내가 출입문을 향해 몸을 돌리자마자 어서 가라는 듯 일어나 작업대 쪽으로 간다. 나는 고개를 푹 꺾고 가게를 빠져나온다.

프리마 건물 앞 느티나무의 어둠 속에 검은 재킷을 입은 남자가 서 있다. 어젯밤 오줌을 갈겼던 난간에서 둔치로 내려가는 계단 길목이다. 느티나무 둥치에 머리를 박은 남자가 가끔 어깨를 들썩인다. 막 어떤 슬픈 일을 겪은 사람 같다. 뜻밖에 프리마 쪽에서 류징이 다가온다. 프리마로 가던 나는 발 마사지 가게 간판 뒤로 몸을 숨긴다. 류징이 남자 곁에 서서 핸드백에서 꺼낸 뭔가를 내민다. 남자가 그걸 바라보며 코를 팽, 푼다. 눈물, 콧물 다 짜고 있는 모양이다. 가로등 불빛에 남자의 얼굴이 얼핏 드러난다. 오른쪽 눈에 안대를 했다. 안대한 걸 빼놓고는 짐작했던 사람과 다르지 않다.

"그깟 돈으론 턱도 없어."

남자가 류징이 내민 것을 손으로 물리친다. 목소리까지 영섭이다. 그렇지 않아도 영섭을 만나러 가는 길이다. 궈 사장 가게를 나온 뒤 당장 쫓아가려다가 일을 낼 것 같아서 참고 참았다.
막상 얼굴을 보자 가슴속에서 다시 격랑이 일어난다.

"얼마나 수요되는데?"

류징이 묻는다.

"나도 몰라. 줘도 줘도 이자가 늘어나 끝이 없어."

"강 사장을 우리 마을 옵빠들 시켜 막 때려주라고 할까?"

"말도 안 되는 소리 하지 마. 인츰 갚을 거라고 했어."

"무슨 돈으로?"

"……."

류징이 손에 든 것을 막무가내로 영섭의 바지 주머니에 쑤셔
넣는다. 돈이리라. 영섭이 안대 속으로 손가락을 넣어 눈물을
닦아내느라 류징의 손을 미처 막지 못한다. 나는 호흡을 가다
듬는다. 간판 뒤에서 나와 그들을 향해 걸어간다.

"어! 영섭이! 너도 유삥이하고 노니? 느네 가게엔 여자가 유삥
이밖에 없니?"

문득 그들을 발견한 것처럼 말을 건넨다. 안대를 한 영섭의
오른쪽 눈 주변이 먹물을 끼얹은 것처럼 검게 멍이 들었다. 홀
쭉 마른 작은 체구에 안대까지 했으니 선장한테 죽도록 얻어터
진 해적선 선원 같다.

"옵빠!"

류징이 화가 나서 소리친다. 영섭은 얼굴에 얼른 미소를 만들
지만, 예의 해맑은 미소와는 거리가 멀다.

"어허, 눈 더 찢어지면 다신 안 본다고 했잖아."

나는 최대한 느긋하게 대꾸한다.

"내 돈 줘. 어제 안 받은 돈."

"뽕 가게 해주면 안 받겠다고 한 말을 잊었니?"

"흥! 옵빠만 뽕 갔지! 어서 줘."

류징이 손을 내민다. 그러거나 말거나 나는 영섭의 어깨에 손을 얹는다.

"영섭아, 난 네가 누군지 알아. 꾼이 아니라고 한 말은 취소할게. 너도 내가 누군지 잘 알 거야. 주전자 사건 기억하지? 청자 주전자."

영섭이 긍정도, 부정도 못 하고 어정쩡하게 나를 쳐다본다. 속으로는 엎친 데 덮쳤다고 떨고 있을 것이다. 능글맞은 놈. 눈물 자국을 지우려는 듯 제 볼을 손바닥으로 쓰다듬는다.

"그래서 하는 말인데, 내가 세상 폼 나게 사는 법을 가르쳐줄게. 가자, 느네 프리마로."

나는 앞장서 걷는다. 영섭이를 모조품 제작 기술자로 고용하기로 이미 마음을 다져먹었다. 영섭이와 류징이 마지못해 따라온다.

"어떻게요?"

영섭이 물기를 거둬내지 못한 목소리로 묻는다.

"한잔하면서 말해줄게."

"사장님 말씀대로 전 꾼이 아냐요. 꾼인 줄 알았는데, 아니더라고요."

"꾼이 아니라고 하는 걸 보니 진짜 꾼이네. 이젠 빼는 척도 하고. 제법이야."

"주전자 사건은 뭔지 모르갔어요."

영섭의 목소리가 기어들어 간다.

"그렇게 말할 줄 알았어. 당시에 널 만났으면 박살을 냈을 거야."

"……."

"영섭아."

나는 다정하게 꾸민 목소리를 낸다.

"내가 네게 속죄할 기회를 주려는 거야. 너도 네 일당한테 당했겠지. 돈 앞에서는 의리도, 뭐도, 좆도 없거든. 그래도 속죄는 해야지. 너도 응당 벌어야 하고."

"무슨 말씀이세요?"

"한잔하면서 말해준다고 했잖아."

나는 거만을 떤다.

"너, 강 건너에서 왔지?"

"어느 강요?"

"저 앞 강 말이야."

"아닌데요."

"그렇다고 말하는 탈북자는 한 사람도 없지."

"……."

"영섭아, 이젠 폼 나게 살자?"

"……."

"앞으론 나쁜 놈들하고 놀지 마. 나하고 놀아."

"……."

프리마의 붉은 네온사인이 길바닥을 붉게 물들이는 데까지
왔다. 뒤가 썰렁해진 기분이 든다. 조금 전 무슨 소리가 난 것
같았다. 스쳐 가는 사람들의 소리로만 여겼다. 돌아보니 거리의
간판들만 나를 지켜보고 있다. 영섭과 류징은? 나는 돌아서서
온 길을 거슬러 간다.

"왜 이래요?"

류징의 앙칼진 목소리가 들린다. 조금 전 영섭이 서 있던 느
티나무 옆 골목 속이다.

"야, 쌍년아, 너는 빠지라니까. 영섭이 너, 이번 것, 왜 내게
안 넘겼어? 나를 뭣으로 보는 거야? 이 동네 개들까지 다 안 뒤
에 내가 알아야갔어? 서너 번에 한 번은 내게 넘기기로 했어,
안 했어? 네 빚, 언제 다 갚을래? 만 딸라면 너, 평생 여기서 노
예살이 해야 돼, 쌍간나 새끼야."

이번에는 강 사장의 목소리가 들린다. 영섭이 또 얻어맞는지
영섭과 류징이 골목 밖으로 뒷걸음치며 나왔다가 다시 들어간
다. 그렇다면 영섭이 큰 놈이 나온 구멍? 아무렴 저 머저리가
그렇게까지 큰 꾼일라고.

"내가 우리 옵빠들한테 너, 때리라 할래. 나쁜 놈!"

류징이 대든다.

"웃기고 있네, 쌍년. 너도 맞을래?"

또 밤꽃 냄새가 난다. 숨이 막힐 정도로 진해진다. 나는 걸음
을 멈추지 않는다. 아무것도 보지 못한 것처럼 느티나무 앞을

지나친다.

　욕실 간유리에 류징의 실루엣이 비친다. 고개를 쳐들고 샤워기로 목과 가슴에 물을 뿌리고 있다. 풍만한 가슴에서 쑥 들어간 허리와 달항아리 같은 엉덩이로 이어지는 곡선이 방금 전 격전을 치렀는데도 다시 숨을 벅차게 한다.

　"얼마나아 준엄하안 날이 이 땅에 흘렀던가아."

　류징이 나지막이 부르는 노랫소리가 물소리에 섞여 새어 나온다. 저답지 않게 가슴에 슬픔 같은 것을 쌓아놓고 만지작거리는 투다.

　"얼마나아 험난하안 길을 우리가 걸었던가아. 한 공기 죽도 나누며 인민이 헤쳐 가안 고난의 행군으을 우리는 잊지 않으리이."

　타월을 몸에 감고 나타난 류징이 스커트를 입는 모습을 침대에 비스듬히 누운 채 지켜본다. 입안 가득 고인 군침을 삼킨다.

　"너도 강 건너서 왔니?"

　"영섭이, 영섭이 푸지배인이 부르던 노래야요."

　내 핀잔을 되새기는지 류징이 영섭의 직책을 호칭한다. 역시 영섭은 강을 건너왔다.

　"영섭인 오늘 복 터진 거야."

　"뭐가 복 터져요? 어젯밤, 오늘 밤 강 사장한테 늘씬 맞았어요."

　나는 룸 입구 옷걸이에 걸린 내 재킷 속주머니에서 삐죽 모습을 드러낸 흰 봉투를 턱짓으로 가리킨다.

"저거 영섭이 오면 줄 거야."

나는 오늘 프리마에 다시 가지 않았다. 대신 영섭에게 전화를 걸었다. 밤늦게라도 좋으니 영업 끝나면 이 호텔 커피숍으로 오라고 했다. 영섭은 빼는 듯했다. 주전자 사건을 수긍하기 힘드니까 그래보는 짓이라는 걸 내가 왜 헤아리지 못할까.

옷을 다 입고 침대에 엉덩이를 걸친 류징의 허벅지에 손을 올린다. 보드라운 살결을 따라 손가락들이 저절로 스커트 안쪽으로 미끄러진다. 류징이 다리를 꽈서 손가락들의 흐름을 막는다.

"저게 뭔데요?"

"영섭이 오면 봐."

류징이 일어나 봉투를 빼 든다.

"어허, 성급하긴."

류징이 봉투의 내용물을 꺼낸다. 이내 눈동자가 잘 익은 딸기만큼 커진다. 네가 만 달러짜리 뭉칫돈을 만져봤니? 나는 만족스러운 미소를 머금는다. 이젠 기술자가 없어서 못 한 일을 하리라. 기술자가 가까이에 있는데, 기술자를 몰라보았다. 변두리에 집을 얻고 가마를 사서 청자를 만들리라. 가끔 큰 놈까지 거래하게 되면 더 좋고. 류징이 돈을 도로 내 재킷 속주머니에 넣는다. 돌연 눈동자에서 힘이 쪽 빠진다.

"이거면 영섭이 푸지배인이 빚 다 갚는데⋯⋯. 벌써 늦었어요."

"늦었다고 여길 때는 늦지 않은 거야. 중요한 일은 다 클라이맥스가 지나야 해결되는 법이거든."

류징이 제 백을 열어 뭔가 꺼낸다. 접은 종이다. 그걸 내민다.

"내일 주라고 했는데……."

나는 얼른 종이를 펼친다.

사장님, 보세요.

이번엔 진품 금동불상을 사장님한테 진짜로 넘기려고 했어요. 지난번 일이 못내 송구스러웠습니다. 사장님에게 저를 믿게 했어야 했는데, 제게 그런 재주가 없었어요.

이젠 돈 버는 일은 그만하겠어요. 아무리 벌어도 제 능력으로는 빚을 갚을 방법이 없어요. 조국으로 돌아가야겠어요. 귀 사장님이 물건값 잔금을 약속대로 보내주면 감옥에 오래 있진 않을 거야요.

내내 건강하셔요.

"영섭이 푸지배인, 강 건너가는 나무배 탔어요. 그때 영섭이 푸지배인이 북조선 사람인 줄 나, 알았어요."

편지를 다 읽기를 기다리던 류징이 먼저 시무룩하게 말한다.

"언제 탔어?"

"아까 옵빠하고 통화한 뒤에. 지금은 북조선 땅에 있을 거라요."

"아이구, 이런 머저리 자식. 목돈을 벌게 해주려고 했더니."

나는 편지를 구겨서 바닥에 내동댕이친다.

|

시인의 귀향

밤새 눈이 내렸습니다. 차창 밖 산들이 새하얗게 빛납니다. 플랫폼 주변에 늘어선 금강송들의 팔과 머리 위에도 눈이 두껍게 쌓였군요. 금강송들이 고개를 숙여 인사를 하는 모양샙니다. 이젠 돌이킬 수 없는 여정이 되었다는 확신이 섭니다. 시야처럼 가슴도 후련하게 트입니다. 어제와 연결된 오늘이 아니라 전혀 다른 새날을 맞은 기분이 듭니다. 금강송 가지에서 이름 모를 새 한 마리가 깡충거리며 우짖는군요.

쫑 쪼르릉, 쫑 쪼르릉……

창에 가로막혀 들릴 리 없지만, 내 마음은 마냥 정겹게 새소리를 듣고 있습니다. 플랫폼 가운데에 선 이정표에 평양까지 196km라고 쓰여 있네요. 여기 도라산역에서는 고작 40분 거립니다. 그런데도 평생을 기다려온 시간 중 마지막 남은 몇 분처럼 지루하군요. 그녀는 소식 돈절된 다섯 해 동안 머릿속에서 한시도 떠나지 않던 사람입니다. 어떻게 변했을까? 이젠 30대 후반이 되었겠지만, 내 기억 속에는 신호 불량으로 끊긴 TV 화면처럼 다섯 해 전 모습으로 정지돼 있습니다. 나를 원망하지나 않았을까? 불쑥 나타난 나를 보고 뭐라 말할까? 하긴 기다리라는 말도, 기다리겠다는 말도 서로 한 적이 없이 헤어졌습니다. 걱정이 살짝 설렘을 누릅니다.

모스크바까지 가는 우리 열차, 30초 후에 출발합니다. 입경 수속에 협조해주셔서 감사합니다.

안내 방송이 정적을 깨네요. 서울역을 출발한 이 열차는 북쪽 지역으로 민간인을 태우고 가기 시작한 지 서른세 번째 날의 초고속 열찹니다. 넉 달 전, 남북한은 이미 합의한 절차대로 코리아연합이란 이름으로 통행, 통관, 통신을 자유롭게 하는 첫 단계 통일을 시행했습니다. 비로소 북한의 비핵화가 완성되었다고 미국이 선언했기 때문입니다. 이 열차를 타기 위해 나는 3일 동안이나 스마트폰에 고개를 처박고 모질음을 썼습니다. 열차 티켓 예매 앱은 접속 폭주로 먹통이 되기 일쑤였습니다. 코리아연합 정부는 승객 수송용으로 하루 다섯 편의 열차만 허용하고 있습니다. 쌍방의 혼란을 피하기 위한 조치랍니다. 특히 연합 정부는 투기를 위해 남쪽에서 북쪽으로 가려는 사람들의 통행을 엄격히 금지하고 있습니다. 하지만 이런 조치가 사람들에게 돈벌이와 열차 티켓에 더 큰 관심을 갖게 만들 뿐이었습니다. 결국 오늘의 이 열차 티켓을 쟁취한 내겐 세상에 이런 행운이 따로 없었습니다. 회사 근처 절에 가서 부처님께 절을 올리는, 안 하던 짓까지 했지요. 연이은 행운을 기대하면서.

옆자리에 앉은 탈북자 도 선생은 창밖을 하염없이 내다보고 있군요. 흥분을 그런 식으로 가라앉히는가 봅니다. 고향 떠난 지 12년 만에 가족을 만나러 간다는군요.

뿌우웅, 뿌우웅.

승객들의 북측 지역 입경 수속을 끝낸 열차가 기적을 울립니다. 천천히 플랫폼을 뒤로 밀어냅니다. 선반에 올라앉은 각양각색의 짐 꾸러미들이 움찔 움직이는 소리를 냅니다. 지나치는 풍경의 속도에 맞춰 내 호흡이 덩달아 가빠집니다.

5, 6년 전 나는 러시아 이르쿠츠크에서 서울로 들어오는 천연가스 파이프라인 가설 공사의 함경북도 화성군 구간인 18공구에 소속돼 일했습니다. 우여곡절 끝에 통일 전의 남북 정부는 가스 파이프라인을 북한 지역으로 통과시키기로 결정했던 것이지요. 그래서 파이프라인이 재덕산맥을 넘어야 하는 난공사 구간인 이 공구의 현장 기사로 나는 일행과 함께 그 심산 속으로 들어갔던 것입니다.

누릇누릇 단풍이 들기 시작한 잡관목 속에서 무슨 일을 하다가 허리를 펴는 여자의 얼굴을 보았습니다.

어?

나는 순식간에 시선을 빼앗겼습니다. 휑 꺼졌지만 초롱초롱한 눈망울, 보일 듯 말 듯 파인 보조개, 부드러운 입술에 얹힌 청순한 기운……. 교통사고로 숨진 아내가 거기 있었습니다. 세상 모든 사람들에게 낯설지 않을 인상이었지만, 분명 세상에 딱 하나밖에 없던 얼굴이었습니다. 결혼 후 첫 여름휴가를 맞아 발리에 도착한 날, 근사한 식당을 잡아 저녁 식사를 하고 나오다가 아내는 인도로 질주해 온 트럭에 짓뭉개졌습니다. 내가 빤히 지켜보는 앞에서. 집 안 곳곳에 남아 있는 아내의 체취를 피해 이곳에 자원해 왔는데, 아내의 환생이 여기까지 따라오다니. 나는 한참 만에야 내 병이 도졌음을 깨달았습니다. 결코 내게 다시 살아 돌아올 수 없다는 것을 알면서도 비슷한 여자만 보면 아내로 착각하는 병.

여긴 송이밭이라요. 저희 마을 사람들은 오랜 세월 여기서 송이를 채취해 생활 자금으로 요긴하게 써왔답니다. 이젠 공사 때문에 그럴 수 없게 되었네요. 선생님들께 부탁드려요. 공사가 끝난 뒤에는 다시 저희가 송이를 채취해서 살아가야 하니 어떻게든 이 송이밭을 잘 보전해달라요. 조금씩만 따서 잡수시면 일없겠지요.

흙이 묻은 송이 서너 개를 손에 든 그녀는 내 일행에게 애원하듯 말했습니다. 그녀는 세상과 일정한 거리를 유지한 채 자기 세계에 갇혀 웅크리고 사는 사람 같았습니다. 그 점에서도 아내와 닮았습니다.

우리는 건성으로 고개를 끄덕였습니다. 여기가 송이밭이라는 사실만은 꼭꼭 가슴에 새기면서. 송이밭 아래쪽에는 방 한 칸 크기만 한 뙈기밭이 있었습니다. 작은 단지 모양으로 속을 막 채우기 시작한 배추가 자라는 중이었습니다. 그 밭도 공사 구간을 알리는 팻말 안에 위치했습니다. 주위를 돌아보다가 밭에 눈길을 멈춘 우리에게 그녀는 더욱 스산한 눈빛을 머금었습니다.

배추 수확은 우리가 확실히 보장해드리겠습니다.

세상 태어나서 한 번도 진지하게 살아본 적이 없을 것 같은 동료 기사가 말했습니다.

그날 저녁 식사 시간이 되기 전부터 현장 막사의 식당에서는 송이 향이 진동했습니다. 프라이팬을 올려놓은 전기레인지 주위에 기사들이 둘러서서 송이가 구워지기도 전에 냉큼냉큼 젓가락질을 해댔습니다.

햐아, 이거 서울서는 1키로에 40만 원도 넘어.

송이가 남자에게는 그만이라는군.

이런 걸 수출해서 돈 좀 벌지. 왜 이리 가난하게 살았누.

그러니까 탈북해서 한국에 들어온 사람이 4만 명에 가깝지.

날이 갈수록 송이밭은 속수무책 망가졌습니다. 에라, 모르겠다. 나도 적극적으로 가담했습니다. 눈에 자꾸만 밟히는 아내와 아내를 연상시키는 그녀를 잊기 위해 나는 남보다 더 우악스럽게 송이밭을 짓밟았을 겁니다. 송이는 염장되어 다음 해 봄까지 우리들의 코와 입을 즐겁게 했습니다.

하지만 다시 가을이 되었을 때 송이밭에서는 송이 향이 풍겨 나오지 않았습니다. 어쩌다가 하나를 발견하면 숨겨놓고 혼자서만 먹어야 했습니다. 우리는 그녀의 당부를 상기했지만, 애초부터 송이가 거기 없었다는 듯 서로 자신들을 책망하는 말을 입 밖에 꺼내지 않았습니다.

나는 오래된 미루나무가 마당가에 서 있는 그녀의 집으로 찾아갔습니다. 소학교에 다니는 아들 하나 달랑 데리고 산다는 소문을 들고 학용품을 사 들고서. 현장에 파견된 북측 감시원이 뒤따라와 양팔을 벌려 가로막았지만, 머잖아 통일이 되면 당신처럼 민족의 소통을 막는 사람부터 잡아넣겠다는 농담으로 그의 몸을 물리쳤습니다. 그는 퉁기는 척하다가 동행하는 것으로 한발 물러섰습니다. 그들은 겉으론 조국의 혁명전사임을 자부했습니다. 하지만 자신들이 그리는 혁명은 죽도록 노력해도 이루어질 수 없다는 사실을 잘 알았습니다. 남쪽 사람들과 일하니까 누구보다 먼저 기울어진 조국의 정세를 눈치챘습니다. 그래서 용돈 몇 푼을 얻으면 슬그머니 주장을 거둬들이곤 했지요.

그녀의 집 미루나무는 노란 이파리를 지붕과 마당으로 팔랑팔랑 떨구고 있었습니다. 아들과 함께 햇볕이 두껍게 내려앉은 마당 귀퉁이 밭에서 남새를 뜯던 그녀가 고개를 숙였습니다. 처음 만났을 때보다 더 야윈 모습이었습니다. 벽 뒤에서 말라가는 화초를 보는 기분이었습니다. 다 당신들 탓이라고 원망하는 것 같아 가슴이 먹먹해졌습니다.

송이 씨앗을 주시면 저희가 철수하기 전에 복구해놓겠어요.

나는 입가에 멋쩍은 웃음을 달고 말문을 열었습니다. 세상에 송이 씨앗이 어디 있겠나요? 설령 그 포자를 구했다고 하더라도 번식시킬 능력이 있기나 하나요? 미안함을 얼버무리려고 해본 말임을 그녀는 알아차리고 먼 하늘로 눈길을 돌렸습니다. 이미 많은 것들을 체념하고 살아온 사람의 반응이란 걸 나는 이내 눈치챘습니다.

남편분께서는 어디 계세요?

아낙네와 난처한 대화를 이어가기가 어쭙잖았습니다. 그런데 그녀의 고개가 더욱 위로 잦혀졌습니다. 얼굴이 아예 하늘을 향했습니다.

피뜩 말하라요. 내 앞에선 말해도 일없소.

어차피 임무를 제대로 수행할 수 없을 바에야 용돈 값이나 확실히 하겠다는 듯 감시원이 나섰습니다. 그녀가 이번에는 고개를 땅 쪽으로 떨어뜨렸습니다.

오래전 어디론가 사라졌어요.

남의 아픈 곳을 건드린 것 같아 무안했습니다.

아이만 데리고 단출하게 사시는 이유가 있었군요.

중학교 미술 교원으로 일했더랬어요. 하지만 남편이 사라진 일로 당에 누를 끼치는 사람이 되어 교원 자리를 더는 지키고 있을 수 없었어요. 대여섯 해 전 아이와 함께 이 산속에 들어와 농사를 짓기 시작했어요.

아무렇지 않은 것처럼 보이려고 그녀는 애를 쓰는 듯했습니다만, 말투는 남편을 원망하는 것이 틀림없었습니다. 그녀의 사정에 더 귀 기울이고 싶었습니다. 하지만 그녀는 이미 너무 많은 말을 했다는 듯 입을 다물었습니다. 앞에 있는 감시원을 의식하나 했지만, 그것은 남쪽 사람들의 선입견에 지나지 않았을지도 모릅니다. 남에게 속을 털어놓기가 어디 쉬운 일이겠어요.

막사로 돌아온 나는 그날 밤이 깊도록 잠을 이루지 못했습니다. 그녀는 남편이 없는 여자였고, 나는 아내가 없는 남자였습니다. 그녀에게 지속되고 있을 상실감이 내 것인 양 나를 아프게 했습니다.

며칠 후, 서울에 다녀오면서 산 발렌타인 한 병을 들고 현장 소장을 찾아갔습니다. 의자에 비스듬히 기대어 책상 위에 다리를 올려놓고 때 지난 서울 신문을 들여다보던 그가 슬며시 미소를 지었습니다. 물론 나를 보고 웃은 건 아니었습니다. 내 손에 들린 것 때문이었지요.

새 여자가 생겨야 아내를 잊는다구.

발렌타인을 맥주 컵에 절반쯤 따라 입에 털어 넣은 그가 멸치를 고추장에 찍으며 말했습니다.

그게 아니란데요.

뭐가 아냐. 속이 빤히 보이는데.

어쨌든 그가 공감해준 덕분에 막사 곁 공터에 작은 밭을 일궜습니다. 일이 없는 시간을 활용했습니다. 그리고 현장의 폐자재를 가져다가 비닐하우스를 설치했지요. 그녀를 데려와 채소를 가꿨습니다. 감시원들은 이처럼 노골적으로 자기네 사람과 접촉하는 건 안 된다고 난리를 쳤습니다.

민족끼리 돕고 살아야 한다는 말을 입에 달고 사는 사람들이 도대체 누군데?

결국 이번에도 그들은 한 걸음 물러섰습니다. 남쪽 사람들이 술을 마시고 소곤거리는 말들이 그들을 더욱 나약하게 만들고 있었던 모양이었습니다.

미국이 중국에 무역 보복을 하니까 중국도 어쩔 수 없이 북한에 등을 돌렸대. 북한에 보내는 송유관까지 끊게 될지 모른대.

비핵화를 약속대로 진행하지 않은 흔적이 발견되었다니까 그렇지.

이 가스 파이프 매설 공사도 언제 중단하게 될지 몰라. 미국과 중국이 러시아만 좋은 일 시킨다고 막후에서 강력 반대하고 있다는군.

원수님인지 원쑤님인지 하는 사람이 외국으로 망명하면 하루아침에 통일이 될 건데. 그렇게 되면 미국도 그 사람을 보호해주자고 할까?

그때까지도 남북 정부는 협상을 비교적 순조롭게 이뤄가고 있었어요. 그런데도 감시원들은 8·15 해방 때 그랬다는 것처럼 협상과 무관하게 통일이 불쑥 이루어질까 걱정하는 기색을 얼핏얼핏 비치고 있었습니다.

송이밭을 망친 죄책감을 뒤늦게 깨우친 동료 기사들이 밭일을 푼푼히 거들어주었습니다. 그녀는 일하면서 콧노래를 흥얼거리기도 하고, 그것을 들켜 쑥스럽게 웃기도 했습니다. 서서히 희망을 키워가는 게 느껴졌습니다. 나는 그녀의 집에도 드나들었습니다. 공부를 왜 하는지 모르겠다고 정말 모르는 듯 말하는 그녀의 아들에게 공부를 가르쳤습니다.

수학의 집합 문제를 풀지 못한 아이에게 짜증을 낸 날이었습니다.

남조선 아바이, 이젠 우리 집에 오지 말라요.

아휴, 녀석아, 이렇게 공부하기 싫어해서 어디다 쓰겠니?

나는 아이의 머리에 꿀밤을 한 대 먹이려다 참았습니다.

아바이는 우리 아버지가 될 수 없단 말이야요.

아이의 뜻밖의 말에 나는 입을 하 벌렸습니다. 곁에서 채소를 다듬던 그녀 역시 일손을 멈추고 아이를 빤히 바라보았습니다. 내 진정을 몰라주는 아이가 안타까웠지요. 하지만 나는 이내 내가 이 아이의 아버지가 될 수도 있겠구나, 라는 생각을 했습니다. 새 여자가 생겨야 아내를 잊는다는 소장의 말이 그제야 마음에 새겨졌습니다.

차창 밖으로 얼마 전까지 비무장지대였던 곳에서 지뢰 제거 작업을 하는 군인들이 보이네요. 파란 완장을 팔에 찬 군인들은 북쪽 군인이고, 빨간 완장을 찬 군인들은 남쪽 군인이군요. 분단시대의 상징 색을 희석하기 위해 당분간 상징 색을 서로 바꿔서 사용한다는 신문 기사를 읽은 기억이 납니다.

여어, 친구들아. 나 도명철이 왔다. 다들 우리 집으로 어서 오라. 술 한잔하자.

나는 옆자리의 도 선생에게 눈길을 돌립니다. 통로 건너편에 앉은 얼굴에 주름이 가득한 노인 둘도 도 선생을 물끄러미 쳐다봅니다. 도 선생이 졸다가 잠꼬대를 한 것입니다. 얼마나 하고 싶었던 말일까요?

어제 한잠 못 잤더니⋯⋯. 고향에 갈 생각을 하니 영 가슴이 진정되지 않았어요.

자기 목소리에 자기도 놀라 깨어난 도 선생이 멋쩍게 눈웃음을 머금네요.

선생님께서도 90년대 말 고난의 행군 시기에 고향을 떠나오신 건가요?

그보다 한 15년쯤 후…….

먹고살기 힘들어 떠나온 게 아니란 말씀이지요?

북한이 언제 먹고사는 문제로 걱정하지 않는 날 있었어요?

하긴…….

제겐 먹고사는 문제보다 더 곤란한 일이 있었지요. 전 시인이었어요. 삶이 하도 팍팍해서 끄적거려본 습작 시가 반동반역 작품으로 고발되었어요. 3년간 감옥에 갇혔다가 출옥하자마자 도망친 거예요. 한국에 가서 북한 인권운동을 해야겠다, 맘먹었더랬지요.

아, 그럼 선생님이 그 유명한 도명철 시인이십니까?

좀 알려지긴 한 편이지요.

작은 얼굴에 약간 벗겨진 이마, 단단한 입 모양……. 탈북 작가로 TV에 자주 모습을 비추던 도명철 시인이 맞습니다. 그가 감옥에 들어간 계기가 되었다는 시가 내 머릿속에 어렴풋이 걸려 있네요. 화성에서 돌아온 뒤부터 갖게 된 북한에 대한 유별난 관심 때문에 기억하는 것이겠지요.

국경의 마지막 역

벌레 둥지 같은 열차는 멎고

장사 짐에 짓눌려 두 눈 부릅뜬,

차라리 네발걸음이 어울릴, 허리 굽은 인생들이

플랫폼에 쏟아진다

……

차라리 등을 펴길 포기한 사람들

차라리 곱사등이 흉내가 편한 나라

……

오늘은 어떻게 살까 묻는,

물음표(?) 모양의 곱사등이들이 쏟아져 내리는

아, 공화국의 종착역!

　　　－도명학 시인의 시 「곱사등이들의 나라」 일부

혼자서만 남으로 오셨지요?

그가 대화 때문에 밖의 풍경을 놓치는 게 아쉬운지 밖을 곁눈질합니다.

홀로 아이 키우며 살았을 아내에게는 면목이 없네요. 아내에게 남쪽으로 도망친다는 말을 하지 못하고 왔거든요. 도망친 사실을 아내가 알면 내 행방을 모르는 척하기가 어려울 테니 보위부에 당할 게 뻔했거든요. 평양 이모 집에 가서 몸보신이나 하고 오겠다고 거짓말을 하고 집을 떠났는데, 그게 12년의 생이별이 되었어요.

그러셨군요.

당시 아내가 평양에 가려면 평양 사람처럼 차려입고 가야 한다고 새 인민복 한 벌을 사다 주더라구요. 우리 식구가 세 달쯤 먹을 식량값을 한꺼번에 털어서 산 것이었어요. 두만강을 건너면 바로 벗어서 버려야 할 옷인데, 그런 거금을 쓴 게 어찌나 아깝던지…….

진작 찾아보시지 그랬어요.

왜 그러려고 하지 않았겠어요. 도망칠 때부터 한국에 데려와 함께 살 계획이었어요. 그러나 도무지 찾을 길이 없었습니다. 알 수 없는 곳으로 추방당했더라고요. 통일이 되고서야 얼마 전 이산가족 면회소를 통해 사는 곳을 겨우 알아냈습니다.

북쪽 경계 안으로 열차가 들어섰습니다. 그가 창밖에 계속 눈을 팔며 말을 이어가는 통에 나는 그가 옛 조국을 마음대로 볼 수 있도록 놔주기로 합니다. 얼마나 보고 싶었던 곳이었을까요?

우리가 매설한 가스 파이프라인의 위치를 알리는 노란 팻말들이 철로 변에 보입니다. 나는 좀 으쓱해지는 기분이 됩니다. 도 선생이 저걸 누가 했느냐고 물었으면 좋겠는데, 그럴 기미가 안 보이네요. 러시아산 가스가 파이프라인을 통해 서울로 들어온 뒤부터는 도시가스값이 3분의 1로 뚝 떨어졌습니다. 파이프라인이 통과하는 북측 여덟 개 도시에 통과세 조로 떼어준 가스로 그들 도시의 에너지 문제도 해결되었다고 하네요. 이것이 준공될 때 언론은 바다거북이 너른 바다에 뜬 판자 구멍에 드디어 목을 내민 격이라고 야단법석을 떨었습니다. 내가 지금 지나는, 모스크바를 거쳐 유럽까지 연결된 이 철도의 개통과 함께 분단 이래 양측 정부가 한 일 중 가장 잘한 일이라고 칭찬해 댔습니다. 남한은 이제 고립된 섬이 아니라고, 세계를 향한 마지막 혈맥을 이었다고 떠들어댔습니다. 그런 대역사들을 통해서 통일은 성큼성큼 발걸음을 떼었지요.

그래도 전 재혼하지는 않았어요.

도 선생이 큼큼 헛기침을 하면서 내게로 고개를 돌립니다. 자신 때문에 침묵이 길어지는 게 어색했나 봅니다. 아내에 대한 미안함을 이렇게 위안 삼고 있구나, 라는 생각이 드는군요. 나를 매정한 놈이라고 욕하지 마세요, 라는 말인 듯도 하고요. 사실 나도 그녀를 만난 뒤부터는 다른 여자와 재혼을 꿈꾸지 않았습니다. 공사가 완료되어 우리가 철수할 때 그녀는 내게 선물을 하나 내밀었습니다. 우리가 밭에서 일하는 장면을 그린 유화였습니다. 밀레의 〈저녁 종〉처럼 황혼 녘 풍경이 담겨 있었습니다. 그림을 잘 볼 줄은 모르지만, 나와 자신을 동료들보다 조금 크게 그려 넣은 것만은 마음에 쏙 들었습니다. 동료들이 어쩌다 집에 와서 그 그림을 보면 애고, 통일이 돼야 저 여자가 네 품에 안기겠는데, 라고 말하곤 했습니다. 그때마다 나는 뻐근하게 가슴을 조이는 통증에 시달렸지요. 눈길이 저절로 먼 하늘로 줄달음질 쳤지요.

선생님은 어떤 일로 가시나요?

조금 전에 노란 표지판 보였죠? 아, 저기도 보이는군요. 저기.

내 손가락을 따라 그의 시선이 움직입니다.

5년 전까지 가스 파이프 매설 공사를 했거든요. 함북 화성 공사 구간서. 거기에 아는 분이 있어요.

나는 조금은 자랑스럽게, 조금은 설렘에 젖어서 말합니다.

이런! 저도 화성에 가는데. 아는 분이라면······ 혹시 그때 사귄 여자친구?

그렇게 보여요?

선생님 표정이 그걸 말해주고 있어요. 저보다 더 들떠 계셔요. 인생의 새 출발을 앞둔 분처럼.

표정과 제스처의 의사 전달 효과가 말의 여덟 배에 이른다는 글을 본 기억이 납니다. 그녀가 내 맘과 같았으면 정말 좋겠다고 말하려다가 나는 피식 웃고 맙니다. 정말 내 맘과 같지 않으면 어쩌나 하는 근심을 키우고 싶지 않기 때문이지요.

제가 원래 살던 곳은 함흥이라요. 그런데 아내가 지금은 화성에서 살고 있다고 하네요. 그리로 추방을 시켰다는 거야요.

나는 잠시 멈칫합니다. 생각 하나가 낚시에 채인 물고기처럼 머릿속에 딱 걸렸습니다. 행방불명되었다는 그녀의 남편이 이미 그녀를 찾아왔다면? 말도 안 됩니다. 10년이 넘도록 오지 않은 사람이 오겠나요? 아닙니다. 도 선생은 12년 만에 찾아가고 있습니다. 미리 생각해보지 않은 건 아니지만, 이제야 생각났다는 듯 그것이 설렘의 한편에 께름칙한 먹물 방울을 떨어뜨립니다.

혹시 부인께서 재덕산맥 부근 장덕노동자구에 사시진 않나요?

그곳 지리에 대해 아는 척할 겸 한번 물어봅니다.

맞아요. 그런데 어찌 아시나요?

제가 일한 곳이 거기니까요. 만날 분도 거기 살구요.

대답을 해놓고 보니 머릿속에 걸린 게 또 하나 있군요. 추방이란 낱말이 어쩐지 낯익습니다. 감시원들이 장덕노동자구를 추방골이라고 불렀던 기억이 설핏 깨어납니다. 그땐 조선시대의 귀양지겠거니 여겼습니다. 그녀가 추방당해 와서 산다는 말을 들어본 적이 없는 게 다행이군요.

그런데 우리가 공교롭게도 같은 목적지를 가졌다는 사실이 반갑지 않습니다. 그녀의 남편이 시를 썼다는 말을 했나 곰곰 이 따져봅니다. 남편에 대해서는 그녀가 무슨 말을 했대도 내 귀가 담아두었을 겁니다. 하지만 남편이 어디론가 사라졌다는 것 빼놓고는 들은 게 전혀 없군요. 그녀에게 남편을 상기시키 면, 그녀가 나와의 세계에서 남편과의 세계로 도망칠까 봐 의도 적으로 묻지 않았던 것 같습니다.

제 아내는 원래 중학교 교사였어요. 산골서 어떻게 농사를 지 었는지……

선생님 연세로 보면, 아이가 한 스무 살은 되었겠죠? 아이가 어머니를 돕지 않았겠어요?

일부러 아이의 나이를 그녀 아이의 나이보다 너덧 살 높여 묻습니다.

아들이 네 살 때 떠나왔으니까 이제 열여섯 살이 되었지요.

아! 그러고 보니 아이의 성이 도가입니다. 왜 이런 중요한 것 들이 이제야 생각날까요? 내 뺨을 찰싹 때리고 싶은 기분에 사 로잡힙니다.

혹시 우리 가족에 대해서 뭘 좀 들은 이야기가 있어요?

듣긴 뭘 들어요.

나는 심기를 추스르려 애쓰며 대꾸합니다. 하지만 내 말이 퉁명스러웠나 봅니다. 도 선생이 나를 멀뚱히 바라봅니다. 나는 벌떡 일어납니다. 통로를 왔다 갔다 합니다. 미친개처럼. 그렇게 시간이 흐릅니다.

우리 열차, 평양으로 진입하고 있습니다. 3분 후면 평양역에 도착합니다.

안내 방송을 듣고서야 나는 자리로 돌아옵니다. 도 선생이 내게서 의아한 눈길을 거두지 못합니다. 살짝 돈 사람 아닌가 살피는 눈칩니다. 나는 모르는 척 창밖에 한눈을 팝니다. 평양의 고층 건물들 사이에 안개가 끼고 있군요. 조금 전까진 산뜻한 날씨였는데, 변덕이 심합니다. 가까이 보이는 105층짜리 유경호텔도 우중충한 안개 속에 서 있습니다. 거리도 썰렁하네요. 예상과 달리 사람들이 별로 보이지 않습니다. 몰래 들어간 남측 사람들이 눈에 불을 켜고 돈 될 만한 걸 찾아 헤맨다더니. 남측에 지하자원을 팔아서 돈이 넘치는 도시가 될 거라더니. 아무래도 정부의 방문 제한이 효과를 내고 있는가 봅니다.

고향에서 뭘 하실 거예요?

나는 심기를 더 들키지 않기 위해 아무거나 묻습니다.

시대가 바뀌었으니까 독재자의 앞잡이 노릇을 했던 놈들을 때려잡아야지요. 주체 하자면서 저희들만 주체 하고, 백성들은 노예 취급 하고. 그냥 놔둘 수 있겠어요? 지금은 화합해야 한다는 여론이 크지만, 대한민국 초대 정부가 일제 고등계 형사 쓰듯이 할 순 없어요. 그리고…….

도 선생의 말은 계속되지만, 내 귀에는 도무지 들려오지 않습니다.

화성으로 바로 가실 거지요? 같이 가시지요.

도 선생이 열차에서 내리며 묻습니다. 인사치레로 해보는 말임이 여실합니다. 속으론 어서 이 정서불안증 환자 곁을 벗어나고 싶을 겁니다.

아뇨. 전 평양서 일을 보고 천천히 가겠어요. 이제 가족을 만나시면 다신 헤어지지 마세요. 부디 부인을 행복하게 해드리시고.

그래야지요.

열차에서 쏟아져 나오는 사람들을 피해 우리는 플랫폼 한편에 서서 악수를 나눕니다. 환승 통로로 가기 위해 그가 막 돌아서는 순간, 나는 그의 어깨를 붙잡습니다. 무슨 짓을 할지 모른다는 경계심을 그가 보입니다.

이거…….

내 손에 들린 선물 가방을 건넵니다.

아니, 왜요?

저도 선생님의 가족 상봉을 축하해드리고 싶군요. 약소한 것이에요.

정말 돌았군, 이라고 여기는 도 선생의 눈빛이 한층 뚜렷해집니다. 나는 그의 손에 가방을 억지로 쥐여줍니다. 그러고는 바쁜 척 서둘러 시내로 나가는 출구 쪽으로 향합니다. 황당해하는 그의 눈길이 내 뒤를 좇는 것을 느낍니다.

불현듯 죽은 아내가 눈앞에 나타납니다.

자기야, 남 아내 가로채려고 그토록 통일을 기다렸어?

부동산 투기 하려고 기다린 사람보다는 낫잖아?

아내의 얼굴이 뾰로통해집니다. 나는 멋쩍게 웃으며 마땅히 갈 곳 없는 평양 시내를 멀뚱히 바라봅니다.

|

새

1

"아버지! 왜 이제야 절 찾으셨나요?"

TV 화면 속에서 여인이 오열하고 있다. 여인은 소매통이 짧고 장신구가 없는 한복을 입었다. 광대뼈가 두드러지게 튀어나올 정도로 얼굴이 강파르고 검다. 언뜻 보면 칠십은 넘은 것 같지만, 그녀의 일행들과 마찬가지로 보기보다는 열 살쯤은 아래일 것이다. 먼 과거로부터 불쑥 튀어나온 사람들답다. 그녀가 휠체어에 탄 백발노인의 품속으로 파고든다. 노인은 눈만 깜박거린다. 행동과 표정으로 감정을 드러내기엔 너무 노쇠했다. 나오지도 않는 눈물을 습관처럼 손수건으로 찍어낼 뿐이다. 그녀는 노인의 무릎에 얼굴을 묻고 어깨를 들썩인다.

"어마니가 여태 아버질 기다렸시오. 기러다가서리 이태 전에 돌아가셨단 말입니다."

노인은 그녀의 등에 한쪽 손을 간신히 얹는다. 어깨를 어루

만져 자신의 마음을 표현하려는 듯하다. 그러나 손은 그저 어깨 위에 늘어져 있다. 움직이려는 의욕만 서렸다. 손가락을 가늘게 떠는 모습이 화면에 클로즈업된다.

나는 흘러나오기 시작한 눈물을 닦아내야겠다고 마음먹는다. 참을 데까지 참은 오줌처럼 눈물샘이 마침내 터졌다. 응접 테이블에 놓인 티슈를 뽑아 눈물을 훔친다. 곁의 소파에 앉은 아내가 볼까 조심스럽게.

"딴 데로 돌릴까?"

아내는 이미 내가 우는 걸 알아챘다. 비록 아내일지라도 약한 모습을 보이지 않고 살려 했는데. 기어코 나도 늙었다. 그때 휴대폰이 울린다.

"김 교수님, 저 박성희예요."

"왜?"

"오후에 사모님과 함께 학교로 나오셔야겠어요옹."

이제는 중견 교수인데 성희는 말꼬리를 길게 빼 학창 시절처럼 한껏 애교를 떤다. 나는 헛기침을 한다. 목소리에 묻어 나올지 모를 물기를 가라앉힌다.

"무슨 일 있어?"

"아주 좋은 일이 있어요옹. 호호호."

그녀의 웃음소리에 과장이 숨어 있다.

"웬 호들갑이야?"

"살짝 힌트를 드리면, 에, 에, 교수님 평생소원이 오늘에야 비로소 이루어진다면?"

154

실없는 녀석. 하지만 성희 말이 내 지금 기분을 헤아려주는 것 같아 마음에 와 닿는다. 며칠 전부터 성희는 다짜고짜 오늘 오후에는 약속을 잡지 말라고 했다. 그렇지 않아도 요즘 며칠 동안은 친구들을 불러내 소주라도 한잔해야 속이 편해질 것 같았다. 오늘은 TV를 보다 보니 그런 욕구가 더 심하다. 오래도록 가슴 밑바닥에 가라앉아 있던 것들이 조금씩 깨어나 술렁대더니 드디어 거친 풍랑을 만나 요동치는 중이다.

"내 소원이 뭐가 더 있겠어? 오라는 이유나 어서 말해봐."

"아이, 자세히 말씀드릴 수는 없고요옹. 혹 부모님을 만나게 되신다면?"

"허허."

나는 헛웃음을 머금는다. 이산가족 상봉 신청자가 10만 가족이 넘는다. 1년에 한두 번 고작 백 가족, 2백 가족 찔끔찔끔 만나게 하는 판이니 어느 세월에 내 차지가 올까? 천 가족에 한두 가족꼴로 만나는 셈이다. 과장하면 로또에 당첨될 확률과 다르지 않다. 그것도 남북의 정치적 관계가 불편하면 언제 그런 일이 있었느냐는 듯 원점으로 돌아간다. 살아 있어야 만나는데. 사람의 수명이 60년 가까운 기다림의 세월을 어찌 감당할까?

"오늘 금강산서 남북 이산가족 상봉한다고 세상이 떠들썩하잖아요옹. 교수님께서도 이 역사적인 상봉 대열에 끼시게 된다면? 호호호. 일단 학교로 나와보세요옹. 2시까지 소극장으로요옹."

그녀는 한층 더 애교를 떤다.

"빈말 그만하고. 사실을 털어봐."

"아이, 더는 말씀드릴 수 없어요옹. 나오시면 알게 돼요옹. 사모님과 함께 오셔요옹. 꼭요옹."

전화가 일방적으로 끊어진다. 나를 위로한답시고 제자들이 무슨 수작을 꾸몄나? 왜 소극장일까? 학교 앞 음식점 같은 데서 삼겹살에 소주나 한잔 나누면 족할 텐데. 나는 한숨을 내쉰다. 지난 시절들이 머릿속으로 성큼 뛰어들어 온다.

2

몸을 비비 꼰 늙은 왕버드나무들이 개울가에 제멋대로 서 있었다. 파란 하늘에서 나뭇잎들이 해초처럼 나풀거렸다. 옆으로 뻗은 나뭇가지에는 동아줄 두 가닥이 매달려 건들거렸다. 아이들 태운다고 만들어놓고 청년들이 동네 처녀들 보란 듯 더 많이 타던 그네였다. 개울을 가로지른 돌다리 난간에 기대서서 아버지는 카메라로 왕버드나무 속을 겨냥했다.

"첨 보는 새야. 이 근방엔 없는 샌데 어케 예다가 둥지를 틀었을까?"

아버지가 곁에 있는 내게 속삭였다. 나는 마지못해 왕버드나무에 망원경의 초점을 맞췄다. 새와 새 둥지가 렌즈 속으로 들어왔다. 새는 둥지 위에서 날개를 퍼덕이고 있었다. 날개에 묻은 물방울이 비 오듯 둥지 위로 떨어졌다.

"제 알이 상할까 봐서리 물을 뿌려 알을 식히고 있는 거야."

"새는 제 새끼를 저렇게 귀하게 여기는데, 아버진 나를 집에서 쫓아낼 궁리나 하고……."

나는 망원경에서 눈을 떼고 아버지를 향해 눈을 흘겼다.

아버지가 계속 새를 촬영하는 사이, 나는 아버지 눈치를 살피며 슬며시 뒷걸음질을 쳤다. 아버지 곁에 있는 것이 따분하기만 했다. 저만큼 떨어진 개울 속에서는 동무들이 멱을 감고 있었다. 그들이 떠들며 물장구치는 소리가 귓속에서 와글와글 들끓던 중이었다. 아버지의 시야에서 어느 정도 벗어났다고 여겨지자, 나는 옷을 훌렁훌렁 벗었다. 동무들 틈으로 텀벙 뛰어들었다. 한참을 놀았다.

아이들 중 하나가 왕버드나무 쪽을 손가락으로 가리켰다. 돌아보니 아버지가 개울가를 떠나고 있었다. 개울가에 벗어 던진 내 옷을 어깨에 멘 카메라 삼각대 끝에 걸고서. 나는 허둥지둥 물 밖으로 뛰어나갔다.

"아버지! 어케 집에 가라고 그래. 저 앞에 계집애들도 많단 말이야."

"망원경 사주면 열심히 새 관찰하갔다 했지? 네 꾀대로 집에까지 와보라."

아버지는 걸음을 멈추지 않았다. 아버지의 뒷모습을 바라보며 나는 쿵쿵 지구가 부서지도록 발을 굴렀다.

앵두나무에 올라앉은 참새 떼가 가지 사이를 폴짝폴짝 뛰어다녔다. 재잘대는 소리가 시끄러웠지만, 내게는 무료하기만 한 한낮이었다. 나는 대청마루에 엎드려 담장 옆 앵두나무 밑을 응시하고 있었다. 앵두나무 밑에 삼태기로 만든 덫을 놓아두었다. 덫은 작은 막대기로 삼태기를 받쳐 세우고 그 안에 조를 뿌려놓은 것이었다. 나는 막대기에 묶은 새끼줄 끝을 잡고 새들을 기다렸다. 새끼줄을 잡아채면 새들이 삼태기 안에 갇힐 것이다.

"넌 공부는 죽자고 안 하는구나. 없는 곡식 새 주면 새가 밥 갖다 주갔니?"

함지박을 이고 밖에서 돌아오던 어머니가 나를 째려보고 있었다.

"뇌두오. 기렇게라도 새를 가까이하다 보면 하다못해 나처럼 시골 학교 교원이라도 하지 안캈소?"

대청 구석 앉은뱅이책상 앞에 앉아 책을 보던 아버지가 나를 두둔했다.

"삼태기로 새 잡는 것도 공부나요?"

어머니가 불만을 삭이며 함지박에서 신문을 꺼냈다.

"당신이 기다리기에 신문이 배달되는 인민반장네 집에 가서 빌려 왔어요."

신문을 앉은뱅이책상 위에 올려놓으며 어머니는 아버지가 보는 책을 들여다보았다.

"이러다가 전쟁이라도 나면 어쩔 테야요? 기때도 새 공부만 하고 있갔나요? 지금 바깥세상이 얼마나 뒤숭숭한지도 모르고

서리……."

어머니의 불만이 아버지로 옮겨붙었다. 마을에서는 아무 일
도 일어나고 있지 않았다. 정말 무슨 일이라도 일어난다면 나로
서는 신이 날 지경이었다. 하지만 마을 밖에서는 무슨 일이 일
어나고 있는 모양이었다. 어머니가 간간이 전해주는 심상치 않
은 풍문들이 그것을 종종 일깨워 주었다. 어머니는 동경 유학
까지 했다는 아버지가 풍문의 진위를 판단해주기를 기대했다.
나는 먼저 신문을 집어 들었다.

"아버지! 여기! 아버지가 신문에 나왔어요."

나는 놀라 소리쳤다. 어머니의 핀잔을 듣던 아버지가 신문을
향해 고개를 돌렸다. 나는 신문을 앉은뱅이책상 위에 도로 올
려놓았다. 아버지의 사진이 인쇄된 곳을 손가락으로 가리켰다.
거기엔 큼직한 활자로 '북방쇠찌르레기 우리나라서 처음 발견,
조류학자 원명식 동무'라고 쓰여 있었다. 어머니도 신문 위로
고개를 디밀었다.

"깃털에 물을 묻혀 알에다가 뿌리던 그놈이지요?"

내가 아는 척 끼어들었다.

"맞다. 민호도 커서리 새 공부 하면 잘하갔구나."

아버지가 신문에서 눈을 떼지 않고 내 등을 가볍게 두드렸다.

"언제 철들어서……. 저 혼자 대처로 나가면 밤에 어마니 찾
으며 울지나 안갔는지……."

"나는 집에서 공부할 거라요! 원산엔 안 갈래요!"

내가 거칠게 대꾸했다. 그렇지 않아도 기회가 닿으면 내 뜻을

분명히 해두려고 다짐하던 터였다. 아무리 생각해봐도 혼자 먼 도시에서 사는 내 모습이 상상되지 않았다.

"새는 날기 시작한 뒤엔 제힘으로 살아간단다."

아버지가 나를 달랬다. 나는 아버지와 어머니를 번갈아 뚫어지게 바라보았다.

"사람들이 북진이다 남진이다 하며 수군대요. 얘가 학교나 제대로 다닐 수 있을는지 원."

"일본 놈들에게 해방된 지 얼마나 됐다고 세상이 이리 시끄러운지."

"민호를 원산에 아니 보낼 수는 없갔나요?"

"언제 일어날지도 모를 전쟁을 핑계로 아이 공불 망칠 셈이오?"

노동자 농민을 위한 평등한 세상을 만든다고는 했지만, 아버지는 무슨 수를 쓰든 나를 큰 도시에서 공부시키기를 바랐다. 원산은 인근에서 가장 큰 도시였다. 하지만 나는 당장 전쟁이 콱 일어나기를 소망했다. 집을 떠나지 않을 방법은 그것뿐이라고 여겼다.

희미한 가스등이 간이 역사 안의 개찰구를 비추었다. 가스등 아래에 선 나는 아주 못마땅한 표정으로 아버지 어머니를 올려다보았다. 마지막까지 흔쾌해지지 않는 내 심정을 나 자신도 알 수 없었다. 먼 데서 기적이 울렸다. 한 치 오차 없이 집행해야 하는 명령처럼 단호하게 그 소리가 어둠을 가르며 다가왔다.

역무원이 개찰구 앞에 섰다.

"원산행 열차가 들어옵니다."

역무원의 목소리조차 냉정하게만 들렸다.

"잘 가라우."

아버지가 내 등을 떠밀었다. 어머니가 한 걸음 다가와 나를 가슴에 품었다. 그런 포옹조차 나를 떠미는 짓으로 여겨졌다. 말과 달리 행동하는 어머니가 얄미웠다.

"나라가 어지러운 때이기는 하다만 너희들 공부하는 데야 큰 지장이 메 있겠니? 오 선생님 말씀 잘 듣고, 어려운 일은 그분과 상의하고……. 아버지와 절친한 동무니까니 어려워 아니해도 돼. 더구나 혼자 사는 분이니까니 너를 소홀히 대하지 않으실 거야."

"오마니 아버지 보고 싶으면 집으로 제꺽 도망쳐 올 거야요! 기리 알라요!"

어머니가 내 손에 짐 가방을 쥐여주며 품에서 나를 떼어놓으려 했다. 나는 기를 쓰고 매달렸다. 그저 그렇게 해보는 짓이었다. 결국 짐 가방을 받아 들었다. 눈물이 쏟아졌다. 개찰구를 터벅터벅 걸어나갔다. 고개를 팍 숙이고서.

크웅! 크웅쿵!

폭발음이 연거푸 들렸다. 교실 유리창이 목청껏 우짖었다. 며칠 전부터 자주 일어나는 일이었다. 우리들은 유리창에 달라붙었다. 시커먼 전투기가 낮게 떠서 도시를 선회했다. 앞부분에서 외계에서 온 사람 같은 조종사의 머리통이 언뜻언뜻 보였다. 멀지 않은 곳의 건물이 불길에 휩싸이고 있었다.

바람이 세차게 불었다. 건물 지붕이나 거리에 쌓인 눈들이 눈보라를 일으키며 몰려다녔다. 부두 주변 창고의 녹슨 함석지붕이 덩달아 굉음을 내지르며 너털거렸다. 부둣가에는 수많은 사람들이 모여드는 중이었다. 이 도시의 사람들이 한꺼번에 우르르 쏟아져 나온 것 같았다. 봇짐을 지거나 인 사람들 틈으로 가재도구를 가득 실은 소달구지도 보였다. 어떤 달구지 위에는 여자아이와 노파가 올라앉았다. 얼어붙은 땅바닥에 철퍼덕 주저앉아 울부짖는 아이도 있었다. 작렬하는 붉은 빛이 시도 때도 없이 사람들의 얼굴 위에서, 어깨 위에서 반짝였다. 바람 소리와 사람들의 아우성 때문에 소리가 잘 들리지 않았을 뿐 포성이 계속되었다. 엊그제보다 더 자주 어디서 날아왔는지 모를 전투기들이 시커먼 몸체를 흔들며 발광을 떨었다.

바다조차 발악하는 거대한 짐승으로 변했다. 검푸른 너울이 부두를 집어삼킬 듯 출렁댔다. 큰 화물선 한 척과 수많은 작은 어선들이 너울에 덜미를 잡혀 기우뚱댔다. 배마다 사람들이 가득 올라탔다. 그것들이 부두를 벗어나 가는 듯 마는 듯 외항 쪽으로 천천히 움직였다. 화물선 한 척만이 아직도 부두에 붙어서 사람들을 태우는 중이었다. 나는 그런 광경을 바라보며 부둣가 전봇대에 등을 기댄 채 망연자실해서 서 있었다.

"빨리 안 타갔니? 이게 마지막 피란 배야."

오 선생님이 내게 소리쳤다. 어머니한테로 가겠다고 외치고 싶었지만, 말이 나오지 않았다. 이번에도 내 뜻과 관계없이 알 수 없는 곳으로 떠나야만 한다는 사실을 나는 알고 있었다. 이렇게 미적거리기라도 해서 스스로의 선택이 아니라는 점을 누구에게든지 일깨워 주고 싶었다. 오 선생님이 내 어깨를 잡아챘다.

"정신 차리라! 네 아버지, 오마니도 벌써 피란을 떠났을 거래도."

당장 아버지, 어머니와 만날 방법이 없다는 사실이 가슴을 미어지게 했다. 오 선생님의 손에 이끌려 인파 속으로 휩쓸려 들어갔다.

화물선은 시꺼먼 연기를 내뿜으면서 긴 뱃고동을 울렸다. 오 선생님을 따라 화물선과 연결된 다리로 다가갔다. 많은 사람들과 그들이 들고 메고 인 짐들이 걸음을 가로막았다. 벌써 선원들은 밀려오는 사람들을 막아내면서 다리에서 화물선을 떼어내고 있었다. 다리와 화물선 사이의 간격이 조금씩 벌어졌다. 사람들에 막혀 오 선생님은 앞으로 나아가는 데 애를 먹었다. 안 되겠던지 오 선생님이 나를 목말을 태웠다. 다리와 화물선의 간격은 벌써 1미터 남짓이나 벌어졌다. 앞사람들이 화물선의 난간을 붙잡고 위태롭게 매달렸다. 뒷사람이 그들의 등이나 어깨를 밟고 화물선 안으로 뛰어들었다. 나도 그런 식으로 화물선으로 다가갔다.

"난간을 잡아!"

오 선생님이 외쳤다. 하지만 다리와 화물선의 간격이 더 크게 벌어져 발밑이 푹 꺼졌다. 몸이 아래로 떨어지는 순간, 아랫사람의 어깨에 가까스로 매달렸다. 먼저 화물선에 올라탄 사람들이 팔을 잡아끌어 주었다. 간신히 갑판으로 기어올랐다.

다리와 화물선의 간격은 넓어질 대로 넓어졌다. 사람들이 더이상 화물선으로 올라탈 수 없게 되었다. 오 선생님은? 나는 아직 화물선의 난간에 매달려 있거나 난간을 기어오르는 사람들을 살폈다. 오 선생님은 난간 아랫부분에 매달려 있었다. 무릎과 발로 선체의 돌출부를 딛고 기어오르려고 안간힘을 다하고 있었다. 살얼음이 덮인 선체가 너무 미끄러운 듯했다.

"사람 살려주세요!"

나는 외쳤다. 하지만 내 목소리는 주위의 소란에 묻히고 말았다. 거듭 외쳤어도 마찬가지였다. 겨우 들은 사람들일지라도 자기 식구들을 끌어 올리는 데 열중할 뿐이었다. 화물선은 주위의 작은 배들을 밀어내면서 바다로 나아가고 있었다. 오 선생님은 더는 버티지 못하고 떨어졌다.

"오 선생님니임!"

화물선은 내 절규에 아랑곳하지 않고 아랫도리를 담근 검푸른 바다 위로 나아갔다. 허우적대던 오 선생님이 더는 보이지 않았다. 나는 완벽하게 혼자가 되었다.

부우웅, 부우웅.

화물선이 고동을 울렸다.

강둑 아래에 판잣집들이 다닥다닥 붙었다. 지붕에 얹은 검은 루핑이 날아가지 못하도록 군데군데 돌이나 각목으로 눌러놓은 집들이었다. 피란민 학교는 판잣집들 사이에 있는 조금 큰 건물이었다. 판잣집이기는 마찬가지였다.

교탁 위에 선 선생님 앞에서 나는 고개를 푹 수그리고 있었다.

"또 동무들 벤또를 훔쳐 먹었니? 공부라도 못했다면 퇴학감이야."

선생님이 내 뺨을 후려쳤다. 훔쳐 먹지 않으면 어쩌라고? 나는 교실을 뛰쳐나갔다.

판잣집 사이에 쭈그리고 앉았다. 연탄재를 버리러 나온 노파가 내 꼴을 물끄러미 쳐다보았다. 나는 미적미적 몸을 움직여 노파에게 등을 돌렸다. 노파가 다가와 등짝을 철썩 때렸다.

"시내에 나가 구두닦이라도 해야지 안갔니? 이런 땐 자기부터 살고 봐야 해. 거리 쏘다니며 허송세월하지 말래두. 아무리 기리해도 네 부모 못 찾아."

나는 노파가 뭐라 하든 그저 쭈그려 앉은 채로 가만히 있었다. 나는 이미 생각이 많은 아이가 되었다. 뭐든 내가 결정해야 되는 아이가 되었다.

"어제 고향 사람 하나 만났다. 거 안골 고개께 살던 침쟁이 말이다. 그 사람 말이 원산에 폭격이 있던 날에도 네 아버진 새에 미쳐서 들로 쏘다니더란다. 피란 보따리를 쌀 겨를이나 있었갔느냐고 하더라."

그제야 나는 고개를 돌려 노파를 올려다보았다. 노파가 무슨

말이든 더 하기를 기대했다. 하지만 노파는 휙 돌아서서 가버
렸다.

　시장 공터에 청년들이 줄지어 섰다. 그 틈에 나도 끼었다.
　"너는 약골이라 안 돼!"
　군모를 눌러쓴 가슴 떡 벌어진 사내가 줄의 맨 앞에 선 청년
에게 소리쳤다. 사내는 하도 만지작거려서 윤기가 흐르는 지휘
봉을 손에 들었다. 지휘봉은 그에게 딱 알맞은 휴대품으로 여
겨졌다. 누구든 그의 명령에 찍소리 못 하고 따랐다. 그의 등 뒤
에는 밀가루가 담긴 포대가 수북하게 쌓였다. 포대에는 악수하
는 두 손이 파란색 페인트로 찍혔다. 미국에서 온 구호 식량이
누군가의 창고로 가기 위해 짐꾼들을 기다리고 있는가 보았다.
　"내 이래 봬도……."
　방금 퇴짜를 맞은 청년이 사내에게 한 걸음 다가섰다. 그러
고 보니 다리를 절었다.
　"바빠! 빨리 꺼져!"
　뒤에 선 청년이 절름발이를 옆으로 떠밀었다. 군모 사내가 그
를 아래위로 훑어보았다.
　"통과!"
　청년은 포대가 쌓인 곳으로 달음질쳐 갔다. 내 차례가 왔다.
나는 슬쩍 까치발을 했다. 군모 사내가 입가에 엷은 미소를 띠
었다. 지휘봉으로 내 어깨를 지그시 눌렀다. 까치발이 풀렸다.
나는 다시 까치발을 했다. 늘 그렇게 하고 살아왔다는 듯. 그러

고는 그처럼 나도 미소를 지었다.

"저리 꺼져!"

"저 백 근짜리 쌀가마니 지고 백 리도 가봤어요."

그가 피식 웃었다. 나도 내 거짓말에 슬며시 웃음이 새어 나오려 했다. 그가 이내 눈을 부라리고 지휘봉을 흔들었다. 그렇다고 물러설 수는 없었다. 그가 지휘봉으로 내 배를 우악스럽게 찔렀다. 아프다고 할 수 없었다. 나는 이젠 아이가 아니었다. 바닥에 주저앉아 그의 가랑이를 움켜잡았다.

"정말이라요. 할 수 있어요."

그가 한 발을 빼 옆구리를 찼다. 숨이 턱 막혔다. 나는 아이가 아니다. 나는 나뒹굴며 속으로 외쳤다. 하지만 그는 더는 내게 눈길을 주지 않았다. 다시 줄에 선 사람들을 살피고 있었다.

방송국 건물 벽에는 수많은 벽보가 붙었다. 주변은 벽보를 보려거나 붙이려는 사람들로 발 디딜 틈이 없었다. 나도 가슴팍에 찾을 사람을 적은 하얀 종이를 매달고 그들 사이를 어슬렁거렸다. 눈길을 당기는 초로의 사내를 발견했다. 그에게 다가갔다. 그의 가슴팍에 매달린 종이를 들여다보았다. 그러다가 얼굴로 눈길을 옮겼다. 그도 나를 뚫어지게 쳐다보았다. 누가 먼저랄 것도 없이 우리는 얼싸안았다.

"네 아버질 빼닮았어."

나는 그와 근처 화단의 둔덕에 걸터앉았다.

"우리 부모님은 안 내려왔다고 말하는 사람들이 많은데……."

"기때 황급히 오느라고……. 네 아버지에 대해 신경 쓸 겨를이 전혀 없었어. 내가 어떻게 여기까지 왔는지도 잘 기억이 나지 않을 지경이야."

저도 차차 부모님 얼굴이 기억 속에서 지워질까 봐 걱정이야요. 어떤 이가 어떻게 생겼냐고 묻는데, 갑자기 떠오르지 않은 적이 있었어요. 그런 일이 많아지면 어째요? 제 걱정만 한다고 할까 봐 나는 그 말을 입 밖에 내놓지는 않았다.

"아주머니는 잘 계셔요?"

"혼자 살아. 아이들과 아이들 엄마, 부모님을 다 잃었어. 30년도 넘게 수소문하고 다녔어. 여기도 그래서 나왔어."

나는 망원경으로 저만큼 앞에 쳐놓은 새그물을 관찰하는 중이었다. 학생들과 함께 숲 속의 위장 텐트 속에 숨어서. 그물을 빠져나가려고 폴짝이는 낯익은 새 한 마리가 망원경에 잡혔다.

"어! 저 새가?"

텐트 밖으로 뛰어나갔다. 학생들이 뒤따라 나왔다. 소란에 놀라 주변의 새들이 날아올랐다. 그물에 포획된 새들 중에서 망원경에 잡혔던 한 마리를 찾아내 먼저 조심스럽게 잡았다. 손바닥 안에서 푸덕이는 새가 내 가슴을 뜨겁게 달궜다.

"북방쇠찌르레기야."

내가 나직이 말했다.

"그럼 교수님 아버님이 북한 지역에서 처음 발견했다는 바로 그 새?"

학생 하나가 아는 척을 했다.

"휴전선 이남 지역에서는 살지 않던 새야. 주위를 잘 살펴봐. 가족끼리 무리 지어 다니는 새니까 몇 마리 더 있을 거야."

놀라움을 감추지 못하는 학생들을 보며 나는 아버지가 이 새를 발견한 신문 기사를 보던 장면을 떠올렸다. 이남에서는 아들인 내가 첫 발견자가 되다니.

"아들이 그리워 아버님이 보내신 것 같은데요. 하하하."

북쪽으로 아스라이 중첩된 산들이 보였다. 휴전선 너머의 산들이었다. 나는 학생들과 함께 새장을 열었다. 북방쇠찌르레기들의 발목에 알루미늄제 인식표를 매달았다.

"자네는 무슨 생각을 그리 골똘히 하고 있나?"

나는 아까부터 갑자기 말이 없어진 대학원생에게 물었다.

"인식표 대신 리본을 매달아 날리면 어떨까 생각했어요. 제 아버님 함자를 써서."

아, 네가 월북자 아들이지. 네가 태어나기 전에 월북했다고 했지. 아버지라 해도 얼굴조차 본 적이 없겠구나.

"적과 내통하려 했다고 감옥에 가려고?"

나는 대학원생의 어깨를 토닥거렸다. 나 자신도 한때 별별 생각을 다 했다. 북방쇠찌르레기를 대량 번식시켜 기회가 닿을 때마다 이곳에 와서 방사했다. 아버지가 아직도 새를 연구하고 계실까? 내가 이남서 이 새를 발견했다는 소식을 안다면? 아니, 이남서 방사한 이 새를 아버지가 발견한다면? 내가 날려 보낸 것을 알게 된다면? 시베리아까지 날아간 것은 확인됐는데……. 아예 전서구를 날려서 실험을 해?

북방쇠찌르레기들이 하늘을 가르며 날아올랐다. 목을 길게 뽑고 뾰이, 뾰이 울며 작별을 고했다. 망원경을 들어 나는 새들의 비행을 좇았다. 인식표가 햇빛을 받아 반짝거렸다. 새들은 서서히 북쪽 하늘 속으로 사라지고 망원경 속엔 푸른 허공만 남았다.

3

벚나무 그림자가 도로 위에서 물살처럼 찰랑댄다. 햇살이 참 맑다.

"정말 당신 부모님이 오셨을까?"

운전석에 앉은 내게 아내가 묻는다. 묻고 보니 말이 되지 않는지 대꾸도 하기 전에 혼자서 피식 웃는다.

"죽은 뒤에나 내 차례가 올는지……."

나는 내가 유명해져야만 아버지가 나를 찾을 수 있다고 믿었다. 빈손으로 유명해지려면 공부밖에 할 것이 없었다. 마침내 어느 정도 유명해졌다. 하지만 아버지는 나를 찾지 않았다.

캠퍼스 안으로 들어선다. 오늘 정말로 아버지, 어머니가 학교에 오신다면? 그런 행운이 별안간 찾아온다면? 사람은 저마다 죽을 때까지 질곡을 견디고 살아 있어야 하는 이유가 있긴 한

데. 도무지 사리에 맞지 않는 생각을 하는 자신이 우습다.

소극장 앞에 차를 세운다. 수십 명의 학생들이 소극장 앞 계단에 몰려 서 있다. 박수를 치며 차 밖으로 나오는 우리 부부를 맞는다. 극장 입구에는 '남북 이산가족 원민호 교수 부모 특별 상봉'이라는 플래카드가 걸렸다. 방송국 카메라까지 보인다. 분명 카메라는 나를 겨냥하고 있다. 별나다. 걸음을 멈추고 그들을 둘러본다. 40년도 더 넘게 머문 학교. 정년퇴직 후에도 뻔질나게 드나들며 강의를 했다. 그런데도 낯선 곳에서 낯선 사람들을 만나는 것 같은 분위기다. 성희가 쫓아와 어서 들어가자고 손을 잡아끈다.

"설레시죠?"

"장난치곤 동원한 사람이 너무 많아."

"어머머? 장난이라면 저렇게 기자들까지 찾아왔겠어요옹?"

그녀는 억울해 죽겠다는 표정을 짓는다. 곧 드러날 텐데 능청을 떨긴.

"뭘 꾸민 거지?"

그녀는 샐쭉 웃고 만다. 학창 시절 남자친구에게 시간을 너무 많이 빼앗기는 듯해 자주 혼을 냈던 녀석이다. 그래선지 나이가 들어서도 내 앞에서는 과거의 주눅이 채 사라지지 않았다. 오늘은 큰일이라도 해냈다는 듯 스스로 흥분돼 있다.

무대는 검은 막으로 가려져 있다. 우리 부부는 맨 앞줄 가운데 좌석에 앉는다. 강당 안의 조명이 모두 꺼진다. 잠시 어둠이 이어진다. 무대 왼편을 향해 조명 하나가 빛을 내쏜다. 조명 속에 과대표 학생이 마이크를 들고 서 있다.

"오늘 저희들은 원민호 교수님과 함께하는 아주 특별한 자리를 마련했습니다. 교수님은 6·25 전쟁 때 헤어진, 생사조차 모르는 부모님을 평생 그리워해오셨습니다. 그런 교수님 부모님께서 이 자리에 오셨습니다. 교수님이 평양의 부모님과 만나는 자리가 바로 이곳에서 지금 펼쳐집니다. 자, 그럼 교수님의 아버님, 어머님을 무대에 모시겠습니다."

자못 엄숙을 가장했지만 코믹한 어투다. 그런데도 학생들의 환호와 박수 소리가 우렁차다. 이 녀석들이 다 짰어. 여러 개의 조명이 무대를 동시에 비추면서 막이 오른다. 무대 상단에 '만나야 하기에 기다렸습니다'라는 또 하나의 플래카드가 보인다.

한 쌍의 노부부가 무대 앞으로 나온다. 어색한 옷차림과 얼굴로 보아 학생들이 분장한 모습이 여실하다. 구부정한 허리에 지팡이를 짚은 노부부 역은 조명이 눈부신 듯 손바닥을 편 손을 이마에 대고 객석을 살피는 척한다.

"여기가 민호가 교육 전투 하던 대학인가요? 이렇게 건실하게 살아 있는 줄도 모르고 60년 넘도록 눈물 안 흘리기 전투하며 지새운 세월을 생각하면 원망스럽기 그지없네요."

어머니 역이 '전투'를 강조하여 발음하며 먼저 입을 뗀다.

"그런데 이놈이 어디 있어? 아비, 어미가 이 오기 어려운 남조선하고도, 서울까지 찾아오기 전투를 했는데 코빼기도 보이질 않네."

"이놈 저놈 하지 말아요. 앞개울에서 불알 내놓고 물장구 전투 하던 민호가 아냐요."

"아이, 이런 때 아니면 언제 교수님한테 이놈 저놈 해보나."

학생들이 와아 웃음을 터뜨린다.

"민호야! 어딨니! 어서 얼굴 좀 보자!"

내 옆에 앉은 성희가 여기 있어요! 외친다. 조명이 소리 나는 곳을 찾아 객석을 이리저리 훑는 척하다가 우리 부부에서 멈춘다. 우리는 자리에서 일어나 배역들에게 손을 흔든다.

"아이구, 민호야!"

"네 옆에 앉은 게 우리 며느리냐? 맞지? 아가야, 그동안 시부모 없이 얼마나 고생이 많았니? 에구, 불쌍한 것……."

"시부모 없었으니 시집살이 전투 안 해서 좋았지 뭐."

학생들이 다시 와와 웃는다.

"민호야, 내가 니 에미다. 어서 이리 오너라."

우리 부부는 다시 한번 손을 흔들고 자리에 앉는다. 연기에 불과한데도 가슴이 저며온다.

과대표가 다시 무대에 선다.

"여러분들은 지금까지 원민호 교수님을 상대로 벌인 우리들의 사기극을 보셨습니다. 그러나, 그러나 이제부터는 진짭니다. 우리 모두 미처 상상할 수 없었던 무대가 펼쳐집니다."

우리 부부에게 향한 조명만 남고 모든 조명이 꺼진다. 곧 무대 중앙 스크린에 컴퓨터 화면이 나타난다. 이메일 하나가 클로즈업된다. 영어 원본 옆에 한글 번역본도 함께 있다.

"제목, 새 발견에 관한 회신. 보낸 이, 국제조류학회장. 받는

이, K대학교 조류학연구소장."

과대표가 번역본을 읽는다. 이번엔 아주 진지해졌다.

"귀 연구소가 날려 보낸 북방쇠찌르레기 'KOR9874'가 작년 7월 10일 평양에서 발견되었습니다. 이 같은 사실이 북한조류학회에 의해 국제조류학회에 보고되었습니다. 발견자는 평양새연구소 원명식 박사입니다. 추신, 원명식 박사는 국제조류학회의 회보에 의해서 한국의 원민호 박사가 이 새에 인식표를 부착했음을 확인하였습니다. 북한조류학회가 원명식 박사를 대신하여 원민호 박사에게 전해달라는 사진을 첨부합니다."

사진이 화면 아래서 위로 천천히 올라온다. 두 노인이 함께 찍은 상반신 모습이다. 사진이 스크린을 가득 채운 채 정지된다. 원명식. 누가 그 이름을 불러주기를 얼마나 열망했던가. 내고개가 푹 꺾인다. 학생들의 박수 소리가 강당 안을 가득 채운다. 와와, 휘이익, 함성 소리와 휘파람 소리 들린다. 아내가 내어깨를 보듬는다. 나는 고개를 들어 다시 사진을 올려다본다. 어린 시절 간이역에서 본 아버지의 마지막 얼굴과 사진 속의 늙은이가 겹쳐진다. 사진 밑에 촬영 날짜가 박혀 있다. 13년 전사진이다. 지금 아버지, 어머니는 90세가 넘었다. 왜 오래된 사진을 보냈을까? 젊고 건강한 모습을 보여주려고? 나는 고개를 흔든다. 어머니와 함께 찍은 사진을 보내려고 그랬을 것이다. 그렇다면 어머니는 돌아가셨다? 나는 손바닥으로 얼굴을 감싼다. 기자들이 나를 향해 플래시를 터뜨린다. 와중에 객석에서 누군가가 부르는 노랫소리가 들린다.

이별이 너무 길다. 슬픔이 너무 길다.

선 채로 기다리기엔 세월이 너무 길다.

준비된 성악가인 듯 목청이 맑고 크다. 하나 둘씩 함께 부르는 사람들이 늘어난다.

연인아, 연인아, 이별은 끝나야 한다.

슬픔은 끝나야 한다.

우리는 만나야 한다.

어느새 객석의 모든 학생들이 일어나 합창을 하고 있다.

* 이 작품은 필자가 시나리오를 쓰고 총감독을 맡아 북한의 애니메이터들과 함께 2004년에 제작한 첫 남북 합작 단편 만화영화 〈새〉의 시나리오 일부를 소설화한 것이다.

|

발가락이 닮았다

장맛비가 내린다. 지상의 모든 것을 제압할 듯 세차다. 호텔 담장 뒤로 보이는 진초록 편백나무들도 비에 얻어맞고 바람에 밀려서 고개를 바투 숙였다.

"뭐야요?"

창밖에 잠시 한눈을 파는 사이 류명회의 격양된 목소리가 적막을 깬다. 유리창이 조금 흔들리고, 식탁 위의 찻잔이나 천장의 샹들리에에 붙은 유리구슬 장식들도 째앙 소리를 낸 것 같다. 곧 무슨 일이 날 것 같아 눈길을 돌렸던 것인데, 기어코 사달이 났다. 돌아보니 그녀가 나를 향해 잔뜩 이맛살을 찌푸렸다. 눈썹이 이마를 가릴 만큼 눈을 치켜떴다. 식탁에 둘러앉은 사람들도 나와 그녀를 번갈아 주시한다. 젓가락으로 잉어찜을 한 점 집거나, 입에 넣고 오물거리거나, 창청파이^{長城牌} 포도주가 담긴 글라스를 서로 부딪치거나, 낯을 익히느라 옆 사람들과 띄엄띄엄 대화를 나누던 사람들이다. 다른 사람에게 낼 화를 내가 뒤집어쓴 것처럼 억울하다.

어제 오후 북한 대표단이 호텔 로비에 도착했을 때부터 나는 그녀에게 줄곧 마음을 빼앗겼다. 평양 여자란 반가움에 들떴을까? 공부를 많이 한 것 같은 기품 있는 얼굴에 반했을까? 쭈뼛거리고 서 있던 대부분의 평양 사람들과 달리 앞장서서 일행의 여행 가방을 나르고 여권을 걷어 체크인을 돕는 것도 마음에 들었다. 이참에 평양 친구를 하나 만들어봐? 그래서 그녀 옆자리에 앉아 은근히 품을 팔았다. 그런데 불쑥 드러낸 이빨에 물어뜯기다니.

조금 전 그녀는 내게 말했다.

"외국 대사관들 담장 주위에 모두 철조망을 쳤더라구요. 우리 대사관에 이유를 물었어요. 미제 놈들에 대한 테러 우려 때문이란 거야요. 세상이 테러다 전쟁이다 해서 너무 시끄러워요."

나는 북경 시내 싼리툰 지역에 밀집한 대사관들을 떠올렸다. 대사관마다 날카로운 창살을 박은 벽돌담에 둘러싸였다. 그런데도 중국 정부는 담 밖 2, 3미터 떨어진 인도에 철조망을 또 쳤다. 벌써 10년이나 지난 일이다. 지금은 그 볼썽사나운 모습이 싼리툰 풍경의 일부가 되어 아무도 이상하게 여기지 않는다. 나는 막 동면을 벗어나 세상으로 나온 곰이나 개구리처럼 그녀가 물정에 아둔하다고 여겼다. 전쟁이다 뭐다 하는 말도 북한에서나 심각하게 떠드는 말이지 다른 나라에서야 어디 그런가.

"북측 대사관에도 철조망을 쳤습디까?"

그녀가 북경에 온 지 10년은 넘었겠다고 짐작하면서 내가 물었다.

"미제 놈들 편에 선 나라들이나 테러를 조심해야겠지요."

"그게 아니고……"

나는 내가 알고 있는 진상을 말하려다가 멈칫했다. 말끝을 흐리는 나를 그녀가 눈동자를 키우며 똑바로 바라보았다.

"남쪽 사람들은 미제 놈들 얘기만 나오면 두둔하고 드니……. 미국이 그리 무서워요?"

그녀가 나를 핀잔했다.

"북쪽 사람들이 중국 땅에 굉장히 많이 도망 나와 있는 거 몰라요? 그 사람들이 서울로 가겠다고 남의 나라 대사관 담을 넘어대니까 중국 정부가 철조망을 하나 더 친 거예요."

여기까지는 말하지 않으려고 했는데, 나는 튀어나오는 말을 억제하지 못했다. 그녀가 내 말의 뜻을 헤아리려는 듯 눈동자에서 힘을 뺐다. 그사이 나는 비가 주룩주룩 내리는 창밖으로 슬그머니 눈길을 옮겼다. 그런 중에 그녀의 새된 목소리에 부딪힌 것이다.

그녀에게 대꾸할 말을 찾아 머리를 굴리는 중인데, 누군가 내 어깨를 와락 잡아챈다.

"지금 한가히 앉아 있을 때가 아냐."

우리 정부에서 따라온 박 과장이다. 그의 손에 이끌려 일어선다. 불편한 자리를 모면하는 것이 다행이다 싶다. 그렇게 여기면서도 더 날카로운 이빨에 물리는 것 아닌가 해서 박 과장의 눈치를 살핀다. 아니나 다를까. 밥 먹다 벌레를 씹은 얼굴이다.

그를 따라 식당 밖으로 나간다. 기막히다는 듯한 그녀의 눈총이 등 뒤에 꽂히는 것을 느낀다. 복도의 구석에서 박 과장이 걸음을 멈춘다. 그의 어깨 너머로 우리가 방금 나온 식당 출입문이 보인다. 프린터 용지에 인쇄된 안내문이 문 가운데에 붙어 있다. '민족어의 정체성에 관한 국제학술회의 오찬장'. '우리말'이라고 하면 될 것을 구태여 '민족어'라고 한 것은 남북한과 중국 모두에게 적합한 용어를 찾다가 그렇게 된 것이다. 안내문 하단에는 '한중조韓中朝, 중조한, 조한중'이라는 말로 '국제'라는 낱말의 의미를 부연했다. '한중조'라는 말이 가장 앞에 쓰였다는 사실만이 한국 측이 이 학술회의에서 물주 노릇을 하고 있다는 점을 일깨워 줄 뿐이다.

애초에 우리 정부는 이 회의를 남북 간의 학술회의로 기획했다. 그러나 북한 측에서 학자들을 보낼 수 없다고 통고해 왔다. 남북한만의 회의일 경우 최고지도자의 결심까지 받아야 한다나. 여느 때와 마찬가지로 조선족 학자 몇 명을 끼워 넣는 것이 피할 수 없는 일이 되었다. 그런데 이번엔 된다, 안 된다 말도 없이 시간을 끌었다. 뭔가 복잡한 속사정이 있는 듯했다. 북한 측은 종종 이런 식으로 회의를 무산시킨다고 했다. 조선족 참가 예정자 중에서 김일성종합대학에 유학했다는 명 교수를 평양에 보내 설득했다. 회의는 그런 곡절 끝에 낯 뜨거운 국제학술회의란 명칭으로 겨우 열리게 되었다. 우리 측에서 경비를 다 대면서 북한 측이나 중국 측에 굽실거려야 하는 형편이 된 채로.

"그자가 또 왔어. 도대체 말이 통하지가 않아."

박 과장이 입을 뗀다.

"개자식이네."

가슴속에서 끓어오른 쌍소리가 저절로 튀어나온다.

"분명히 호텔에 문의해봤지?"

"단체 예약은 350위안이라고 확실히 말했다구."

"그런데 호텔 지배인, 그자가 왜 그러지? 왜 우리한텐 110달러를 달라는 거야? 두 배도 더 넘게 받겠다는 거 아냐?"

그것이 내 책임인 것 같아 기분이 찜찜해진다. 밤이 지나면 아침이 된다든지 하는 것과 같이 한 번도 의심하지 않은 일에 덜컥 덜미를 잡힌 것이다.

준비 단계부터 나는 회의 주관 실무자인 박 과장을 도왔다. 성가신 일이었지만, 대학 동기여서 그의 요청을 기꺼이 수락했다. 예산편성 업무가 내게 맡겨졌다. 명 교수가 회의 장소로 정한 호텔에 전화를 걸어 호텔비를 문의했다. 북경에서 열리는 탓에 명 교수는 현지 진행 실무를 맡았다. 호텔 측은 단체 손님일 경우 트윈베드룸 하나에 350위안을 받는다고 했다. 그런데 우리 대표단이 도착하자 호텔 측은 110달러를 달라고 말을 바꿨다. 110달러면 740위안? 헛웃음밖에 나오지 않았다. 명 교수를 찾았다.

"북경을 자주 다녔다면서 호텔비도 모를까?"

"아니까 하는 말이죠."

"그동안은 싸구려 호텔에서만 잔 모양입디다."

그는 예산을 편성할 때 자신과 호텔비를 상의하지 않은 것을 기분 나빠했다. 이런 사정이 있는 터여서 그가 회의 준비 과정에서 우리에 대한 알 수 없는 불만들이 더 보태져 우리를 일시적으로 골탕 먹이려는가 보다 하는 정도로 박 과장과 나는 이 문제를 치부했다. 학계에서 명성이 자자한 분이 다른 마음을 품을 리야 있겠는가.

하지만 시간이 지날수록 호텔비도 모르느냐는 그의 말이 그냥 한 말이 아니라는 사실이 입증되고 있었다.

"그것도 투숙 기간 중 매일 그날 쓴 비용은 그날 밤에 다 결산하라는 거야. 객실료, 식대, 회의실 사용료……. 객실료를 두 배 넘게 받으면 다른 것도 다 그렇게 받겠다는 거 아니겠냐구? 예산 초과가 이만저만 아니야."

나는 박 과장이 임대한 중국 휴대폰을 건네받아 호텔 번호를 누른다.

"트윈베드룸을 20실 정도 쓸 건데, 1박 요금이 얼맙니까?"

내 잘못이 아니라는 것을 증명하기 위해서 서툰 중국어나마 그가 들리도록 큰 소리로 묻는다.

"350위안입니다."

"350위안이 확실하죠?"

"네."

전화를 끊고 나는 박 과장을 빤히 바라본다.

"말은 제대로 한 거야?"

"이런 정도는 해."

"떼놈이라더니 이래서 그런 별명이 붙었나?"

그가 망연자실하여 내뱉는다.

식탁으로 돌아와 류명회 곁에 다시 앉는다. 자칫하면 회의 기간 내내 그녀에게 끌려다닐 수 있다. 물 위를 둥둥 떠다니는 썩은 나무토막처럼. 더구나 그녀와 나는 남북 간에 쟁점이 첨예한 규범분과에 속해 각각 자기 측을 대표한 논쟁을 예고하고 있다.

"우리 사람들 때문에 철조망을 쳤다구요?"

그녀가 하던 말을 잇는다.

"제대로 들었군요."

그녀가 어이없다는 듯 입을 벌리고 옆 사람들을 돌아본다. 내가 틀렸다는 것을 증명해달라고 도움을 청하는 것 같다. 마침 누군가 우리 곁에 다가와 서 있다. 올려보니 하필 명 교수다. 두 손에 포도주병과 글라스를 각각 들었다. 우리 식탁에 둘러앉은 참가자들에게 중국 측을 대표하여 포도주를 한 잔씩 따르기 위해 온 것이다. 우리 측 단장이나 북한 측 단장도 참가자들이 앉은 다른 식탁을 돌며 건배 제의를 하고 있다.

"교수 동지, 하나 묻자요. 이곳 외국 대사관들 담 둘레에 철조망은 왜 쳤습니까?"

그녀가 명 교수에게 묻는다. 뜻밖의 질문에 명 교수가 머뭇거린다. 진상을 말하기가 거북하다고 여기는 것이 틀림없다.

"거 오래전에 미국에서 비행기가 쌍둥이 건물을 들이받은 사건 있지 않습니까? 알카에단가 뭔가 하는 테러 집단이. 기런저런 사건들 때문이라요."

앞자리에 앉은 북한 측 참가자가 두말할 필요가 없다는 듯 대답을 가로챈다. 그녀가 물었는데도 나를 바라보고서. 그 역시 북한대사관에서 그렇게 들었으리라.

"아, 그런 것 같군요."

명 교수가 얼버무린다. 차라리 잘 모르겠다고 하면 어디 덧나나? 직접 부딪쳐봐야 사람의 진가를 안다는 말이 맞다. 그도 실제보다 부풀려진 명성을 가진 사람인 듯하다.

"잦은 테러 사건 때문에 우리 유관 부문에서 신경을 안 쓸 수 없겠지요."

방금 말한 북한 측 참가자 옆에 앉은 조선족 참가자 성 교수가 거든다. 그는 나와의 친분 때문에 이 식탁으로 일부러 나를 찾아와 앉은 사람이다. 서울에 올 때마다 그와 술자리를 함께 하곤 했다. 되레 내가 민망할 정도로 그는 북한을 비방했다.

"지난겨울 평양에 있는 언어학연구소에 갔다 왔슴다. 난방이 안 돼서 연구원들이 사무실에서도 장갑을 끼고 있더라구요. 그러니 지식인들조차 탈북 대열에 끼는 것임다."

"한국이 한글 종주국 아닙니까? 인구수로 봐서나, 경제력으로 봐서나, 뭐로 봐서나 그렇슴다. 우리말 규범 통일은 한국식대로 돼야 혼란이 적슴다."

신문에 나지 않은 북한 소식들에 대해 내가 여기 같이 온 동료 교수들보다 조금 더 안다고 뻐긴다면 그에게서 얻어들은 것이 적지 않기 때문일 것이다. 그에 대한 괘씸한 마음이 뭉클 피어난다. 그러고 보니 이 식탁에 앉은 남쪽 사람은 나뿐이다. 내게는 원군이 없다.

"우리 인민들이 미제 놈들에게 뱉은 침을 하루만 모아도 백악관이 침몰하고 남을 거요. 하도 못되게 구니까. 제 민족을 못살게 구는 미제를 두둔하는 남쪽 사람들이 이해가 안 돼요."

그녀가 의기양양하게 좌중을 둘러본다. 나와의 대립을 자신의 승리로 끝냈다는 과시처럼 보인다. 그럴수록 그녀를 일깨워주어야겠다는 의무감이 독 오른 뱀처럼 머리를 쳐든다.

"종이로 불을 감쌀 수는 없죠."

나는 겨우 자존심을 세운다. 그녀가 끝내 해보겠냐는 듯 눈을 흘긴다.

이등서기관이 호텔 지배인과 창가에서 대화를 나눈다. 박 과장과 나는 옆에서 그들의 대화가 끝나기를 기다린다. 이등서기관은 박 과장 부탁으로 우리 대사관에서 잠시 통역 지원을 나왔다. 이등서기관이 오기 전, 박 과장과 나는 회의에 참석하지 못하고 한 시간 반 동안이나 지배인과 꼬일 대로 꼬여가는 호텔비 문제에 매달렸었다. 350위안과 110달러 사이의 간극이 메워질 기미는 전혀 보이지 않았다. 명 교수가 내세운 조선족 대학원생 통역조차 문제가 있는 것 같았다. 그는 통역 중에 가끔 제가 하고 싶은 말을 하는 듯 보였다. 그도 한패라는 의심이 갔다.

"국제회의는 정가대로 받아야 한담다."

"왜?"

"호텔 규정이 그렇담다."

"이 등급의 다른 호텔 가격도 그런가요?"

"이 호텔에서는 이 호텔 가격만 말하겠담다."

그들은 한 말 또 하고 한 말 또 하며 시간만 끌었다. 사리가 이기는 것이 아니라 시간을 많이 가진 자가 이긴다는 중국 속담이 실감 났다. 그래서 부랴부랴 이등서기관을 등장시킨 것이다.

키가 가슴께까지 닿는 대형 청화백자 화병 두 개가 서 있는 회의장 입구에서 류명희가 모습을 드러낸다. 휴식 시간이 되었나 보다. 그녀는 곧장 우리가 있는 쪽으로 다가온다. 부근의 자기네 동료들한테 가는 것일 테지만, 나를 거리끼지 않는 태도다. 못 본 척 고개를 돌릴까 하다가 참는다.

"류명희 선생, 우리 할 말이 아직 남았다는 걸 기억하죠?"

내가 먼저 말을 건다. 작은 일에 매달려 큰일을 놓치는 옹졸한 사람이 돼가는 것 같아 기분이 언짢다.

"우리 공화국을 기리 헐뜯으면서리 언어 통일을 말할 자격이 있나요?"

"왜 내가 거짓말을 하겠어요?"

"내가 정답을 가르쳐줄까요? 미제의 눈으로만 보려 하니까니 거짓도 참으로 보이는 거야요."

나는 점점 더 옹색한 국면으로 빠진다.

"따로 토론을 결속할 시간을 내자는 거지요?"

그녀가 아직도 혼자서만 딴소리를 지껄이냐는 듯 덧붙인다.

"그래야 되지 않겠어요?"

그녀가 이내 우리 곁을 벗어난다. 내가 속을 썩이는 중이라고 여겨선지 지금은 시비하지 않겠다는 태도다. 북한 측 사람들도 이미 행사 진행에 석연찮은 점들이 있다는 것을 알아챘을 것이다. 명 교수는 호텔비와 관련한 저간의 사정을 그 나름 중국과 북한 측 참가자들에게 조금씩 흘리고 다니는 낌새였다. 자신에게 탓이 돌아올까 봐 그러리라.

지배인이 마침내 자리를 뜬다. 이등서기관이 그동안의 대화 내용을 설명한다.

"명 교수와 호텔 측이 110달러에 계약을 맺었다는 거예요."

"왜 그런 계약을 맺었대요?"

이등서기관이 대화를 나누며 적은 수첩을 펼친다.

"국제회의라서 중국 정부로부터 회의 개최 승인을 받아야 하는데, 그때 호텔비를 정가표에 적힌 대로 적어 냈다고 합니다. 낮게 받으려 해도 그것 때문에 안 된대요."

"그게 말이 돼요?"

박 과장이 불만스럽게 묻는다.

"설명이 궁하니까 둘러대는 거지요."

개자식들! 비수기에 단체 손님을 정가대로 받는 호텔이 어딨어.

"여기 조선족 사회의 위치로 보면 전혀 그럴 분이 아닌데."

이등서기관이 고개를 갸우뚱거린다.

"들어보시니까 우리가 얼마나 터무니없이 당하고 있는지 아시겠죠?"

"계속 버티세요. 무슨 수가 나겠죠."

백발이 성성한 북한 측 대표단장이 주제 발표를 한다. 팔십이 넘은 나이에도 김일성종합대학 교수직에 머물고 있는 북한 최고의 언어학자다. 전쟁 전에 서울에서 대학을 다니다가 월북했다.

"내가 살던 곳이 서울 연건동 낙산이야. 많이 변했겠지? 죽기 전에 그곳에 한번 가보고 싶어."

그는 어제 만나자마자 대학 후배라고 소개한 내게 이 말부터 했다. 류명희는 목을 쭉 빼고 한쪽 귀를 단상 쪽으로 세웠다. 턱을 괴고, 고개를 끄덕거리며 졸고, 창밖에 눈길을 파는 남쪽 사람들이나 조선족 참가자들과는 대조적이다. 들리는 말로는 그녀는 전방에서 군 복무를 했다고 한다. 그래서 저렇게 융통성이 없을까?

"북남 언어 이질화라는 말을 사용하지 않을 것을 제안합니다. 이질화라는 말은 이질화를 재촉하는 말입니다. 말이 씨가 된다는 우리 속담이 있습니다. 언어 이질화 현상이 분단 이래 심화돼온 것은 사실이지만, 이질화를 막아야 할 언어학자들의 입장에서는 보다 긍정적인 표현을 사용하는 것이 바람직합니다. 앞으로는 언어 이질화 대신 북남 언어의 차이 정도로 표현합시다. 그래서 이질화를 극복 대상으로 삼는 게 좋겠습니다."

북한 측 참가자들이 박수를 친다. 그런 분위기에 정신이 돌아온 사람들이 졸음을 쫓아내기 위해 도리질을 하거나, 방금 한 말이 어디쯤에 있는지 찾기 위해 자료집을 뒤적인다.

그때 출입문이 열리는 소리가 들린다. 발표자들과 나란히 단상에 앉은 우리 측 대표단장의 얼굴에 얼핏 당황한 기색이 스친다. 그는 우리나라 언어정책을 책임진 박 과장의 상관이다. 관록에 어울리게 금세 표정을 되찾았지만, 회의 참가자들은 벌써 그의 눈길을 쫓아 출입문 쪽으로 얼굴을 돌렸다. 호텔 지배인이 거기 버티고 서 있다. 우리 측 대표단장을 향하여 손을 까부르고 있다. 박 과장과 나로는 안 되니까 대표단장에게 나오라는 것 같다. 저 망할 놈이 정말…… 후진타오 시대에 이르러 어둠 속에서 은밀히 힘을 기르는 정책韜光養晦을 버리고 거침없이 상대를 압박하는 정책咄咄逼人을 채택했다더니 저자도 그러나?

박 과장이 일어나 명 교수 측 대학원생 통역에게 눈짓을 하고는 허둥지둥 지배인에게 간다. 박 과장이 지배인을 문밖으로 밀며 같이 나가자고 하는데, 지배인이 버틴다. 결국 밀려가면서도 단장에게 손을 까부르는 짓을 멈추지 않는다. 명 교수는 남의 일 보듯 무심하게 자리를 지키고 있다. 여긴 중국이야, 중국식을 따라야지, 라고 말하는 듯하다. 문밖에서 언쟁 소리가 들린다.

회의가 속개되지만, 분위기는 이미 깨졌다. 류명희를 비롯한 북한 측 사람들이 남조선 사람들 하는 일이 그렇지, 라고 비웃는 것 같다. 내 얼굴도 대표단장의 얼굴처럼 벌겋게 달아오른다. 언쟁 소리에 귀를 기울이면서 나는 박 과장에게 가야 하나 고민한다.

참가자들이 삼삼오오 모여 로비에서 다과를 든다. 다시 휴식 시간이 되었다. 박 과장과 나는 구석에 섰다.

"지금까지 밀린 호텔 비용을 오늘 저녁 시간 전까지 다 내래. 그것도 신용카드로는 안 된대. 현금으로 내래. 안 내면 저녁부터 식사를 못 주겠대. 이틀 치가 밀리기는 했지만, 개인도 아니고 한 나라의 정부를 이렇게 몰아붙여도 되나? 우리가 어제 대사관 사람을 불렀다고 화까지 단단히 났어. 대책이 없을까?"

박 과장이 일이 더럽게 꼬였다며 내게 속삭인다.

"명 교수 그 양반이 지배인과 짜고 뜯어먹으려고 그러는 거지? 그러니까 현금으로 달라는 말까지 하는 거지? 증거를 인멸하려고."

"심증만 갈 뿐이야. 도대체 네가 일을 어떻게 처리한 거야?"

박 과장의 목소리에 짜증이 잔뜩 실렸다. 어이가 없어 그를 멍하니 처다본다. 일을 잘해놓고 욕을 얻어먹는 것에 속이 뒤틀린다.

"그 양반은 뭐래?"

박 과장은 조금 전 명 교수와 따로 대화를 나눴다.

"지배인이 과잉 대응한 거라며 미안하대. 그러면서도 깎지 말고 다 내래. 떼어먹으려고 그러는 것 아니니까 의심하지 말래. 태평하게 미소까지 짓더라구."

"병 주고, 약 주고 정말 웃기는 양반이네."

밖은 여전히 비가 쏟아진다. 박 과장과 나는 창밖으로 눈길을 돌린다. 눈은 눈대로, 머리는 머리대로 따로 놀고 있다. 대책을 강구하느라 머리를 굴리지만 떠오르는 것이 없다. 도대체 일을 어떻게 처리했느냐는 박 과장의 힐난이 그 틈을 헤집고 들어온다.

류명희가 나를 바라보는 것이 유리창에 비친다. 그녀는 커피 잔을 들고 선 사람들 사이에서 대화를 나누는 중이다. 내가 자신을 바라보는 것을 의식하는지 내 쪽을 흘끔거린다. 나와 눈이 마주치자 입을 사리문다. 다른 사람들에게 짓는 표정과 내게 짓는 표정이 영 다르다.

"남측 사람들 말은 영어가 많이 섞여서리 무슨 말인지 알아들을 수 없는 말이 많아요. 언어에 주체성이 없단 말입니다."

그녀의 목소리가 들린다.

"깜파니아, 그루빠, 꽃제비, 그런 말은 주체적인가요?"

우리 측 참가자 한 사람이 지기 싫은지 대꾸한다.

"우리는 아주 적단 말입니다."

"적은 게 없는 건 아니잖아요? 사회가 발전하면 언어도 변화해요. 하도 빨리 변해서 신조어, 외국어 다 번역해서 쓸 틈이 없어 고스란히 언어생활에 흡수되는 현상이 나오는 거예요."

"우리 회의 안내장에 휴식 시간을 커피 브레이크라고 써놓았던데, 그것도 기리 설명하갔습니까? 언어학자들 모임에 커피 브레이크가 다 뭡니까?"

그녀는 끝끝내 지지 않기로 작정한 듯하다.

"저기 구석에 있는 교수 선생은 여기 대사관들에 철조망 친

것도 우리 사람들 때문에 쳤다고 한다니까니. 남쪽 사람들은
왜 기리 우기길 잘하나요?"

기고만장이란 표현을 이럴 때 쓰나? 이젠 제 흠인 줄 모르고
광고까지 하고 있다. 저 자리에 있는 우리 측 사람들은 철조망
의 진실을 모를 수 있다. 그때 박 과장이 내 등을 툭 친다.

"일단 회의는 진행해야 되잖아. 가져온 돈이 부족하니 우리
개인 카드로 은행에 가서 현금을 뽑아 오자. 비용이 많아 한도
초과일 테니까 네 것도 긁어야겠다. 북한 사람들 보기에 창피
해 죽겠어."

"그렇게 밀려가면 결국 당하고 만다구."

"대사관 사람들은 뭘 하는지 모르겠어. 이런 사소한 일 하나
해결 못 해주고. 불러냈다가 덧나기만 하고 말았네."

회의 속개 시간이 가까워오는지 류명희와 함께 있던 사람들
이 회의장 입구로 발걸음을 옮긴다. 류명희가 사람들과 섞여 우
리 앞을 지나치면서 우리에게 곁눈질한다. 회의장에 등장한 지
배인 때문에 우리 측의 구차한 처지가 이젠 참가자 모두에게
상세히 알려졌을 것이다. 회의 진행이 제대로 되지 않을까 근심
하는 눈빛이 역력하다. 북한 측 참가자들은 근심이 더 클 것이
다. 발표자 1인당 5백 달러씩 발표료를 챙겨 가야 한다. 명 교
수가 평양에 갔을 때 학자들의 생활 형편이 딱해 주기로 했단
다. 참가 사례비 조로 북한 대표단 전체 몫으로 5천 달러를 더
달라고 했는데, 도저히 예산 항목을 맞출 수 없어서, 또 국민
세금을 가지고 퍼주는 짓을 한다는 비난이 두려워 그것만은

거절했다고 박 과장이 귀띔했었다. 물주인 남측이 돈 문제로 호텔 측과 실랑이를 벌이고 있으니 명분이 약한 발표료조차 사라지지 않을까 걱정할 만도 할 것이다. 그들에게 명 교수나 호텔 측의 몰상식한 처사가 알려져야 하는데, 우리 측의 준비 부족만 부각되는 것 같다. 상관이 봉변을 당한 것까지 겹쳐 박 과장은 마음이 더욱 쓰릴 것이다. 그의 성격으로 미루어보면 울화가 비등점을 넘어섰으리라.

나는 커피숍에 앉아 규범분과 논문들을 살핀다. 분과별 토론을 하루 앞두고 있어서 점심 식사 후 빈 시간을 이용한 것이다. 지금까지 회의에 참가하러 왔는지, 진행 보조 요원으로 왔는지 분간하지 못할 정도로 골치 아프게 보냈다. 지난밤에도 우리 측 대표단장 룸에 불려가 대책이 없는 대책 회의를 오래도록 했다. 아무리 그렇다 해도 분과별 토론은 등한히 할 수 없다. 심층적으로 토론해야 하는 문제들이 많다. 오늘까지의 회의가 덕담 수준의 총론이라면 내일부터는 팽팽한 줄다리기가 예상되는 각론으로 들어간다.

역시 류명희의 논문이 깐깐하다. 우리 측과 다른 이응(ㅇ)의 자음 배열순에 대한 이론 전개가 우리 측의 동의 여부와 관계없이 마음에 든다. 가슴만 좀 열면 얼마나 좋을까?

에스프레소의 쓴맛에 이맛살을 찌푸리는데, 누군가 테이블 위에 그림자를 드리운다. 고개를 드니 류명희가 서 있다. 그녀는 조금 전까지 커피숍 안쪽에서 자기네 대표단장과 이야기를 나누고 있었다. 돌아보니 그 자리가 비어 있다.

"우리 이젠 토론을 결속해야지요?"

앉으라는 말도 하지 않았는데, 그녀가 내 앞에 앉는다.

"아, 토론 준비를 하고 있었군요. 방해된다면 일어나갔어요."

나는 펼쳐진 자료집을 탁 덮는다.

"류 선생도 규범분과죠? 여기서 철조망이든 규범이든 끝장토론을 벌입시다."

"이제부터는 말이 되는 소릴 하자요."

농담조차 거칠게 받는다. 군대 물이 몸에 꽉 밴 것 같다.

"군대 생활은 어디서 했어요?"

나는 비꼬듯이 묻는다.

"전연지구에서."

어깨를 바짝 세우며 대꾸한다. 그래, 어쩔래, 하는 투다.

"전연지구면 휴전선? 휴전선 어디예요?"

"오성산."

"야아, 나는 철원에서 복무했는데."

오성산이라면 내가 좀 안다. 철책 근무 6개월 내내 그 산을 바라보며 지냈다. 눈앞을 가로막은 장막처럼 답답하게 보이던 산이었다. 야산에 불과한 우리 철책선 앞에 1천 고지가 넘는 그 산이 떡 버티고 서서 우리를 내려다보고 있었다. 처음 경계 근무를 서던 밤이 잊히지 않는다. 전방 1.5킬로미터 남짓 떨어진 오성산 중턱의 북한 스피커에서 우렁우렁 방송이 울려 나와 괴이하게 메아리쳤다. 귀를 세워도 방송은 끊어졌다 이어졌다

해서 내용을 제대로 파악할 수 없었다. 옆의 고참이 쫄따구들을 환영하는 방송이라고 했다. 내 이름까지 실제로 방송에 나왔다고 극구 우겼다. 그 말이 철책 근무 내내 내겐 불안감으로 자리 잡았다. 누군가 다가와 옆구리를 총검으로 불쑥 찌를까 근심이 들었다. 이 여자가 그 산에 있었다고? 내게 총부리를 겨누고서?

"매일 오성산을 향해 오줌을 갈기며 살았어요."

내가 덧붙이자, 그녀가 피식 웃는다.

"몇 년도에?"

"86년부터 87년 사이 꼬박 6개월."

"내가 복무할 때였군요. 그때 난 고사포중대에서 복무했댔어요."

"그러니까 우리가 그곳에서 서로 총을 맞대고 있었다는 거네."

"나는 고사포로 하늘을 겨누고 있었다구요."

적막에 휩싸인 그곳에서 밤낮없이 내 총구가 향해 있던, 누군지 알 수 없던 그때의 적을 코앞에서 만나다니. 그런데 어찌된 일인지 반가운 기분에 사로잡힌다. 6·25 전쟁 때 외진 곳에서 만난 아군과 적군의 낙오병들이 적막이 두려워 서로 얼싸안았다던가?

"토론 결속을 하자니까니 딴소리만……."

그녀가 투덜댄다.

"그러자니까요."

"또 다음으로 미뤄야갔어요."

"왜요?"

"시계를 보라요?"

그러고 보니 회의 시간이 임박했다. 그녀를 따라 나도 자리에서 일어선다.

"교수 선생이 진 것으로 하자요."

"이래저래 제대로 된 적을 만났는데 더 치열하게 판가름해봅시다."

퍼붓는 비를 헤치며 군용 지프 한 대가 호텔 마당으로 들어온다. 물속에서 갓 올라온 수륙양용차처럼 차체에서 물이 주룩주룩 흘러내린다. 무개차여서 차에 탄 국방색 우비를 입은 사내 셋이 소총을 어깨에 받쳐 든 모습이 빗속에 퍼진 물안개 속에서도 자세히 보인다. 휴식 시간을 맞아 로비로 몰려나온 회의 참가자들이 난데없는 군용 지프의 등장에 눈길을 빼앗기고 있다. 민방위훈련이라도 하는 것일까? 지프는 망설이지 않고 곧장 우리가 있는 건물 출입구 쪽으로 다가온다. 이런 살풍경이 도심 한복판 호텔에서 벌어질 수 있다는 것에 놀라면서도 역시 중국답다고 나는 반쯤 수긍한다.

회의장 입장을 재촉하는 안내 방송이 나온다. 회의를 속개할 시간이 지났다. 이 이상한 광경을 구경하느라 로비에 남은 사람들이 적잖다. 아쉬움을 버리고 회의장으로 발길을 돌린다. 그때 엘리베이터 문이 열리고 군복 사내들 셋이 내린다. 군모에서 물방울이 어깨 위로 뚝뚝 떨어진다. 방금 지프를 타고 온 사내들이다. 섬뜩한 기운이 등골을 적신다. 이자들이 이젠 막가자는 것일까? 순리로 돌아올 시간이 더 길어질 것만 같아 안타깝다. 가운데에 선 군복 사내가 옆구리에서 서류철을 빼내 살피더니 박 과장의 이름을 부른다. 나는 몸서리를 친다.

대학원생 통역이 박 과장보다 한발 먼저 사내에게 다가간다. 박 과장을 따라 나도 사내들 곁으로 간다. 가운데에 선 사내가 큰 소리로 지껄인다. 아랫사람에게 명령하듯 당당한 어투다. 통역의 얼굴이 돌연 새파랗게 질린다. 입술까지 바르르 떤다. 통역은 하지 않고 사내의 말을 듣고만 있다. 나도 덩달아 얼굴이 뻣뻣하게 굳어진다. 무지막지한 힘이 분별없이 가해질 때처럼 심장이 가파르게 요동친다. 박 과장의 얼굴도 이미 굳었다. 회의장으로 들어서던 사람들이 우리 주위로 몰려든다. 우리 측 참가자 한 사람이 그들을 회의장 안으로 몰아넣는다.

드디어 통역이 박 과장 쪽으로 얼굴을 돌린다. 엉거주춤 선 모습이 몹시 불안해 보인다.

"이분 말은 지금 우리 대학 대외사업처장과 호텔 총경리를 모처로 데려다가 조사하고 있으니 안심하라는 것임다."

우리에게 하는 말이라고? 이들이 누구길래? 요동치던 심장의 박동에 서서히 브레이크가 걸린다.

"명 교수님과 호텔 지배인이 짜고 한국 정부를 사기 친 사건에 대해서 조사를 하는 중이람다. 과장님더러 협조해달람다."

그는 하기 싫은 말을 억지로 하는 것 같다. 우리를 바라보는 눈빛에 원망이 서렸다.

"어디서 나왔는지 물어봐요."

"국가안전부에서 나왔답다."

우리로 말하면 국가정보원? 이들이 어떻게 알았을까? 너는 혹 아냐는 듯 박 과장은 나를, 나는 박 과장을 빤히 쳐다본다. 지배인의 무례한 행동까지 전해 들은 대사관에서 더 이상 참을 수 없다고 판단했을까?

설명을 끝낸 사내가 박 과장에게 함께 가자는 손짓을 한다. 비로소 한숨이 터진다. 로비 바닥에 물방울을 남기며 그들은 박 과장과 함께 엘리베이터로 향한다.

회의장에 들어서자 막 자리에 앉은 북한 측 참가자들이 소곤거리는 소리가 들린다.

"호텔비도 제대로 안 가져왔나?"

"기래서 호텔에서 공안에 신고했나?"

분과별 토론을 위해서 따로 정해진 회의실로 간다. 류명희가 대여섯 걸음 앞에서 가고 있다. 걸음을 빨리하여 그녀를 따라잡는다. 건물과 건물 사이를 이은 회랑을 그녀와 나란히 걷는다. 사방에서 폭포가 쏟아지는 것 같은 장맛비 소리가 시끄럽다. 습한 바람까지 휘몰아친다. 회랑 안으로 뻗은 편백나무의 잔가지들이 회랑 바닥에 우두둑우두둑 물방울을 떨어뜨린다.

"회의가 제대로 되갔나요?"

뜻밖에 힘이 빠진 목소리다.

"별걱정을 다 하는군요."

"호텔에서 밥도 안 주갔다고 한다면서요? 회의 진행이 너무 무계획적이야요."

속사정을 말할 수 없어서 나는 쓴웃음을 삼킨다. 명 교수가 마음을 돌이킬 시간을 주기 위해서 우리 측 대표단장은 호텔비 분쟁에 대해 함구령을 내렸다.

"지금까지 서울에 들어온 북측 사람들이 2만 명은 넘었을 거예요."

나는 못다 한 말을 꺼낸다.

"교수 선생은 영락없는 풍산개야요. 지고도 계속 물고 늘어지는 게 안타까와요."

"지금도 엄청 넘어온다니까요. 한 개 군郡 인구는 넘었을걸요."

그녀가 나를 노골적으로 째려본다. 눈동자에 물기가 어린 것 같다. 내가 당황해하는 사이 그녀가 휭 달아난다. 언제는 결속할 시간을 갖자고 찾아오기까지 하더니. 불화가 더 깊어진 것 같아 씁쓸하다. 시퍼런 번갯불이 회랑의 기둥과 편백나무 가지들을 하얗게 밝힌다. 귀청이 떨어져 나갈 듯 천둥이 요란하다.

류명희가 보이지 않는다. 앞자리에서 두 번째 줄 가운데 그녀가 앉았던 테이블 위에는 명패만 덩그러니 남아 있다. 회의의 마지막 순서인 종합 토론 시간이라 그녀가 없는 것이 중요한 문제는 아니다. 하지만 내 탓이나 되는 듯 꺼림칙하다. 회의가 끝날 시간이 가까워오는데도 나타나지 않는다. 내가 그녀에게 한 말이나 대한 태도를 하나하나 되짚어본다. 그럴 만한 일이 없다면 없고, 있다면 있는 것 같다. 남쪽 사람 열 명쯤은 아무렇지도 않게 감당할 것처럼 강한 척하더니 똥폼만 잡았다고 나는 속으로 그녀를 욕한다.

명 교수도 보이지 않는다. 국가안전부에서 그의 대학 간부까지 데려갔다. 그도 마땅히 끌려갔을 것이다. 통쾌하지만 조선족 참가자들이나 북한 측 참가자들을 의식해 박 과장과 나는 내색하지 않고 있다. 그들은 박 과장이 돌아오고 명 교수가 사라진 것에 의아해하는 눈치다. 혹 지금쯤은 세세한 내막을 알게 됐을까? 풀이 팍 죽은 대학원생 통역이 회의장에 여전히 남아 있다. 저놈은 왜 안 잡아가는지. 북한 측 참가자와 조선족 참가자들이 박 과장과 나를 보는 눈빛이 곱지 않은 것을 보면 그가 자신들을 옹호하는 입장에 서서 어느 정도 까발렸을 가능성이 있다. 설령 사실대로 말했더라도 회초리로 다스릴 일에 총을 들이댔다고 비난할 것 같다. 실제 군복 사내들이 총을 들고 오지 않았던가.

하지만 누구도 공개적으로 이 일을 입에 담지 않고 있다. 입에 담기 시작하면 대중심리가 작동하여 예기치 않은 일이 일어날지 모른다. 우리 측 대표단장은 비난은 속으로만 하라고 했다. 서울에 가서도 명 교수의 비행을 떠벌려선 안 된다고 못 박았다. 나쁜 소문이 돌아 회의가 실패로 끝났다는 기록이 남겨지는 것을 두려워하는 것이리라.

무례하기 짝이 없던 지배인은 있는지 없는지도 모르겠다. 그도 우리를 찾지 않고, 우리도 그를 찾을 일이 더는 없다.

종합 토론이 끝난 뒤 자료를 챙겨 밖으로 나온다. 조선족 참가자인 성 교수가 나를 따라온다. 그를 떼어놓으려고 걸음을 재촉한다. 그럴수록 그가 더 바짝 따라붙는다.

"명희 선생이 왜 안 보이는 줄 암까?"

"……?"

"명 교수네 학교에 갔슴다."

"……?"

"명 교수를 구명하러 명 교수네 대학 영도들을 만나러 간 겁다."

구명하러? 그렇다면 그녀가 명 교수의 비행을 이미 알았다는 뜻이 된다. 그런데도 그녀가 그 못된 양반 편을 들겠다고 나섰다구?

"조선 측에서 명희 선생이 중국 말을 잘한다고 명희 선생을 대표로 보냈담다."

안 들어도 될 소릴 들은 것 같다. 같은 중국 사람 앞에서 명 교수를 욕할 수 없어 나는 끄응, 신음을 토해낸다.

"명 교수에게 말 못 할 어떤 사정이 있을 겜다. 절대 나쁜 사람이 아님다."

당신도 똑같은 사람이야, 라는 말이 입 밖으로 나오려는 것을 누른다.

"지금은 사실대로 말하고 있는 거죠?"

나는 눈을 흘기고 묻는다.

"철조망 이야기야 그분들 입장을 고려해서 그리 말한 검다. 한국 사람 입장에서야 그리 말하든 저리 말하든 뭐 어쩜까?"

그가 멋쩍게 웃는다. 나는 손바닥으로 그의 등짝을 찰싹 갈긴다.

회의 참가자들이 오찬을 하며 작별 행사를 진행한다. 4박 5일간의 회의가 모두 끝났다. 명 교수는 여전히 보이지 않는다. 처음부터 그가 없었던 것처럼 그에 대해서 드러내 놓고 말하는 이도 없다. 우리 측 대표단장이 앞으로 나가 송별사를 한다. 그 때 오찬장 뒤쪽 출입문이 열리더니 박 과장이 나타난다. 아침부터 안 보이던 그다. 빈자리를 찾는지 좌중을 돌아본다. 내가 살짝 손을 들어 올리자 연설에 방해되지 않도록 허리를 바짝 수그리고 다가온다. 옆 의자를 바투 당겨 곁에 앉고는 웃음을 머금는다.

"어디 갔었어?"

"대사관에."

"왜?"

"명 교수 사건을 무마해달라 부탁하려고."

농담 같지 않다.

"무슨 말이야?"

"단장님이 가라니까 가야지."

"무슨 그런 개 같은 일이 있어? 단장님이 너무 보신주의에 빠진 것 아냐? 차관이라도 한번 해보려고 그러는 거야? 그러니 그놈들이 우릴 맹물로 보는 거야."

"북한 단장이 어젯밤에 우리 단장님 룸으로 찾아왔더래."

"그래서?"

"자기들이 이 회의에 참가할 수 있었던 건 발표료 외에도 참가 사례비 조로 5천 달러를 더 받기로 명 교수와 약속했기 때문이라고 실토하더래. 지금 세월에 외국 나가 회의한다는 게 자기네 분수로는 안 맞는다는 거야. 5천 달러를 약속해줘서 겨우 나왔대. 그 돈으로 연구원들 생필품을 사다 주려고 한대. 회의 준비 단계에서 명 교수한테 그 이야길 듣고 내가 안 된다고 했는데, 그 요구가 아직까지 살아 있었어."

"그러니까 명 교수가 그 돈을 만들려고?"

"바로 귀국해야 되니까 매일 회의 끝난 뒤 밤 시간에 가져갈 물건들을 미리 사둬야 해서 그날그날 현금이 필요했던가 봐. 그래서 카드로는 안 된다고 했던 거고."

나는 그를 멍하니 바라본다.

"명 교수에게 아무 일도 일어나지 않도록 도와달라고 북한 단장이 사정하더래."

"일이 터지기 전에 왜 우리한테 말하지 않았대?"

"자존심 탓이었을까?"

"5천 달러는 줬어?"

"남측 사정도 어려운 모양이라며 안 받겠다고 하더래."

"그래도 줘야지."

"그러려고."

박수 소리가 들린다. 어느새 북한 측 대표단장의 송별사까지 끝났다. 나는 손을 올려 돌연 가슴속에 고여오는 먹먹함을 지그시 누른다. 중간쯤의 식탁에 앉은 류명희가 보인다. 그리로 가 그녀 옆자리에 끼어 앉는다.

"교수 선생이 회의 진행을 성과적으로 관철하기 위해 내내 애태우는 모습을 보았어요. 수고했어요."

첫날 만났을 때처럼 그녀의 표정이 밝다.

"우리가 일을 계획적으로 진행시키지 못한 거지요."

어제 회랑에서 그녀가 한 말을 빌려 대꾸한다.

"호텔비 문제의 진상을 알았어요."

"철조망 문제도?"

그녀가 살짝 눈을 찡그린다. 그러면서 빈 글라스에 포도주를 따라 내게 건넨다. 나도 그녀의 글라스에 포도주를 채운다.

"같은 지역에서 같은 시기에 군대 생활을 한 우리들을 뭐라고 불러야 할까요? 군대 동료는 물론 아니고……."

그녀가 묻는다.

"같은 땅을 밟았으니 동족? 아휴, 모르겠어요."

"김동인의 소설 중에 발가락 어쩌구 하는 것 있지요? 나 그거 읽어봤어요."

"발가락이 닮았다?"

"맞아요. 우리 발가락을 대보면 영락없이 닮았을 거야요. 80년대 중반에 철원 땅을 밟던 그 발가락 말이야요."

우리는 뜬금없는 데에서 동질감을 느낀다.

"말로만 할 게 아니라 진짜 대보라요."

옆의 북한 측 참가자가 끼어든다. 우리는 누가 먼저랄 것도 없이 소리 내어 웃는다. 내가 테이블 밑 그녀의 발에 내 발 한쪽을 슬쩍 붙인다. 그런 다음 우리는 포도주가 채워진 글라스를 들어 부딪친다. 쩽강! 소리가 경쾌하다.

|

만리장성

안개가 자욱하다. 바다 가운데에 고립된 것 같다. 대기는 축축하고 불쾌하다. 동명이 휘파람을 분다. 휘파람 소리가 찝찝한 기분에서 벗어나려는 안간힘처럼 들린다. 동명은 벼르던 끝에 그제 산 중고 RV를 몰고 나왔다. 그로서는 생애 첫 자가용의 장거리 나들이다. 햇살을 차창 가득 받으며 보란 듯이 나서도 시원치 않을 텐데, 야반도주하듯 안개 속을 나서는 것이 마뜩지 않은 모양이다. 승용차 한 대가 불쑥 나타나 RV 앞으로 끼어든다.

빠아아앙.

동명이 휘파람을 멈추며 경적을 누른다. RV가 아슬아슬하게 승용차와 접촉을 면한다.

"중국 노므 새끼들은 새치기의 명수들이야요."

동명이 이마에 깊은 주름을 잡으며 말한다.

"놀러 가는 거야. 천천히 가자고."

동명의 옆자리에 앉은 나는 급할 것이 없다는 점을 상기시킨다. 동명은 놀러 간다는 말을 되새기듯 고개를 크게 끄덕인다. RV는 북경의 5환로를 지나고 있다. 만리장성으로 가는 고속도로에 진입하기 직전이다.

"저기 카메라가 있어요."

동명이 오른손을 뻗어 내 앞의 햇빛 가리개를 내린다. 카메라가 RV 정면에 보인다. 통행료를 내지 않는 차량을 적발하기 위한 카메라다. 카메라에 내 얼굴이 찍히지 않게 하려는 것이다. 아무래도 과민반응이다.

"한국서는 카메라에 찍혀 이혼하는 경우도 있다면서요?"

"유부남 유부녀가 타고 가다가 과속 단속 카메라에 걸려서 그렇게 됐다나. 그것도 다 옛날이야기야. 지금은 경찰서에서 운전자 옆 사람 얼굴을 지워서 보낸대."

"경찰이 불륜을 조장하는 셈이네요. 한국 사람들이 하는 일은 알다가도 모르겠어요."

동명과 나는 지금 불륜이 아닌, 불법을 저지르고 있다. 다 꺼진 불씨 같던 불법이란 단어가 머릿속에서 되살아난다. 늘 잠재된 불안이라서 새삼스러울 것은 없다. 그렇다고 그것을 입에 올려 동명의 불안감까지 키울 필요는 없다. 나는 습관적으로 불안감을 지그시 누른다.

"차를 모니까니 이게 문제네요. 사진 찍힌 걸 보면 이 차가 누구 차인지, 누구랑 어디로 가는지 다 드러날 게 아녜요? 중국 안전부 놈들의 감시망이 여간 치밀한 게 아니라구요."

"난 괜찮아. 동생이나 조심하라고."

우리 둘이 함께 차를 타고 가는 것을 중국 안전부가 알아낸다면 북한 보위부나 남한 국정원에 그 정보를 넘겨줄지 모른다. 재수가 더럽게 없을 경우 나는 국가보안법이나 남북교류협력법 위반으로 몇 개월 갇혀 있게 될 것이다. 하지만 동명의 사정은 나에 비할 바가 못 된다. 걸핏하면 혁명화를 보내네, 수용소를 보내네 하는 사회니까. '나는 괜찮다'는 내 말은 한갓 나에 국한한 위로에 불과하다. 톨게이트를 지나자마자 나는 햇빛 가리개를 걷는다. 짐짓 아무것도 아닌 것을 걱정하고 있었다는 듯.

형이니 동생이니 하며 지내도 우리 둘 사이에는 남북의 법전 조항 수를 합한 것만큼이나 많은 금기들이 있다. 그것은 선천적인 것이나 마찬가지다. 우리가 태어나기 훨씬 전 남북이 갈라지면서부터 생긴 것들이니까. 금기들을 다 지키면 우리는 결코 우정을 나눌 수 없다. 증오하고 싸워야만 한다. 그래서 우리에게는 우리가 처한 금기들과 그것을 지키도록 강요하는 현실들을 구태여 드러내지 않으려는 버릇이 생겼다.

오늘 우리는 이런 버릇에 더욱 익숙해져야 한다. 우리가 외국에서 만나 처음 관광에 나선 날이기 때문만은 아니다. 나는 그와 단둘이 사적인 대화를 나눌 기회를 기다리고 기다려왔다. 그에게 부탁할 말이 있다. 간곡히.

아, 민희……. 내 가슴은 이내 민희의 차지가 된다. 심양 삼지연 카페의 피아니스트 민희. 카페 구석에 있는 그녀의 피아노 곁에서 그녀와 내가 합주하던 장면들이 어제 일처럼 선명하게 떠오른다. 애잔한 내 바이올린 소리를 그녀는 늘 경쾌한 피아노 연주로 이끌었다. 나와 그녀의 유쾌한 교감은 지금도 온몸에 전율로 남아 있다.

"명란젓하고 김치라요. 객지에선 식사를 잘 챙겨 먹어야 해요."

몰래 반찬을 챙겨주던 그 다감한 목소리도 지금까지 귓바퀴 안에 머물러 있다. 그녀를 지워내기에 지난 2년은 턱없이 짧은 기간이었다. 내가 사랑했던 민희는, 나를 사랑했던 민희는 단지 나를 사랑했다는 이유로 평양행 열차에 태워졌다. 수갑 대신 다리에 석고붕대를 감아 환자로 꾸며져서. 그녀가 평양에 소환됐다는 것은 이생에서는 다시 만날 수 없다는 말과, 그녀가 새파란 젊음을 견뎌내지 못하고 가혹한 시련 속으로 굴러떨어졌다는 말과 같다.

"부디 앓지 말라요. 날래 고운 체네 만나서 결혼하라요."

그때 그녀는 내게 말했다. 나는 눈물을 보이지 않으려고 하늘을 올려다보았다. 그러고는 꾹꾹 누른 목소리로 중얼거렸다.

"바보 같은 소리 마. 내가 네 말을 들을 줄 알아?"

나는 북한돕기운동을 벌이는 NGO에서 일하고 있었다. 북한에 남한의 지원 물자를 보내기 위해서 동명과 함께 심양에 체류하는 날이 많았다. 북한 민화협(민족화해협의회) 지도원이었던 동명은 남쪽으로부터 오는 지원 물자를 인수하는 일을 했다. 우리는 일과가 끝나면 북한이 운영하는 삼지연 카페에서 민희의 연주를 들으며 생맥주를 마셨다. 순박한 구석이 많던 그는 내가 민희와 애틋한 눈빛을 주고받는 것을 눈치챘으면서 끝내 입을 다물어주었다. 카페의 영접지도원이란 직책으로 위장한 보위부원에게 발각되지만 않았다면, 십중팔구 그녀는 지금 나와 한 지붕 아래 살았을 것이다. 민희가 평양에 소환된 뒤 동명은 방조자로 몰려 처벌을 당할 위기에 몰렸었다.

"당의 비판무대에 올랐더랬어요. 이게 죽는 길이구나 생각했죠."

다행히 높은 자리에 있다는 그의 형이 빼내주었다고 했다.

그런 동명을 나는 1년 전 북경에서 다시 만났다. 그는 남북 간 교류가 확연히 줄어들자 IT 사업가로 변신해 있었다. 나 역시 근근이 이어지던 대북 지원이 천안함 격침이니 연평도 포격이니 하는 남북 간 군사적 충돌로 전면 중단된 상태여서 새 일터를 모색해야 할 시점이었다.

"형, 나 좀 도와달라요. 조국에서 데리고 나온 기술자들이 일감이 없어 줄창 놀고 있어요. 남쪽 일이라도 좋으니까 프로그램 개발 일감을 대주면 헐케 잘 만들어줄게요."

나는 동명의 요청을 받아들여 사업 파트너가 되었다. 대학 시절 전공을 살린 것이다. 동명은 이제 남쪽 사람을 합법적으로 만날 수 없는 위치에 있었다. 그래서 그는 직원들에게 나를 홍콩 교포로 소개했다.

사업을 진행하면서 나는 민희 소식을 알고 싶어 안달이 났다. 법을 어겨가면서까지 동명의 사업 파트너가 된 것은 전적으로 민희에 대한 그리움 때문이었다. 동명은 민희의 소재를 파악해달라는 내 성화에 고민을 거듭했다. 그는 전에 비해 겁이 많아졌다. 민희 일로 한 번 당하더니 자기네 사회에서 생존하는 방식을 제대로 터득한 것 같았다. 그러면서도 내게서 일감이 떨어지면 기술자들이 놀아야 한다는 점을 걱정했다. 두어 달의 시간이 흐른 뒤에야 그는 그녀가 황해북도의 한 농촌으로 영구적으로 추방됐다는 사실을 알아냈다.

"그 놀새 간나아 일을 더는 부탁하지 말이요. 내가 다시 비판 무대에 올라가면 이번엔 빼도 박도 못하고 당하게 된다고요. 나도 그 간나아 꼴이 될 수 있단 말입니다."

그날 나는 호텔로 돌아와 오랜 시간 멍하니 앉아 있었다. 예상이 현실이 되어 앞에 나타났을 때의 좌절감, 죄의식, 안타까움에 시달렸다. 25년 동안이나 피아노 건반을 두드리는 데에 알맞도록 다듬어진 손가락으로 호미를 쥐어야 하다니. 낯 두껍다는 소리는 듣겠지만, 이번에는 그녀를 아예 중국으로 빼내달라고 부탁할 참이다. 지난 2년은, 사랑은 가슴의 허전한 반쪽을 채우는 일이라는 사실을 절절히 체감한 시간이었다. 이산가족처럼 한을 키워온 시간이었고, 그녀를 위해서라면 뭐든 다 하겠다는 결심을 굳건히 한 시간이었다.

나는 주먹을 꽉 말아 쥔다. 조바심을 억누른다. 민희를 빼내오게 하려면 동명이 처한 현실과 금기들을 잊도록 분위기를 잡아야 한다. 그의 조국이 요구하는 혁명가로서의 사명감을 잠시마비시켜야 한다. 하루치기 관광을 가자고 한 것은 그런 내 복안이 작용한 것이다. 일이 되려고 그를 따라다니는 보위부원이 때맞춰 지방 출장을 갔다. 그가 최면에 걸려들기를 바라며 나는 작전에 들어간다.

"우리 사자성어 할까?"

동명과 만나서 할 말이 막힐 때 써먹던 놀이다.

"어딜 가나?"

내가 먼저 말한다.

"만리장성."

동명이 대꾸한다.

"왜에 가나?"

넉 자를 맞추기 위해 '에' 자에 악센트를 넣는다.

"시이운전. 아니, 형과 유람."

그 역시 '이' 자에 악센트를 넣는다.

"우리 사이?"

"만리장성."

'형제 사이'라는 대답을 기대했는데, 엉뚱하다. 나는 동명을 향하여 눈총을 준다. 사실일지라도 분위기를 깨는 답이 나오면 안 된다.

"이 RV, 누가 사줬?"

"우리 형이."

형은 친형이 아니라 나를 지칭하는 것이다.

"왜에 사줬?"

"조선 동생, 불쌍하다."

말하고 보니 어색한지 동명이 나를 보고 씩 웃는다. 나도 따라 씩 웃는다. RV는 자기가 일해 자기가 번 돈으로 샀다. 그는 나와 일이 잘되어 가자 승용차를 사고 싶은 열망에 사로잡혔다. 나는 중고라도 한 대 살 수 있도록 일감을 더 많이 몰아주었다. 민희에 대한 새로운 부탁을 염두에 두고서. 속을 모르는 그는 앞으로도 계속 일감을 밀어달라는 의미로 내가 RV를 사줬다고 지금 알랑거리고 있다. 작전의 출발이 좋다.

이젠 이 프로그램 개발 일도 더는 그와 지속하기 힘들 깃 같다. 일주일 전 경찰은 북한 기술자들이 개발한 국내 유통 프로그램에 디도스 공격 코드가 숨겨져 있었다고 발표했다. 실제로 이 코드들이 작동하여 인천공항 전산망을 공격한 사건이 발생했다. 북한 기술자들과 몰래 접촉해 소프트웨어를 개발한 사업자를 경찰은 보안법과 남북교류협력법 위반으로 구속했다. 허리춤에 찬 수갑을 달그락거리며 경찰관이 다가오는 소리가 내게도 들려오는 것 같다. 무슨 수를 쓰더라도 오늘은 민희 일을 결판내야 한다.

중고지만 RV가 빙판 위의 스케이트처럼 부드럽게 내달린다. 속도계가 130을 지나 140을 가리키고 있다. 가슴이 철렁하고 오금이 저리다. 하지만 내버려 둔다. 가속페달을 더 세게 밟고 싶은 욕망을 동명이 안개 때문에 억누르고 있다는 것을 나는 이해한다. 나부끼는 머리카락처럼 안개가 RV 양옆으로 흩어진다. 동명이 한층 밝아진 목소리로 말한다.

"RV는 혼다 것이 좋습니다. 기름도 적게 먹고. 사실은 값이 좀 헐한 현대 걸 사고 싶었는데, 우리 사람들이 보면 너 목이 몇 개냐고 물을 것 같아서 포기했어요. 북남 관계가 빨리 회복

되어야 하는데.”

“그러니까 동생이 좀 더 커서 통전부장을 해야 한대도.”

동명이 기분을 한껏 펴도록 얼러본다. 동명은 중국에 나오기 전까지 중앙당 통전부에서 근무했다. 한때 민화협 지도원 모자를 쓰고 다닌 것은 민화협이 통전부 대남 민간 업무 부서의 대외 명칭이기 때문이다. 우리도 이런 민간단체가 있소, 하는 선전용이다.

“통전부 사람들, 북남 관계가 나빠진 뒤 싹 다 이렇게 됐다고 말했잖아요.”

동명은 말하면서 손으로 자기 목을 베는 시늉을 한다. 죽였다는 의미는 아닐 것이다. 그렇다고 혁명화를 보냈다는 말인지, 수용소로 보냈다는 말인지는 불분명하다. 동명은 북한 안에서 벌어진 일에 대해 구체적으로 말해야 하는 순간에 이르러서는 모호한 표현으로 꼬리를 바투 사린다. 전보다 지금이 더 심해졌다. 나와 친구 하던 민화협의 성철이나 광렬이는 어떻게 되었는지 그래서 나는 아직도 알아내지 못했다.

“선군정치 시대라서 통전부는 맥이 하나도 없어요. 당하기만 하는 통전부로는 절대 다시 안 가요.”

통전부장은 어림없지만, 통전부로는 갈 수 있다는 의미로 읽힌다. 친형의 후광을 염두에 두고 하는 말일 것이다. 친형이 얼마나 높은 자리에 있는지는 몰라도 동명은 가끔 형이 뭘 해줬다, 뭘 도와줬다 하는 말을 한다. 30대 중반의 나이에 높으면 얼마나 높을까? 그러면서도 나는 동명이 형의 직위를 이용한다면 민희를 빼낼 수 있을 것이라는 믿음을 키워왔다.

동명이 잠시 침묵한다. 자신의 정부 비방이 지나쳤다고, 내가 남쪽 사람임을 깜박 잊었다고 생각하는 듯하다. 나는 분위기가 원하지 않는 방향으로 흘러갔다는 것을 깨닫는다. 수술실의 집도의처럼 그의 기억세포들을 마비시킬 방도를 다시 찾는다.

"조선글이 프린트된 옷을 입고 다니는 외국인들이 늘어나고 있다는군. 거기에 적힌 조선글이 뭔지 알아?"

나는 한글을 '조선글'이라고 말한다. 일부러 동명의 언어를 사용한다. 동명이 나를 의식해 자주 남쪽 언어를 구사하듯. 동명이 어서 말해보라고 가벼운 미소를 보낸다.

"브리트니라는 유명 팝스타가 있는데, 그 여자의 드레스에 신흥호남향우회라는 조선글이 적혀 있었대."

동명이 어리둥절한 표정을 짓는다. 무슨 뜻인지 모르는 모양이다.

"외국인들이 조선글 문신도 몸에 새기고 다닌대. 영혼 상실, 육개장, 한국 횟집. 두 다리에는 왼쪽 다리, 오른쪽 다리라고 새긴 이도 있대."

동명이 비로소 낄낄낄, 웃는다.

그때, 앞 차창 아래 휴대폰 거치대에 꽂힌 동명의 휴대폰이 운다. 휴대폰을 그대로 놔둔 채 동명이 통화 버튼을 누른다.

"대표 동지, 저 평양으로 돌아가야겠어요. 점점 더 아파와요."

동명의 직원 은옥의 목소리가 차 안에 가득 퍼진다.

"약은 제때제때 먹언?"

"먹어도 똑같아요. 속이 메스껍고 머리가 어지러워요. 죽을 것만 같아요."

동명이 얼른 거치대에서 휴대폰을 뽑아 든다. 은옥의 목소리가 사라진다. 내가 들어서는 안 되는 이야기를 나눠야 할 때 하는 행동이다. 처음에는 이런 행동에 야릇한 거리감을 느꼈지만, 지금은 만성이 되었다. 동명이 RV를 갓길에 대고 차에서 내린다.

고속도로가 산속으로 들어와선지 안개가 더 짙다. 파도처럼 찰랑대며 안개가 나뭇가지 사이를 흘러 다닌다. 동명은 저만큼 떨어진 곳에서 목소리를 죽여 은옥과 통화한다. 은옥은 프로그래머지만, 동명의 애인일지 모른다. 언젠가 동명은 여직원이 성병에 걸렸다면서 내게 국제전화를 걸어 도움을 요청한 적이 있다.

"이 에미나이가 부끄러워 숨기다가 병을 크게 키웠어요. 고열에 시달리는 지경에 이르렀다니까요."

동명은 고단위 항생제를 부탁했다. 중국 약을 썼는데 안 듣는다나. 나는 한국서는 약을 맘대로 살 수 없고, 그런 약은 함부로 써서도 안 된다고 알려주었다. 그렇다고 그대로 놔둘 수는 없었다. 고등학교 동창생 중에 비뇨기과 의사가 있으니 그를 통해 전화로라도 환자를 문진하게 하고 약을 처방받는 것이 어떻겠느냐는 의견을 냈다.

"에그, 큰일 날 소리 말아요. 우리 보위부원이 형도 의심한다니까요. 진짜 홍콩 교포 맞느냐고 자꾸 물어요."

그는 거절했다. 시일이 좀 더 흐르고 환자의 병이 더 깊어지자 동명은 마지못해 내 제의를 수락했다. 문진의 대상이 된 사람은 은옥이었다.

나중에 동명을 만나 나는 얄궂은 웃음을 입가에 물었다.

"성병의 숙주가 동생 아냐?"

동명은 내 상상력의 자유로운 활로를 막기 위해서, 그리고 자신의 자존심을 지키기 위해서 번거로운 해명을 해야 했다.

"은옥이 한족들 목욕탕을 이용했다는데 거기서 옮았나 봐요."

그런 때 보면 동명은 나를 어린애 취급 한다.

"맞아. 중국 목욕탕이 엄청 지저분하거든. 탕 속에 별별 병균이 다 있을 거야. 정말 그렇지 않다고는 말 못 해."

하지만 나는 맞장구를 쳤다.

RV 안으로 돌아온 동명의 표정이 밝지 않다. 까닭을 묻지 않는다. 이번에도 내 상상력 때문에 자신이 피해를 입겠다 싶으면 뭐라고 하든 들으나 마나 한 변명을 할 것이다. 그나저나 그가 다시 조국과 당이 지배하는 현실 세계로 돌아온 것 같다. 우리 사이에 철없는 염소 새끼처럼 끼어든 은옥이 야속하다. 괜찮아. 아직 시간이 있으니까. 나는 자신을 타이른다. RV는 소리 없이 앞으로 내달린다.

"은옥이 말입니다. 서너 달 전에 넘어져서 머리를 다쳤어요. 그래서 속이 메스껍다면서 평양에 가서 치료를 받고 오겠다고 하는데, 걱정이네요."

변명이 정리됐는지 동명이 입을 연다.

"그게 말이 돼? 평양엔 일부러 중국으로 치료받으러 나오겠다는 사람이 숱할 텐데."

"글쎄 말입니다."

자기가 한 말이 자기도 개운치 않은 모양이다. 따따부따하지 않고 내 말을 수긍한다.

"병원에는 가보았대?"

"가서 약도 타다 먹고 했는데, 안 나아요. 중국 놈들 병원은 자본주의 나라 병원보다 더 지독한 것 같아요. 도덕이 없어요. 돈만 뭉텅이로 받아먹고 병은 고쳐주지도 않고."

동명의 목소리에 한숨이 섞였다. 이거 임신시킨 것 아냐? 분명한 증거는 없지만, 생각해보니 그럴듯하다. 증상이 임신 여성의 입덧과 다르지 않다.

"그래서 어떻게 했어? 당장 큰 병원에 보내서 MRI 같은 걸 찍어봐야잖아? 머리를 다치면 까닥 정신이상자가 될 수도 있어. 서둘러."

"MRI가 뭡니까?"

입에 붙은 단어지만, 설명할 마땅한 말이 떠오르지 않는다.

"몸을 입체적으로 사진 찍어서 어디가 문제인지 세밀히 진단하는, 뭐 그런 거 있어."

동명이 한숨을 더럭 내뱉는다.

"나더러 어카라는지 모르겠어요. 제 병은 제가 알아서 챙겨야지."

은옥이 아닌 다른 직원에게도 동명이 이렇게 자상할까? 동명은 은옥을 챙기면서도 은옥을 지겨워하는 인상이다.

동명이 은옥에게서 도망치도록 나는 RV의 오디오 버튼을 누른다. 아까 동명이 휘파람으로 불던 노래가 나온다. 바비킴이 부르고 있다. 바비킴은 〈나는 가수다〉라는 한국 TV 프로그램을 통해서 나도 갓 얼굴을 익힌 가수다. 북한 사람의 차 안에서 바비킴이 방정을 떠는 것이 낯설다. 남의 집에 있는 내 것을 발견한 것처럼. 나는 오늘만은 이 자유주의자들의 방정에 동명이 흠뻑 취하길 바란다. 동명이 운전대를 두드리며 바비킴의 노래에 장단을 맞춘다. 나도 노래에 맞춰 무릎을 두드린다.

"우리 노래는 힘은 있어요. 그런데 흥이 안 나요."

군대도 다녀오지 않은 사람을 장군, 대장 호칭하는 나라니까, 라고 대꾸하려다가 참는다.

"은옥이도 〈고향에 전해다오〉, 이따위 노래만 부른다니까요."

"그 노래는 어떻게 부르는데?"

우리는 바비킴에 맞춰진 장단을 멈춘다. 동명이 목청을 가다듬고 노래를 부른다. 그의 노래가 바비킴의 노래를 누른다.

수리개 수리개야, 기다려다오.

아직은 고향길 저 멀리 아득해.

래일은 또다시 돌격전에 나가리.

승리하고 돌아와 다시 만나자.

"그래도 동생이 은옥 동무를 좋아하잖아?"

결혼까지 한 주제에, 라는 덧붙일 말이 목구멍을 타고 올라왔지만, 역시 뱉어내지는 않는다. 동명이 나를 돌아보고 멋쩍게 웃는다.

"개인적으로 좋아하는 건 없고요. 부하니까 곱게 봐주는 거죠."

대답이 어설프다.

"평양서는 말입니다. 안개 길에 이렇게 밟았다가는 그저 박살이 납니다. 노면이 안 좋거든요."

동명이 말머리를 돌린다.

"나도 운전해보았잖아. 묘향산 갈 때. 그 말이 맞아."

"그때 형에게 운전대 내줬다가 저 윗분한테 직사하게 깨진 것 안 잊었죠?"

NGO 근무 시절 내가 평양에 갔을 때 동명은 내 안내원을 맡았다. 평양에서 차 한번 모는 추억을 만들고 싶다는 내 허세에 부응하여 그는 내게 운전대를 내줬다. 그날 저녁 조국 통일 어쩌고 하는 위원회의 위원장이 주재하는 만찬 자리에서 나는 청천강 변을 드라이브한 자랑을 늘어놓았다.

"북쪽에서 운전해본 남쪽 사람 있으면 나와보라고 해!"

즉석에서 동명은 위원장한테 된통 야단을 맞았다.

"동무, 어케 그런 무모한 짓을 했소. 그러다가 사고라도 나면 어칼 뻔했소. 남쪽 분들은 우리 공화국에서 신변 안전을 담보하고 초청했다는 사실을 잊었소?"

괜한 말을 꺼냈다고 나는 자책한다.

"조심해. 감시카메라가 있어."

동명이 그날의 쓸데없는 기억 속으로 빠져들지 않도록 이번
엔 내가 말머리를 돌린다. 나라의 법이나 윗사람을 의식하게 해
서는 결코 안 된다.

"감시카메라가 어느 곳에 있을지 내가 다 압니다. 육교나 철
제 구조물 같은 게 있어야 카메라가 있어요. 염려 놓으라요."

동명은 RV의 성능을 시험해보려는 듯 속두를 더 높인다. 속
도계가 150에 육박한다. 안개가 물처럼 갈라지며 빠르게 흐른
다. RV는 물살을 헤치며 튀어 나가는 보트 같다. 대형 트럭의
꽁무니가 확 다가온다. 위험하다. 동명이 급브레이크를 밟는다.
RV가 죽겠다고 비명을 내지른다. 가까스로 추월선으로 빠져 트
럭을 지나친다. 트럭은 40피트짜리 컨테이너를 실었다.

"조심하래두."

안도하면서 내가 말한다.

"역시 좋은 차야."

동명이 대꾸하며 이마의 식은땀을 닦아낸다. RV가 규정 속도
의 범위로 돌아온다.

"우리 둘이 차 사고로 죽으면 사람들이 뭐라 할까요?"

동명이 묻는다. 겨우 살아나려던 분위기가 다시 깨진다.

"죽었으면 됐지 그딴 가정을 할 필요가 뭐 있어."

"그럼 다치기만 하면?"

"각자 돌아가서 치료받으면 되지."

"둘이 차에 탔다는 게 드러날 정도이면서 죽지 않은 사고면?"

"글쎄……."

말문이 막힌다. 제기랄, 교도소에 가면 되지, 라고 말하고 싶어 입이 간질거린다.

오디오의 노래는 바비킴에서 적우로 이어지고 있다. 허스키하면서도 슬픈 노래다. 그럴 리는 전혀 없지만, 민희를 그리워하는 내 심사를 헤아려서 들려주는 노래로 들린다. 나는 노래를 따라 부른다.

사랑한다길래 사랑인 줄 알고,
있는 힘 다해 붙잡고 또 매달렸지.
영원하다길래 영원할 줄 알았고,
절대 변할 일 없다고 난 믿었었네.
모두 내 뜻대로 다 될 줄 알고,
가슴 뜨거운 청춘을 태워.

동명도 따라 부른다. 노래는 우리 둘의 합창이 된다.

그땐 세상이 너무나 아름다워서
하얗게 밤새워 우린 노래했네.
가진 것 하나 없어도 행복했던 건
가슴 벅차오는 우리 많은 꿈들.

민희와 나의 꿈은 뭐였을까? 민희 생각이 가슴을 휘젓는다.

생각 속에서 빠져나오려고 하면 할수록 나는 더욱 단단히 붙잡힌다. 제멋대로 분탕질을 치다가 제풀에 지쳐서 물러가도록 놔두는 수밖에. 내 눈에 눈물이 고였음을 느낀다. 동명이 알까 봐 닦아내지 못한다.

대형 트럭들이 줄지어 고갯길을 오르고 있다. '몽蒙'자 번호판들이 꼬리에 꼬리를 물었다. 만리장성을 넘어 내몽고로 가는 것들일 것이다. 동명이 RV의 속도를 줄인다.

"트럭 행렬이 끝없군. 행렬 자체가 만리장성이네."

나는 군기침을 하여 목소리를 가다듬는다. 그런데도 목소리에 물기가 스민다.

"굉장하네요. 이렇게 많은 트럭들을 한꺼번에 보는 건 처음이야요. 중국이 크긴 크다니까요."

"두 자릿수로 경제가 성장하는 나라라는 게 이해 가지?"

"우리 공화국은 언제쯤 고속도로가 막혀볼지."

"그러니까 동생이 통전부장을 맡아서 남북이 서로 좋은 대남정책을 펴야 한다니까. 그래야 경제가 살아나."

나는 내 입을 손바닥으로 톡 친다. 입이 방정이다. 동명에게 통전부의 기억을 되살리게 할 셈인가? 우리의 대화가 자칫 남북의 정책을 서로 시비하는 데까지 이를 수도 있다.

조금 조바심이 난다. 종일 그와 함께 관광을 즐기기로 했지만, 이런 식이면 언제 민희 이야기를 꺼낼 수 있을까? 내 부탁은 한두 마디 주고받아서 끝낼 일이 아니다. 내가 설득하고 그가 고민할 시간을 가지려면, 그래서 오늘 결론을 내고 결론을 부동의 약속으로 굳히려면 가능한 한 일찍 운을 떼야 한다. 나는 다시 화제를 찾는다. 제발 동명의 가슴이 비현실적인 것들로 가득 채워지기를 기대하면서.

"이번에는 '아름답다'로 끝나는 말 대기 해볼까?"

동명이 힘주어 고개를 끄덕인다.

"해야 할 일을 하는 사람은 아름답다."

"가야 할 길을 가는 사람도 아름답다."

"남과 북, 형과 동생이 함께하는 여행은 아름답다."

"밤일하고 코피 쏟는 사나이도 아름답다."

"밤새 다섯 번 하고 다음 날 출근 않고 퍼질러 자는 놈은 더 아름답다."

우리는 함께 히히히, 웃는다.

고개를 올라간 RV가 다시 속력을 낸다. 동명이 꽤 밝아진 것 같다. 이 기회를 놓치지 말아야 한다. 나는 자연스럽게 민희 이야기가 나올 수 있도록 궁리한다. 정색하고 꺼냈다가 동명이 거절하면, 내 의도만 들통나고 사이만 멀어진다.

"내가 그 놀새 간나아 때문에 인생 망칠 뻔했는데, 그걸 알면서 형 욕심만 차려요? 나 그때 그 동명이가 아니야요."

형이니 동생이니 해도 우리의 우정은 채널만 돌리면 딴판으로 바뀌는 화면처럼 위태롭다. 우리는 '아름답다'로 끝나는 말 대기를 계속한다.

"국경을 넘는 사랑은 아름답다."

내가 먼저 말한다.

"몰래 하는 연애는 더 아름답다."

"은옥이는 아름답다."

"민희도 아름답다."

내 의도에 그가 덜컥 걸려든다.

"왜 민희 이름을 부르고 그래?"

나는 짐짓 책망하는 체한다. 민희 이름이 나와서 민희를 생각하게 됐다는 듯. 진담을 농담처럼 말하기 위해 나는 잠시 뜸을 들인다.

"민희를 빼내 올 수 없을까? 동생이 빼내줘. 돈은 내가 댈게. 얼마면 돼?"

하고 싶은 말을 한꺼번에 다 토해낸다. 동명은 언젠가 내게 자기네 사회가 이젠 돈만 있으면 사형도 면할 수 있는 사회로 변질됐다고 탄식했다. 나는 내심 그 말을 반겼다. 동명의 표정을 주목한다. 그의 속내가 가감 없이 드러나길 기대하며.

그때 동명의 전화벨이 울린다. 동명은 얼른 오디오를 끈다. 남쪽 노래가 휴대폰을 통해 새 나가면 안 되리라. 할 짓 다 하면서 북한 말로 아닌 보살 하는 동명의 모습이 그가 다시 현실 세계로 돌아왔음을 느끼게 한다. 일단 위기를 모면한 것처럼 나는 긴장을 늦춘다. 동명은 습관적으로 통화 버튼을 누른다.

"대표 동지, 과업 전투도 안 하면서 생활비만 축낸다고 기사장 동지가 인츰 평양으로 들어가는 게 좋겠다고 말한단 말입니다. 저도 기사장 동지 말을 따르고 싶어요."

은옥이다. 아차 싶었는지 동명은 휴대폰을 거치대에서 떼어낸다. 은옥이 일일이 동명에게 일러바치는 것을 보면 정말 둘 사이가 보통 아니다. 동명이 다시 RV를 갓길에 세운다. 동명을 따라 나도 내린다. 축축한 대기가 진득진득 살갗에 달라붙는다. 동명은 통화 내용이 내게 안 들리도록 위쪽으로 올라간다. 나는 갓길 밑으로 내려선다. 풀숲에 오줌을 갈긴다.

"기사장 새끼를 당장 죽여버려야지. 아픈 사람을 귀국하라고 하면 어떡해. 머저리 같은 놈."

동명이 내 곁으로 돌아와 변명한다. 은옥이 평양에 가면 임신 사실이 들통날 것을 우려하는 데에서 동명의 은옥에 대한 유별난 아량이 나왔을 것이라고 나는 나름 해석한다. 그러니까 은옥은 평양에 들어가겠다고 압박하면서 동명에게서 다른 뭔가를 노리는 것이다. 얼마 전 은옥은 내가 곁에 있는데도 대담하게 자기들 숙소의 생활부장 자리를 달라고 동명에게 졸랐다. 북한 사람들은 단체 생활을 하므로 마음대로 시내를 나다닐 수 없다. 오로지 생활부장만 직원들 생필품을 사고, 식자재도 사기 위해 하루 이틀 걸러 한 번씩 시내 나들이를 할 수 있다. 생활부장은 누구나 부러워하는 자리다. 동명은 선배들도 많은데, 어떻게 너를 시켜주느냐고 난감해했다.

"빨리 큰 병원에 보내서 MRI를 찍어봐야 한대도. 뇌를 다쳤으면 어떻게 되는 줄 알지?"

"내일 당장 데리고 갈게요. 염려 놓으라요."

"언제부터 아프다는데?"

"며칠 전부터."

"다친 지가 그리 오래되었는데 왜 며칠 전부터야 아플까?"

대답이 막히는가 보다. 동명도 오줌을 갈긴다. 포경수술을 안 해서 새끼 옥수수처럼 그것의 끝이 뾰족하다. 하얀 포말이 낙엽 위에서 부글부글 끓는다. 나는 참았던 담배를 빼 불을 붙인다. 동명에게도 한 대 권한다.

"민희를 빼내라고요?"

잊지 않고 동명이 내가 한 말을 확인한다.

"안 돼?"

용기를 내어 대꾸한다.

"탈북자를 만들게요?"

"결혼하게."

그의 얼굴을 빤히 바라본다. 좀 더 농담인 듯 보여야 할 순간이라고 여기면서도 나는 엉겁결에 진담의 표정으로 바꾼다. 바보같이 고비에서 동명처럼 아닌 보살 하지 못하는, 바로 이게 내가 아는 내 최대 결점 중 하나다. 그의 표정이 차가워진다. 눈이 옆으로 찢어진다.

"형, 통도 커요."

"통은 동생이 커야지. 그래야 빼내 오지. 사랑에는 국경도 없다고 했잖아?"

밀어붙일 수 있는 데까지 밀어붙여 본다.

"우리 공화국 사람에게는 사랑에도 엄연히 국경이 존재해요."

"돈이면 사형도 면한다고 했잖아?"

"정말로 빼내라는 말이네."

"그렇다니까."

찢어진 눈이 더 찢어지다가 체념한 듯 오므라든다.

"좋은 수가 있어요. 형이 우리 공화국에 들어와서 살면 돼요. 내가 민희를 책임지고 평양으로 빼줄게요."

나는 그의 말을 못 들은 척한다. 그가 한국에 들어와 살라는 내 말을 못 들은 척하듯.

"서울이 안 되면 평양으로라도 빼줘."

"그 간나아 때문에 나 한 번 더 작살나는 꼴 보려고 그래요? 다른 건 다 돼도 한국과 관련된 건 돈이든 뭐든 다 소용없단 말이야요."

애써 화를 감추는 억양이다.

"씨팔, 농담이야. 농담도 못 해?"

목소리가 과도하게 높아진다.

"화났어요?"

"아니."

나는 얼굴의 근육이 굳었음을 느낀다. 부드럽게 펴려고 입을 실룩거려보는데, 되지 않는다.

"나도 운전 한번 해보자구."

내 목소리에 고집이 실린다.

"운전면허가 없잖아요."

"한국 건 있어."

"한국 건 있으나 마나야요."

"키 줘봐."

RV로 돌아온 우리는 자리를 바꿔 앉는다. 나는 내달린다. '만리장성 27km'라고 쓰인 도로표지판이 보인다. 이제 결판을 내리라 다짐한다. 눈치 보기는 이미 끝났다.

"동생, 내가 민희를 사랑한다구. 그 사람 생각만 하면 내가 죽을 거 같다구. 나 때문에 농촌으로 쫓겨 간 사람이잖아."

나는 단호한 의지와 간절한 부탁을 목소리에 담는다. 동명이 나를 똑바로 바라본다.

"형이 그 놀새 간나아 인생 책임질 게 뭐 있습니까? 그 간나아가 형더러 책임져 달라고 했나요?"

"그건 아니지."

"하룻밤이라도 같이 자고 나서 그런 말을 해도 이해할 수 없겠는데, 형은 키스도 한 번 해본 적이 없잖아요?"

"남쪽 남자와 키스도 안 한 여자를 왜 농촌에 보내?"

영접지도원 놈만 없었다면 아이도 낳았을 거야, 라고 대꾸하려다 말을 바꾼다.

"정신이 오염됐으니까 사상 단련을 시키는 거야요."

"이젠 단련이 다 됐을 거야. 그러지 말고 빼내줘. 얼마면 돼?"

"내가 남쪽 여자를 좋아해서 형에게 빼내달라면 빼내주겠어요? 그러면 형 인생이 끝장나는 거 아니야요?"

나는 그래도 빼내주겠다고 말하고 싶어진다. 좀 생각해보니 정작 그렇게까지는 할 수 없을 것 같다.

"그거하고 이거하고 같아?"

"뭐가 다른데요?"

"우리 사람은 거기 가서 못 살잖아?"

"그런 고정관념 버리라요. 우리 공화국 2천만 인민은 사람 아닌가요?"

나는 말이 이렇게 흘러가서야 될 일도 안 될 것이라고 깨닫는다.

"형, 이 말은 안 하려고 했는데, 결국 하게 되네요."

동명은 나를 외면하고 창밖 하늘을 올려다본다. 숲인지 하늘인지 분간할 수 없는 허공에서 실오라기 같은 안개가 풀풀 날린다. 나는 동명의 얼굴에 시선을 주면서 그의 말을 기다린다.

"놀라지 말라요. 그 간나아 말이야요. 지금 이 세상에 없어요. 내가 소재를 파악했을 때 그 간나아는 이미 자살한 뒤였어요."

동명이 내 부탁을 쉽게 피해 가는 방법을 고안해냈다고 나는 생각한다.

"내 말이 믿기지 않거든 지금이라도 당장 삼지연 카페에 가서 물어보라요. 거기 접대원 동무들도 다 아는 사실이니까니."

동명을 오랫동안 보아왔으므로 그의 표정이 나를 속일 수 없다고 자부했는데, 지금 보니 그는 배우처럼 정교하게 표정을 관리하고 있다.

"씨팔, 뭐 그런 흉악한 거짓말까지 하고 그래?"

"내 말 믿으라요, 형."

"내가 그딴 거짓말을 믿을 거 같아?"

"믿어요. 이젠 잊으라요."

RV의 속도계가 130을 지나 150에 이른다. 구름 속을 나는 것 같다.

"잘 나가죠?"

동명이 위험을 느끼면서도 말리지 않는다. 또 동명의 휴대폰이 울린다. 동명이 거치대에서 휴대폰을 떼어낸다. 그리고 소곤거린다. 나는 거기에 마음을 주지 못한다. 갑자기 동명의 목소리가 커진다.

"안 된다니까 자꾸 고집을 피우네. 동무가 어케 생활부장을 해?"

동명이 소리친다. RV는 터널을 지나는 중이다.

"형, 은옥이나 서울로 데려가면 어카갔어요? 그 애는 자유주의자라서 평양서는 못 살아요."

나는 그를 곁눈으로 잠시 꼬나본다. 동명도 소리 내어 울고 싶은 표정이다.

막 터널을 빠져나가는데, 앞에 경찰 둘이 보인다. 도로는 철제 가름대로 막혔다. 터널 때문에 전혀 예측할 수 없었던 광경이다. 게잡이 발처럼 한 차선만 터놓은 곳에서 경찰 한 명은 앞에총 자세로 서 있고, 한 명은 곁에서 검문을 하고 있다. 충칭시 당서기 보시라이의 실각으로 군부가 들썩인다는 소문을 들었다. 그것 때문일까? 아니면 과속 차량 단속? 급브레이크를 밟는다. RV가 그들 앞에 멈춰 선다. 동명의 얼굴이 사색이 된다.

경찰이 뭐라 말한다. 면허증이란 단어 하나가 귀에 걸린다. 내가 운전했는데도 동명이 얼른 자신의 면허증을 내민다. 경찰이 동명의 면허증을 받고도 내게 손을 내민다. 나보다 중국 말을 좀 더 아는 동명이 이분이 면허증을 가져오지 않았다고 거짓말을 한다. 경찰이 한궈런(한국인)이냐고 묻는다. 나는 어쩔 수 없어 여권을 내민다. 안 되겠는지 동명이 밖으로 나가 얼른 지갑에서 돈을 꺼낸다. 백 위안짜리 붉은 지폐 몇 장을 경찰의 손에 쥐여준다. 경찰은 그것을 주머니에 넣지 않고 여권을 쥔 손에 남이 보이도록 함께 쥔다. 이상하게도 나는 지금 벌어지는 모든 일들이 남의 일 같다고 여긴다. 내가 구경꾼 같다.

경찰이 차를 옆 공터에 세우도록 지시한다. RV가 서자 동명과 내게 따라오라고 손짓한다. 우리는 잔뜩 웅크리고 길가의 간이 파출소로 들어간다. 경찰이 내 어깨를 밀어 파출소 안의 다른 경찰에게 인계한다. 인계받은 경찰이 동명의 면허증과 내 여권을 살피며 뭐라고 말한다. 한궈런과 차오셴런(조선인)이 함께 다니는 것을 처음 본다고 말하는 것 같다. 동명이 하얗게 질린 표정으로 쓰러지듯 벽에 몸을 기댄다.

"아, 씨팔, 제대로 걸렸네. 이걸 어케? 이놈들이 우리가 오는 걸 카메라로 다 지켜보고 나서 잡았단 말이야요. 중국 안전부 놈들이 이렇게 치밀하다니까요."

동명이 머리를 벽에 박고 주먹으로 벽을 친다. 경찰이 안쪽의 철장 쪽으로 나를 끌고 간다. 동명이 쫓아와 가로막는다.

"돈을 더 주면 되잖아요. 형, 있는 돈 다 내놔봐."

경찰들이 가소롭다는 듯 웃는다. 나는 동명의 행동에 여전히 관심을 갖지 못한다. 민희가 자살했다는 데서 동명의 민희 이야기가 끝날까 마음을 졸이고 있을 뿐이다.

"정말로 자살한 거 아니지?"

내가 그에게 묻는다.

"끝까지 놀새 간나아 이야기네. 내 걱정은 하나도 안 해요? 형, 돌았어? 돌았구먼."

동명이 주먹을 말아 쥐고 한 대 갈길 기세로 달려든다. 경찰이 우리 둘 사이를 가로막는다. 나는 어느새 철창 안으로 밀려 들어간다. 동명이 내 손목을 낚아채려고 손을 뻗친다. 경찰이 동명의 손을 잡아 비튼다. 나는 생각한다. 아무래도 오늘 만리 장성에 오르기는 글렀네.

|

유산

사위가 어둑어둑해졌다. 일출은 집으로 발길을 돌린다. 종일 갯가에서 손톱만 한 게와 따개비, 해초 따위를 주웠다. 근처에 사는 사람이면 다 몰려와 들쑤시고 다니는 통에 소득은 고작 두어 줌에 불과했다. 발걸음을 따라 해산물이 든 배낭이 등에서 폴싹거린다. 무게를 잴 수만 있다면 자신의 목숨값도 그처럼 가벼울 것 같다.

동구 밖에 있는 농장관리위원회 앞을 지나는데, 마을로 들어오는 해안도로에 불빛이 하나 나타난다. 그것이 점점 조도를 높이며 다가온다. 도로 주변 해송에 가려 자취를 감추다가 다시 나타나곤 한다. 굽은 길에서 마침내 정체를 드러낸다. 인근에서는 흔히 볼 수 없는 검은색 지프다. 저런 차를 타고 불쑥 찾아오는 사람치고 좋은 일로 오는 경우는 흔치 않다. 차가 사라질 때 마을의 누군가도 함께 사라지는 일이 종종 있다는 사실을 모르는 이는 아무도 없다. 다가온 불빛이 일순간 일출을 훤히 드러낸다. 보안원(경찰)이 손전등을 얼굴에 불쑥 들이민 것처럼 일출은 기분이 언짢다. 지프는 엉덩이를 뒤뚱대면서 그를 앞질러 간다.

일출이 막 집 앞에 이르자 지프 또한 그의 집 앞에서 그릉거리는 엔진 소리를 슬며시 죽이고 있다. 찾을 사람 집을 수소문하다 이제야 당도한 듯하다. 하필 우리 집일까? 일출은 갑자기 호흡이 가빠진다.

한 달쯤 전이다. 그날도 일출은 갯가를 헤매다 돌아오던 참이었다. 방파제에서 다리쉼을 하는데 아래쪽에서 쭐렁쭐렁 개털벙거지 하나가 올라왔다. 상반신이 방파제 위로 드러났을 때 보니까 리당비서를 지낸 정태였다. 정태는 손으로 무릎을 짚고 몇 걸음 떼었다가 멈춰 서는 동작을 반복했다. 그의 손에 들린 비닐봉지에서 삐져나온 미역 줄기가 햇빛에 반짝였다. 갯벌엔 들어가지 못하고 해변에 떠내려온 해초나마 줍다가 오는 모양이었다. 일출에게는 정태나 자신이나 살아 있는 한에는 끊임없이 움직여야 하는 사람이라는 생각이 들었다. 동작을 멈추는 순간이 곧 죽음을 맞는 순간이 되는 기계처럼.

"몸져누웠다더니 왜 나완?"

가까이 오기를 기다렸다가 일출이 물었다.

"누워 있으면 누가 먹여준대?"

"하긴……."

"동무가 여기 있는 줄 알았지. 갯가 아니면 갈 데가 어딨갔어."

정태는 일출 곁에 쭈그려 앉았다. 평소와 달리 낯빛이 어두웠다.

"내가 지금 동무한테 무슨 말을 할 거이야. 처녀가 앨 뱄대도 놀라지 말라우."

무슨 일이 있긴 있다고 짐작하면서도 일출은 그의 말에 관심을 두지 않았다. 가진 것이 없으니 도둑맞을 걱정을 하지 않아도 되는 사람처럼.

"기런 일은 요새 세상에 흔하잖아?"

"사람이 죽었대도?"

"기건 더 흔한 일이지."

"들어보갔어? 오락가락하는 말이니까니 다 믿으면 아니 돼."

뜸을 들이는 품이 심상치 않았다. 말하기가 썩 내키지 않는지 정태는 먼 바다로 눈길을 주었다. 배 한 척이 포말을 일으키며 수평선으로 다가가고 있었다. 하얀 선체가 수면에 반사되어 반짝반짝 빛났다. 정태가 작심을 하는 듯 군기침을 했다.

"동무 사위 말이야."

그러고 보니까 사위의 소식을 들은 지 퍽 오래되었다. 중국에서 막노동을 하다가 잡혀 와 노동교화소 생활을 한 것이 벌써 3년 전 일이었다. 철창에 얼굴을 내민 사위는 사람을 막다른 골목으로 내모는 사회에 치를 떨었다. 제 자식이 죽어가는데 어드러케 보고만 있어요. 월경밖엔 달리 할 게 없다는 걸 잘 아시잖아요. 그때 사식을 넣어준다고 찾아가 만난 뒤로 사위와 딸 모두 여태 본 적이 없었다. 풀려나 되거래 장사에 나섰다는 말을 얼핏 전해 들은 것이 전부였다.

"동무 사위와 친한 동무 있지? 거 당원 되갔다구 이 방파제 쌓을 때 돌격소대장질 하던 아새끼. 외지에 나갔다가 왔는데, 아까 만났어. 그 동무가 뭘 주워들었대."

일출은 묵묵히 정태의 입을 주시했다.

"동무 사위가 열차표도 아니 끊고 어딘가를 가는 중에 열차원이 검표를 하니까니 표 없는 사람들을 따라 열차 지붕 위로 도망쳤다 기래. 열차보안원이 지붕으로 쫓아 올라가 사람들을 몽땅 끌어내렸대. 동무 사위가 마지막까지 아니 내려오니까니 보안원이 막대기로 죽자 사자 때렸다는구먼. 화가 치민 사위가 한 손으로는 보안원의 목을 부둥켜 잡고 한 손으로는 지붕 위의 전깃줄을 잡아챘대. 죽자고 환장을 했던 거이지."

"기래서?"

"보안원도 죽었대."

일출은 배가 수평선 너머로 사라지는 광경을 멍하니 지켜보았다. 배를 눈 안으로 끌어당기려 끔벅끔벅 눈을 감았다 떴다 해보았지만, 눈물만 그렁그렁 맺힐 뿐 끝내 배는 사라졌다. 원래 고지식했던 사위였다. 지금까지 살아온 것만 해도 용했다. 일출은 차라리 홀가분하게 됐다고 자신을 타일렀다.

"어디까지나 소문이라구. 기리 허망하게 죽었을라구."

정태는 빈말을 할 때엔 먼 데를 바라보고 말하는 버릇이 있다. 그때도 그랬다.

"뒈지는 게 낫지."

일출은 슬며시 돌아앉았다. 눈앞이 더 심하게 흐려졌다. 정태가 자네 맘, 내가 알지, 라고 말하듯 다시 군기침을 했다. 죽는 것이 낫다고는 했지만, 일출은 정태가 덧붙인 말에 마음이 쏠렸다. 무슨 단서가 있기에 죽지 않았을 것이라고 말할까? 아냐. 손에 쥐여주어야만 제 것인 줄 알던 사람인데, 무슨 꾀가 따로 있을까? 일출은 정신을 차려야겠다고 마음먹었다. 도리질을 쳤다. 시린 바다를 맴돌던 바람이 목덜미 안으로 파고들었다. 있어야 할 것들은 없어지고 없어야 할 것들은 끝내 찾아오는, 이런 개 같은 세상이 있나. 일출은 집으로 가기 위해 일어섰다. 하지만 마음만 일어섰을 뿐 허리를 펴지 못하고 도로 주저앉았다. 따라 일어서던 정태가 그를 부축했다. 둘은 천천히 걸음을 떼었다.

"비굴하게는 살지 말자고 우리 다짐한 거 기억나? 헌데 목숨 부지하는 게 이렇게 비굴할 수 있나 싶어."

정태가 낮은 목소리로 중얼거렸다.

"도대체 주체가 뭐야? 저 잘났다고 남과 담쌓고 사는 거이야? 기거이 주체야? 저 혼자 주체 하자고 백성을 종으로 만들고 굶기고, 기거이 주체야? 기러면서도 다른 나라에서 얻어먹는 거이 주체야? 우리가 이 꼴 보자고 혁명핸?"

정태가 덧붙였다. 리당비서 시절 고난의 천 리를 가면 행복의 만 리가 온다고 쩌렁쩌렁 소리 지르며 농장원들을 다그치던 그가 아니었다. 아내를 병으로 잃었다. 외지에 사는 자식들과는 연락 두절 상태에 이르렀다. 그런데도 구차한 홀아비 티를 내지 않고 마을 일에 부지런을 떨던 그가 이젠 아니었다. 그도 녹이

슬 대로 슬었고, 이젠 부서지려 하고 있었다. 일출은 경황 중에도 주위를 둘러보았다. 방파제 아랫길에 갯가에서 돌아오는 사람들의 행렬이 가까이 다가와 있었다. 설마 저자들이 듣진 않았겠지? 일출은 손을 뻗어 정태의 등을 감싸 안았다. 정태가 일출을 부축한 손에 힘을 더 넣었다.

"돌격소대장질 하던 동무가 내 딸년은 어카고 있는지 말 아니 해?"

"들어보나 마나지. 우리 사는 거나 진배없갔지."

지프의 운전석 문이 열리고 인민복을 입은 중년 사내가 내린다. 주위를 두리번거리다가 일출을 발견하고 다가온다. 사위 사건 때문일까? 정태가 입방정을 떤 것을 어느 놈이 고자질했을까? 설령 모르는 사이에 중죄를 지었다고 해도 갈 데까지 간 지금 상황에서 시시비비를 가리는 것이 무슨 소용이 있을까? 일출은 공연한 트집이든 애먼 처벌이든 순순히 받아들이자고 각오해보지만, 가슴이 진정되지 않는다. 사내가 일출의 얼굴을 찬찬히 훑어본다. 일출은 사내가 무슨 말이든 어서 하기를 기다린다.

"저 아시갔어요?"

목소리가 뜻밖에 부드럽다. 어스름에 희미하게 드러난 사내를 일출도 한참 들여다본다. 기억의 갈피에 묻혀 있던 얼굴 하나가 떠오른다. 15년 전이다. 평양에서 열린 세계청년학생축전 참관을 빙자하여 미국에 사는 누이가 딱 한 번 평양에 온 적이 있다. 그는 그때 안내성원으로 따라다니던 일출의 중학 교원 시절 제자 성욱이다. 젊은 나이여서 그랬는지 여간 으스대지 않았다. 제가 무슨 조화라도 부려서 특별히 누이를 상봉시킨다는 태도였다. 일출은 수심을 지워내기 위해 손바닥으로 얼굴을 쓸어내린다.

"아무렴. 내 학생 중엔 동무가 당이 제일 신임하는 사람 아닌가."

일출은 성욱을 앞세우고 집 안으로 들어간다. 아직 나이 쉰이 안 되었을 텐데 성욱은 이마와 목에 주름이 굵게 패고 볼이 움푹 꺼졌다. 실밥이 나풀거리는 낡은 와이셔츠 소매가 앙상한 손등 위로 흘러내려 보기에 민망하다. 세월이 흐르긴 했어도 배가 실하게 튀어나왔던 전과 딴판이다. 당간부로 성장했다는 풍문을 들었지만, 그 역시 모진 세파를 피하지 못한 모양이었다.

낯선 이의 출현에 어리둥절한 일출의 아내에게 성욱은 들고 온 쇼핑백을 내민다. 백의 겉면에는 평양의 유명 백화점 이름이 큼직한 글자로 인쇄되어 있다. 썩어도 준치요, 하듯 자존심을 구태여 드러내려는지 성욱은 허리를 곧추세운다. 지나쳐 어색할 정도다.

"강계포도술이야요. 물 좋아 미인 많고 술맛 좋다는 강계 말이야요. 오리고기도 한 키로 넣었어요."

성욱과 백을 번갈아 쳐다보던 아내가 냉큼 백을 받는다. 얼굴을 박듯 하고 백 안을 들여다본다. 화색을 숨기지 못한다. 신문지에 싼 오리고기를 꺼내 손으로 달아보기까지 한다. 이제껏 자신들의 목숨을 부지해온, 일출의 등에 얹힌 배낭 속 내용물은 안중에도 없다. 일출은 아내의 노골적인 행동이 부끄럽다. 배낭을 부엌문 앞에 내려놓으며 아내에게 마뜩잖은 눈길을 보낸다. 성욱의 입언저리에 보일 듯 말 듯 비웃음이 스친다. 내가 인민들 생활을 다 아는데 뭘 그래요, 라고 말하는 표정이다.

"백화점 거는 장마당 거하고 전적으로 질이 다릅니다."

"기렇갔지요. 백화점이야 간부들이나 다니는 데 아니나요."

아내는 치하까지 하고 오리고기를 들고 부엌으로 건너간다. 일출과 성욱은 방 가운데에 놓인 소반을 사이에 두고 마주 앉는다. 일출은 찾아온 이가 성욱임을 알자 가슴만 쓸어내렸지 정작 발걸음을 한 이유는 물을 엄두를 내지 못했음을 깨닫는다. 할 말 있으면 하라는 뜻으로 일출이 성욱을 빤히 바라본다.

"미국 누이와 연락이 되나요?"

긴말 필요 없다는 듯 성욱이 용건을 꺼낸다. 일출은 눈이 번해진다. 퇴적층에 묻힌 화석 같던 누이가 빛을 발하며 움찔움찔 가슴속에서 깨어난다. 아랫사람을 신문하는 것 같은, 자기 높은 것만 내세우는 당간부들의 못된 버릇을 닮은 성욱의 말투는 예전 그대로지만, 귀에 거슬리지 않는다.

"동무가 모르는 것이 있는가?"

"연락이 될 리 없갔지요. 지금부터 제가 말하는 걸 잘 들으시라요. 누구에게도 발설해선 아니 됩니다."

집 안에 일출 부부 외에는 다른 사람이 없다는 것을 알면서도 성욱은 좌우를 돌아본다. 목을 빼서 살짝 열린 문 너머로 부엌까지 넘겨다본다.

"그분이 지난 시기 평양에 오셨을 때 말입니다. 그때 선생님 어머님이 선생님에게 큰돈을 유산으로 남겨놓았다고 말했던 거 기억나지요? 기걸 받아내자는 겁니다. 제가 방도를 대갔단 말입니다. 선생님이 이렇게 사는 걸 알면 누이가 가만있갔습니까? 지금 같은 때에 그 돈을 받으면 얼마나 유용하게 쓰갔어요."

유산? 궁하니까 별것이 다 생각난 모양이다. 간부들이 인민들 먹여 살릴 궁리는 하지 않고 제 살길 찾기에 바쁘다더니. 일출의 심정을 아는지 성욱의 눈빛에 얼핏 비굴한 애소가 비친다. 구차한 말을 해서 자존심이 구겨졌다는 뜻과, 선생에게 부담스러운 일을 권해서 계면쩍다는 뜻이 함께 담겼다. 하지만 이보다 더 좋은 일이 어디 있느냐는 듯 성욱은 곧 낯빛을 환하게 바꾼다. 유산을 처음 떠올렸을 때의 흥분을 재연해내는 것 같다.

"저와 같이 중국에 나가서 누이와 연계를 갖자요. 더도 말고 딱 백만 달러만 받아 오자요. 상부에 좀 바치고, 저도 좀 주시고, 나머진 선생님 쓰고픈 대로 쓰시라요."

성욱만 따로 아는 누이 이야기가 있나 해서 가슴을 부풀리던 일출은 픽, 김이 빠져나가는 것을 느낀다.

평양 고려호텔 커피숍에서였다. 어머니가 이승을 뜨시면서 2백만 달러나 되는 거액을 남겼다고 분명 누이는 말했다.

"상속자가 너와 나 남매밖에 없으니까 네가 아무리 못 가져도 백만 달러는 가져야 옳아."

그때 일출은 뜬금없는 누이의 말에 어안이 벙벙했다. 유산이라니. 참으로 오랜만에 들어보는 소리였다. 봉건잔재며 자본주의 악습이라고 여겨 그런 단어조차 머릿속에서 지우고 산 지 얼마나 많은 세월이 흘렀던가. 그 돈이 얼마나 큰 돈인지 헤아려볼 필요조차 없었다.

"우리 공화국은 돈이 필요 없는 뎁니다. 자본주의사회처럼 돈이면 다 되는 데가 아니란 말입니다."

일출은 그때까지만 해도 사회주의 제도 자체는 좋은데 인민들이 당이 요구하는 혁신을 창조하지 못해 문제가 생기는 것이라고 믿었다. 이름 앞에 훈장처럼 내걸린 공훈교원 칭호에 걸맞은 사회주의자로 사는 것을 선망하던 그였다. 사사로이 재산 따위를 취한다는 것은 상상할 수 없는 일이었다. 남조선을 떠나올 때 서울역 철길에 퉤, 가래침을 내뱉었던 기억이 새삼 떠올랐다. 새 세상이 열렸는데도 양반입네 빈둥거리며 부를 세습하고, 사람 위에 돈 올려놓고 뻐기던 그들의 작태에 얼마나 신물이 났던가. 아직도 자식에게 재산을 넘겨주는 고리타분한 남조선 풍습이 같잖아 일출은 말끝에 비웃음을 달았다.

미국에서 온 누이 일행 곁에는 성욱이 늘 달라붙어 있었다. 그때 누이의 말을 귀담아들었던 모양이다. 하지만 유산에 관한 그의 기억은 여기서 멈춘 것이 분명했다. 뒤이은 누이 말을 더는 듣지 못했나 보았다.

"네가 이렇게 버젓이 살아 있는 줄 알았다면 무슨 수를 써서라도 그 돈을 남겨놨어야 하는 건데. 대체 이를 어쩌면 좋아?"

누이는 일출이 본심을 말하지 않는다고 믿는 듯했다. 아랑곳하지 않고 자신의 지난 사정을 털어놓았다. 아들이 사업을 한답시고 유산은 물론이고 누이의 전 재산까지 날렸다고 했다. 그 뒤 아들은 새 삶을 살아보겠다고 미국으로 이민을 갔고, 누이도 어쩔 수 없이 따라가 아들네에 얹혀살게 되었다고 했다. 누이는 말하면서 눈물을 글썽였다. 평양에 머무르는 닷새 동안 누이는 이 말을 슬쩍슬쩍 반복하며 일출에 대한 죄책감을 감추지 못했다. 일출은 자신이 모르는 사이에 누이가 자신의 생존 사실과 소재를 알아내려 애를 태운 것만 해도 염치가 없었다. 그까짓 유산 때문에 마음 아파하다니. 송구스러워 몸 둘 바를 모를 지경이었다. 더구나 이북으로 넘어와 부모 가슴에 대못을 박은 주제 아닌가. 농투성이 부모가 기 펴고 살아보겠다고 대학까지 보냈는데, 야멸치게 배신했다. 설령 돈이 필요하다손 치더라도 유산을 갖겠다고 나설 면목이 있겠는가.

"우리 사회는 사유재산을 인정하지 않아요. 유산을 받았다 해도 제게 차려질 게 아무것도 없어요. 누이, 시름 놓으시라요."

일출은 누누이 누이를 달랬다.

누이가 빈털터리라는 사실을 성욱에게 알려주려다가 일출은 참는다. 성욱을 이용하면 누이의 도움을 받아낼 수 있겠다는 상념이 꼬물꼬물 자라나는 중이다. 부부가 먹고사는 문제도 발등의 불이지만, 사위가 죽었다는데도 당장 딸네 집에 가지 못

하는 아내는 절망의 문턱을 넘나드는 지경에 이르렀다. 동생의 형편을 누이가 알면 응당 몇 푼이라도 돕겠다고 나설 것이다. 옛날과 달리 이젠 누구나 돈이 있어야 살아갈 수 있는 시대가 되었다. 오랜 세월 나라의 배급이 끊기자 많은 사람들이 장사에 나섰다. 단속을 피해 메뚜기처럼 폴짝폴짝 뛰어다니며. 그토록 배척하던 자본주의가 암암리에 판친다. 심지어는 돈만 있으면 감옥에 가지 않아도 되었다.

하지만 일출은 성욱의 말에 끌려가지 않으려고 기를 쓰는 또 다른 자신을 인정하지 않을 수 없다. 누이에게 자신의 비참한 모습을 적나라하게 드러내는 것이 싫다. 그로 인해 자신의 월북이 실패한 것임을 자인하게 되는 것 또한 죽도록 싫다.

성욱은 일출을 바라보며 양양하게 미소를 짓는다. 일출이 동의하지 않을 것이라고는 전혀 생각해보지 않은 듯하다. 지금 세상에 옳고 그른 일을 따질 겨를이 어디 있느냐, 웬만한 사람은 가당치도 않은 일인데 나나 하니까 한다는 것 아니냐, 라는 반문이 미소 속에 숨어 있다. 그때 부엌으로 통하는 문 안으로 아내가 얼굴을 디민다. 붉게 상기돼 있다.

"다 정말이갔지요? 기렇지요?"

아내는 털썩 문간에 주저앉는다. 두 사람의 대화를 엿듣고 있었던가 보다.

"어찌 나한텐 일언반구가 없었나요? 백만장자가 하마터면 미제의 손아귀에 재산 맡겨놓고서리 굶어 죽었다고 웃음거리가 될 뻔했잖나요."

아내는 넋 잃은 사람처럼 망연히 일출을 바라본다. 이젠 살아날 가망이 생겼다는 안도이리라. 찬밥 더운밥 따질 계제가 아닌 지금으로서는 누이에게 당당히 기댈 핑곗거리가 생겼다고 믿으리라. 아내는 가끔 누이의 도움을 염두에 둔 말을 해왔다. 연락을 취할 방도가 없는 것을 무척 안타까워했다. 일출이 어물어물 아내의 눈길을 피하자 성욱이 나선다.

"저를 믿고 근심 놓으시라요. 인츰 여권을 만들어 오갔시요. 통 크게 작전 한번 펴보자요."

"동무가 은인이야요. 주변머리 없는 우리 세대주를 제발 잘 방조해달라요."

아내가 정신을 수습하며 대답한다. 부엌에서 뭔가 끓는 소리가 난다. 아내는 가까스로 일어나 다시 부엌으로 모습을 감춘다. 성욱은 용무를 얼추 끝냈다는 듯 양팔을 들어 올려 기지개를 켠다. 소반 밑에 놓인 강계포도술을 들어 뚜껑을 비튼다. 성욱의 말에 슬금슬금 끌려가려는 자신이 일출은 못마땅하던 참이다. 분위기를 바꾸기 위해서라도 한잔하는 것이 좋을 것 같다. 아내에게 잔을 달라고 소리친다. 진작 준비해놓았는지 장미가 음각으로 새겨진 유리잔 두 개를 들고 아내가 방으로 들어온다. 치맛자락에서 익은 오리고기 냄새가 폴폴 풍겨 나온다. 귀한 손님이 올 때에만 내놓는, 나름으로 아끼는 잔들을 아내는 소반 위에 가지런히 놓는다. 그러고는 기어코 자신이 따르겠다며 성욱에게서 술병을 가로챈다. 흥분이 채 가라앉지 않았는지 숨소리가 고르지 않다. 아내가 두 손으로 받쳐 든 술병에서 붉은 포도주가 성욱의 잔에 쫄랑쫄랑 흘러나온다. 성욱은 일출의 잔이 차기를 기다렸다가 자신의 잔을 들어 올린다. 음흉한 결의를 다지는 비밀 의식이라도 치르는 기분이다. 일출의 잔에 성욱이 제 잔을 마주친다. 쨍, 소리가 속절없이 경쾌하다. 달콤한 유혹 같은 술이 목젖을 적신다.

"뉴욕에 주재하는 우리 유엔대사관 성원들을 통해 알아보았시오. 누이는 워싱턴디시에서 건강하게 지내고 계신답니다."

일출은 누이와 아주 가깝게, 구체적으로 연결되어 있다는 실감을 한다. 누이가 곁에서 이 바보 같은 놈아, 어찌 이 지경이 될 때까지 말하지 않았어, 라면서 화를 내는 것만 같다. 눈가가 젖어든다. 자식 놈은 정신을 차렸을까? 나이를 먹었으니 변했겠지? 일출은 누이의 얘기라면 무슨 얘기든 더 듣고 싶다. 하지만 까닥하면 몸속 어딘가에 숨죽이고 있는 그리움이 봇물처럼 터져 나올 것만 같아서 꾹 누른다.

"하나 물어보자우. 배급은 언제나 정상화되갔나?"

그것이 더 현실성 있는 화제가 아닐까 일출은 억지로 가늠해 본다.

"미제 놈들이 경제봉쇄를 더없이 쎄게 해대서리……. 자연재해도 연년이 계속되고……."

마을 조무래기들도 다 아는 입에 발린 대답이다.

"10년이 다 되도록 이 지경인데, 우리 공화국이 강성대국이 되긴 되갔나?"

성욱의 눈빛이 습관처럼 차가워지다가 이내 제 모습으로 되

돌아온다. 일출이 아닌 다른 사람이라면 건방지게 어디서 당을 비아냥대느냐고 시비를 걸고 남았을 것이다. 하지만 성욱은 모르지 않을 것이다. 일출의 심기를 불편하게 해서는 지금 자신에게 유리할 것이 없다는 사실을.

"말 그대로 백만장자께서 기딴 배급이 뭐라고 연연해하십니까?"

성욱은 자기 손으로 자기 잔에 포도주를 한 잔 더 따른다. 포도주를 찬찬히 음미하면서 그는 누구에게도 누이 이야기를 발설해선 안 된다고 한 번 더 주의를 준다. 일출이 중국에 갈 것이라고 굳게 믿는 모양이다. 저녁도 들지 않고 일어선다. 아직 풀죽까지 먹을 처지는 아니오, 라고 말하는 것 같아 일출은 붙잡지 않는다.

성욱의 지프가 달빛을 반짝이며 해안도로에서 사라진다. 일출은 오래도록 집 앞에 서 있다. 일단 살고 봐야 되지 않겠나 하는 생각과, 무슨 염치로 옛 가족에게 손을 내민단 말인가 하는 생각이 머릿속에서 사투를 벌인다. 부모, 누이, 자본주의, 북행, 딸, 생존, 유산, 이런 단어들이 해일처럼 밀려와 자신을 짓뭉갠다. 평양에서 누이와 헤어진 이래 여태 편지 한 장 주고받지 못했다. 이제 누이 나이도 팔십이 가까워졌다. 옛날 평양에 올 때에도 겨우 경비 마련해 왔다던데 과연 돈을 챙겨 중국까지 와줄까? 안 와도 좋으니 단 몇천 달러라도 송금해줄까? 몇천 달러 보고는 성욱이 나서지 않을 텐데. 아이구, 구차하게 누이에게 손 벌릴 필요가 있을까? 살 만큼 살지 않았나?

전쟁 전 대학 1학년 때였다. 양반집 자갈밭에서 평생 오금 펴지 못하고 살아온 할아버지를 대물림한, 가망 없는 아버지가 못 견디게 애처롭게 느껴지던 나날이었다. 일출은 노동자들의 세상을 건설해준다는 공산주의와 만났다. 외아들에게 희망의 전부를 걸었던 아버지는 일출을 설득하는 일이 번번이 실패로 돌아가자 절망해서 부르짖었다.

"뼈 빠지게 일해서 대학 보내놨더니 지하운동이 다 뭐냐! 이제부터 넌 자식이 아니다!"

그럴수록 공산주의는 그에게 유독 더 찬연히 빛나는 밤하늘의 별로 다가왔다. 마침내 그는 불효자를 용서하십시오, 이북으로 갑니다, 이렇게 딱 두 줄짜리 편지를 고향 집에 부쳤다. 이상을 좇아 이북을 선택한 사람들의 대열에 끼여 곧장 북행 열차에 올랐다.

그날 열차가 서울역을 떠난 뒤에도 일출은 한참이나 창밖을 외면하고 앉아 있었다. 이놈아, 너 없이 어떻게 살란 말이냐! 울부짖으며 뒤따라올 것 같은 어머니의 환영에 사로잡혔다. 그날 이후, 기억은 언제나 어머니의 애처로운 손짓과 울부짖음을 사실처럼 선명하게 드러내 놓곤 했다. 일출이 사라진 뒤 아주 오랜 기간 어머니는 그의 밥을 평상시처럼 아침상에 올려놓았다고 평양에 왔던 누이는 일러주었다.

일출은 인민군 군관이 되었다. 전쟁이 일어나자마자 선발대에 자원하여 고향을 찾았다. 고향 마을은 포성이 진동하는 전

장과는 판이하게 달랐다. 청명한 하늘 밑에서 포플러가 푸르디
푸른 잎들을 흔들어댔다. 자신의 금의환향을 반기는 것 같았
다. 얼마나 탁월한 선택을 했는지 부모 앞에 보란 듯 나서고 싶
은 마음에 일출은 어깨를 한껏 추켜올렸다. 하지만 사람의 그림
자는 어디서도 얼씬거리지 않았다. 매미들이 빈 마을을 차지해
서 목청껏 울 뿐이었다. 소란 속에서 숨 막히는 정적이 흘렀다.

골목 끝에 있는 일출의 집도 정적에 빠져 있었다. 가까운 마
을의 바느질감들이 죄다 거쳐 간 어머니의 손재봉틀이 아무런
방비 없이 윗방에 놓여 있었다.

"자, 봐요. 이젠 노동자 농민의 나라가 되었어요."

일출은 어머니의 체취가 물씬 밴 부엌문도 열어보았다. 부뚜
막에 주발 몇 개가 흩어져 있었다. '복福' 자가 새겨진 주발도
보였다. 아버지와 자신이 쓰던 밥그릇이었다. 군홧발로 그것을
냅다 걷어찼다. 그러곤 지주로 아버지를 부리던 박 영감 집으로
내달렸다. 부하들과 함께 안채부터 사랑채까지 불을 싸질렀다.
노동자를 수탈하는 봉건사상이여, 안녕. 일출은 고향에 여전히
남아 있던 낡은 것들과 그렇게 다시 한번 작별을 나눴다.

아버지는 빨갱이 자식을 뒀다는 이유로 전쟁 뒤까지 경찰서
에 불려 다니다가 세상을 떴다고 했다.

"자식 잃고, 그 자식 땜에 억울한 고통까지 당했으니 화병이
안 나면 그게 비정상이지."

당시는 조그만 흠만 있어도 부역자로 몰리던 시기였다고 누
이는 달래는 말을 덧붙였다. 하지만 40년 가까운 세월이 흐른

그때까지도 아버지의 죽음을 두고는 자신에 대한 원망이 누이에게 남아 있음을 일출은 느꼈다.

"시골서는 더는 살 수 없어 어머니는 상경하셨어. 삯바느질로 근근이 생활하셨지. 속상한 일이라도 생기면 출가한 내게 전화를 걸었어. 일출이 그놈, 썩어 죽일 놈! 하면서 밑도 끝도 없이 네 욕을 퍼부어대곤 하셨지."

월북을 결행할 때 부모와 자식 간의 사사로운 정을 다 끊어 냈다고 믿었다. 그런데 가슴 한구석에 아직도 먹먹한 기운이 남아 있었다. 나중에 어머니는 큰 부자가 되었다고 했다. 삯바느질에 매달려 살면서도 돈이 모이면 고향에 뙈기밭이나마 땅을 사 모았다는 것이다. 세월이 흐른 뒤 고향 부근에 우연찮게 새 도시가 들어서 땅값이 폭등했다나. 땅 팔아 벼락부자가 되었다는 사실이 못마땅했지만, 어머니를 위해서는 다행이었다는 생각이 들었다.

끝내 일출은 누이에게 고향과 가족에 대해서 한마디도 스스로 묻지 않았다. 누이의 이야기 속에서 풍겨 나오는 썩은 자본주의 냄새를 자청해서 들이마시기 싫었다. 뿐만 아니라 과거 자신이 저지른 일들에 대해서 후회하지 않겠다고 다짐해오던 터였다. 단절된 과거로 다리를 놓는 모정과 향수 따위가 마음을 약하게 할까 겁이 났던 것도 사실이다.

하지만 과거에 대한 외면은 그 대부분이 오기였다. 누이와 헤어진 뒤부터 오기가 부질없이 깨어져 나갔다. 입을 열고 가슴을 펴면 후회하는 말이 새어 나올까 일출은 차츰 과묵해졌다.

아내에게 세세한 가족 소식을 들려주지 못한 것도 거기서 비롯되었을 것이다.

일출은 창가에 서서 하릴없이 바다 쪽에 눈길을 준다. 겨울이 왔기 때문에 갯가에서조차 더는 얻어낼 것이 없어 집에 죽치고 있는 시간이 많다.

"사람을 잡아먹은 작자까지 나왔대요."

밖에 나갔다가 돌아오는 아내가 일출에게 말한다. 남이야 사람을 잡아먹든 굶어 죽든 우리와는 상관없다는 것을 강조하려고 일부러 담담하게 꾸민 목소리다. 주변에서 벌어지는 온갖 좋지 못한 사건들이 머잖아 자신에게도 닥치지 않을까 노심초사하던 때로 돌아갈 수 없다는 의지 또한 담겼으리라. 하지만 말끝을 흐리는 것을 보면, 혹시 잘못될까 하는 근심을 애써 숨기고 있다. 당장 일을 낼 듯하다가 보름이 넘었는데도 감감무소식인 성욱의 태도에 고개를 갸우뚱거릴 것이다. 다만 그것을 내색해서 일의 실패를 기정사실화하고 싶지 않을 뿐이리라. 제기랄, 꿈조차 사라지면 그다음에 찾아올 것은 무엇일까?

아내의 손에는 청색 여행 가방이 들려 있다. 가방을 빌려야겠다고 벼르던 일을 실행한 모양이다. 그것을 빌리러 나갔다가 이웃에게서 당신네는 딴 세상 사람이라도 되느냐고 퉁맞으며 사람 잡아먹은 작자에 대해 얻어들었을 것이다. 중국에 갈 준비를 한답시고 나대는 모습이 새벽달 보려고 초저녁부터 설치는 꼴 같다.

"사리원에 사는 작자래요. 젊은 색시한테 곡식을 눅게 팔겠다고 꾀어서리 자기 집으로 데려갔대요. 항아리 뚜껑을 열고 여기 곡식이 있으니까니 보라, 해서리 색시가 항아리 안을 들여다보는데, 에그, 그놈이 색시 다리를 번쩍 들어 항아리 안에 밀어 넣었다는 거이야요. 항아리엔 물이 차 있었대요. 작자가 기걸 조금씩 장마당에 내놓고 짐승 고기라고 팔고……. 아무리 험한 세상살이라고 해도 기렇지, 사람의 탈을 쓰고 어드러케 그 따위 망동을 한단 말이나요. 천벌을 받을 놈이야요."

오래된 옷을 입은 것처럼 아내의 얼굴과 목에 주름이 치렁치렁 늘어진 것이 새삼 눈에 비친다. 풍상에 시달릴 대로 시달려 몸이 야금야금 무너졌다. 일출은 바다 쪽으로 다시 고개를 돌린다. 바다는 세상 물정도 모른 채 평온하다. 시간이 사라진 공간처럼 낯설기만 하다.

"당신이 중국에 다녀오면 어드러케든 딸애한테 갔다 와야갔어요."

항아리에 빠져 죽임을 당했다는 젊은 색시와 딸의 얼굴이 일출의 머릿속에서 겹쳐진다. 아내도 내심 그런 환영에 시달릴 것이다. 가슴 한가운데에 휑한 바람구멍이 난 것 같은 허전함을 잠재울 수가 없다.

바다 안쪽 해안도로에 일출의 눈길이 멎는 일이 잦아졌다. 바다를 보다가도 해송 사이로 드러난 도로에 사람이라도 지나가면 눈길이 거기로 옮겨진다. 이곳 사람인지 도시 사람인지,

어디로 가는지 가늠하면서 그 사람이 사라질 때까지 그를 좇는다. 성욱일 리 없다고 믿으면서도 혹시 하는 마음을 버리지 못한다. 어느덧 일출은 성욱을 애타게 기다리고 있다.

일출은 농장관리위원회에 가서 성욱에게 전화를 건다.

"어찌 소식이 없는가?"

"기렇지 않아도 전화 치려던 참이었습니다. 여권을 만들려다 보니까 소문이 나게 됐는데, 너 나 할 것 없이 눈이 뻘게져 덤벼드니까 늦어지는구면요. 내려 먹이는 건 일없는데 올려 먹이는 거까지 말로 때우려니까 여간 까다롭지 않단 말입니다. 바칠 거 다 바치면 우리 먹을 거이 하나도 남을 거 같지 않아요. 제가 나섰으니까 망정이지 다른 놈 같으면 평양 시내 개들한테도 시퍼런 달러 한 장씩 물려주어야 해결될 판이라니까요."

무슨 일이 있겠거니 했는데, 맞았다. 1, 2천 달러만 줘도 1년 생활비 쓰고 딸네도 좀 줄 텐데.

"나는 그저 1년 남짓 먹고살 돈이면 족해. 기거만 주면 된다구. 살면 얼마나 산다구."

"아예 남을 거이 없을 거 같으니까 문제라요."

"기럼 어카면 좋갔는가?"

"모든 걸 다 제 처분에 맡기시라요. 기래도 일없갔는지 선생님한테 물어보려던 참이었습니다. 이번엔 누이랑 연계를 갖는 거로 족하다, 기렇게 맘먹으시라요. 기렇지 아니하면 일을 벌이기가 어렵습니다."

네놈이 하는 일이 그렇지. 일출은 아랫입술에 이빨 자국이 나도록 이를 사리문다.

흐린 하늘 가득 까마귀가 난다. 정태 집 근처다. 일출은 그를 까맣게 잊고 있었음을 깨닫는다. 그의 집 쪽으로 발걸음을 옮긴다. 골목길에서 손수레를 끌고 느릿느릿 걸어가던 아낙네가 목례를 한다. 어느 시기의 제자였다는 기억이 난다. 알은체하는 것이 번거로워 건성으로 고개를 끄덕인다. 빈 들 위를 선회하며 카악카악 우짖는 까마귀 소리가 점점 시끄러워진다.

정태 집 문을 두드린다.

"안에 있어?"

아무런 소리도 들리지 않는다. 집 안으로 들어가 방문을 연다. 훅 냉기가 끼친다. 제 살길을 찾아 외지로 떠난 사람이 하나 둘이 아니다. 정태도 그럴 것이라고 믿으면 그만이다. 정말 그까지 그랬을까? 숨이 턱 막힌다. 문을 닫고 나오는데, 안에서 무슨 소리가 들리는 듯하다. 얼른 다시 방문을 열고 찬찬히 살핀다. 그저 방구석에 펴놓은 이불인 줄 알았는데, 그 속에서 움직임이 보인다. 허겁지겁 다가가 이불 끝을 벗긴다. 정태의 얼굴이 드러난다.

"이러고 있은 지 얼마나 됐어?"

정태가 이불 밖으로 겨우 손을 내밀어 일출의 손을 잡는다. 온기만은 여전하다.

"조금만 더 버텨. 미국에 내 누이가 있다구."

멀뚱히 뜬 정태의 눈에 마른 눈물이 번진다. 그가 손에 힘을 주는 듯하면서 말한다.

"난 이대로 갈 거이야."

방파제 위에서 만나던 날, 목숨 부지하는 게 이렇게 비굴할 수 있나 싶다고 불평하던 정태가 떠오른다. 저 혼자 주체 하자고 백성을 종으로 만들고 굶기고, 그게 주체냐고 막말을 내뱉을 때에는 나름대로 각오한 것이 분명 있었을 것이다. 일출은 사위를 잃은 아픔에만 골몰하고 몸져누운 정태에게는 한 번도 와보지 못한 것이 몹시 미안하다.

"부엌 찬장에 강냉이쌀이 좀 남아 있어. 기거 동무네가 먹으라우."

일출은 정태를 억지로 일으켜 앉힌다. 그러고는 부엌으로 가 두어 줌 될까 말까 한 강냉이쌀을 찾아낸다. 한 줌 덜어내 죽을 끓인다. 아궁이에 불이 지펴지자 냉기가 조금씩 걷힌다.

"곧 무슨 수가 날 거이야."

거부하는 정태를 달래며 죽을 먹인다.

자신의 집으로 데려가지 못하는 것을 한탄하면서 일출은 밖으로 나온다. 까마귀들이 지붕 위를 날거나 나무 위에 앉아서 속절없이 우짖는다. 갈 데까지 갔다는 신호처럼 울음이 비감하다. 까딱하면 올해가 가기 전에 자신도 두 눈 멀쩡하게 뜨고 당하게 생겼다는 생각이 든다.

평양으로 전화를 한 번 더 해볼 셈을 한다. 농장관리위원회로 어정어정 걸어가는데, 관리위원장이 마을을 향해 잰걸음으로 오고 있다.

"아, 마침 잘 만났습니다. 찾으러 가는 길이었어요. 누가 찾아왔거든요."

"누군데?"

"말해줘야 알지요."

관리위원장을 따라 관리위원회 사무실로 들어선다. 관리위원장 자리에 앉은 낯선 사람이 일출을 아래위로 훑어본다. 일출임을 확인하고 나서 그가 인민복 안주머니에서 누런 봉투를 꺼낸다. 그러고는 탁 소리가 나도록 봉투를 탁자 위에 내려놓는다. 이게 뭔지 아느냐면서 젠체하는 태도다. 일출이 펴보니까 퍼런 표지의 수첩 같은 것이 나온다. 지켜보던 관리위원장이 눈을 휘둥그레 뜬다.

"이게 뭐야?"

수첩 위에는 '조선민주주의인민공화국 려권'이라는 은빛 글자가 선명히 찍혔다.

"여기 통행증도 있습니다. 지체 없이 평양으로 나오시오."

일출은 여권을 살그머니 가슴에 품는다.

햇빛이 눈부시다. 주택들이며 방파제, 그 곁의 해송 숲이 모두 눈으로 덮였다. 푸른 하늘 밑에서 그것들이 잘 닳은 삽날처럼 하얀빛을 토해내는 중이다. 밤새 저토록 세상이 송두리째 바뀌었는데 까맣게 모르고 있었다니. 바람이 소나무 가지에 두껍게 내려앉은 눈을 풀풀 날린다. 나무 위로 떠오른 눈가루가 마을과 바다를 차지한 하얀빛 속으로 아스라이 사라진다. 일출은 불쑥 불안이 인다. 정을 나눠왔던 이웃들이 일시에 낯빛을 바꿔 대든다든지, 돈을 가로챈 성욱이 그를 중국 땅에 내동댕이치고 도망친다든지, 무슨 일로 국경을 채 벗어나지 못하고 돌아온다든지……. 평생 갇혀 살던 새가 새장 문을 열어주었는데도 날아가지 못했다더니 자신이 그 꼴이 될까 염려한다.

"다녀오라요."

아내가 흡족한 미소를 지으며 일출의 손에 여행 가방을 넘겨준다.

"정태 동무 집에 하루 한 번씩은 들러봐요."

일출은 아내에게 당부한다.

"여부가 있갔나요."

일출은 해안도로 쪽을 향해 걷는다. 쏴아 몰려오는 바람이 얼굴을 시원하게 핥는다. 온갖 구차한 냄새에 오염되었을 몸을 씻어줄 것을 기대하며 바람과 맞선다.

열차는 가다 서다 반복하며 퍽 힘들게 앞으로 나아간다. 덜거덩거리는 소리가 아직은 공화국의 심장이 뛰고 있음을 일깨워 준다. 하지만 여덟 시간이나 달려서야 5백 리 길의 국경을 넘는다.

단동역 역사 밖으로 나오자 소란하고 꽉 찬 광경이 앞을 막아선다. 너무 오랫동안 도시의 번잡한 광경을 일출은 보지 못했다. 어리둥절하다. 길 건너 광장 한가운데에 오른손을 들고 우두커니 선 모택동 동상이 눈에 들어온다. 저 금빛 동상만은 그래도 공화국에서 흔히 볼 수 있는 모습과 같다.

"모 주석이 왜 손가락 다섯 개를 다 펴고 있는 줄 안?"

성욱이 동행한 보위원에게 농담을 건넨다. 두 사람 다 고지를 눈앞에 둔 달뜬 표정이다. 보위원이 눈을 끔뻑거리며 답을 궁리한다. 과거에도 중국에 왔었다는 티를 내려는 듯 성욱은 기다리지 않고 스스로 대답한다.

"룸살롱 여성 접대원들에게 팁을 주려면 붉은 돈 다섯 장을 주라고 모 주석이 교시를 내리는 장면이야."

"인민폐 5백 원? 햐! 기렇게 많이 줘?"

"기렇게 받고 싶어서리 접대원들이 만들어낸 소리갔지."

"어드르케 접대를 하길래?"

"기저 손님들의 술안주가 돼주는 거지. 바라만 보는 안주야. 먹으려면 모 주석이 두 손 손가락을 다 편 만큼은 줘야 돼."

"안줏값 한번 엄청 비싸구나야."

"일이 성과적으로 끝나면 기런 데도 구경하고 가자우."

보위원이 기대에 차서 헤헤 웃는다.

호텔을 잡고 나서 성욱은 일출에게 다시 한번 다짐한다.

"누이한테 얼마를 받든 돈 욕심을 내시면 아니 됩니다. 이번엔 조금만 받으시라요. 잘되면 내년에 한 번 더 작전을 펴자요."

일출은 고개를 끄덕인다.

짐 정리가 끝난 뒤 셋은 객실의 전화기 앞에 모여 앉는다. 그토록 기다려온 순간인데 막상 전화번호를 누르려니까 일출은 손가락이 덜덜 떨린다. 신호음이 길게 퍼져나간다. 이 사소한 소리가 15년의 세월을 건너서 지구 반대편에 있는 누이를 부르는 소리라니. 성욱과 보위원이 일출의 양 앞에서 얼굴이 맞닿을 정도로 붙어 앉아 수화기에 귀를 기울인다.

"여보세요."

늙은 여인의 음성이다. 틀림없는 누이다.

"누이? 저예요. 일출이야요."

"누구? 내 동생 일출이?"

"예. 일출이야요."

"맞아! 일출이가 맞아!"

누이는 단박에 일출을 알아본다. 아무리 세월이 흘러도, 누가 증명해주지 않아도 혈육을 분별하는 특별한 인자가 여전히 그들 사이에 작동한다.

"아직 살아 있었구나."

"기럼요."

일출은 얼떨결에 물을 잔뜩 머금은 목소리를 울컥 토해낸다. 누이는 굶어 죽는 사람이 부지기수라는 이쪽 소식을 아는 듯하다. 사위가 죽었다는 말이 따라 넘어왔지만, 뱉어내지 않는다. 문득 살아 있다는 것이 유별난 일처럼 여겨진다. 서로의 안부를 묻고 난 뒤 일출은 용건을 끄집어낸다.

"저 좀 도와줘야갔어요."

누이는 간간이 한숨을 쉬면서 이어지는 일출의 말을 듣는다. 다 짐작하고 있다는 듯. 그래서 근심의 나날을 보내고 있다는 듯. 일출이 말하는 것보다 훨씬 더 심란하게 일출의 상황을 이해한다.

"동생 돈이니까 응당 이자까지 쳐서 돌려줘야 마땅해. 허나 우리 형편에 당장 그 많은 돈을 어떻게 구하겠나. 아들과 상의해서 우선 얼마라도 마련해볼게."

계곡을 사이에 둔 고지와 고지 사이에 외줄 하나를 막 맨 기분이 든다. 말을 마칠 때쯤 누이는 목소리를 낮춰 넌지시 묻는다.

"그런데, 그런데 말이야, 동생. 돈 받으면 북한으로 도로 돌아갈 텐가?"

"기럼요."

"이생에선 동생을 다시 보기 틀린 모양이네. 난 이제 긴 여행을 할 수가 없어."

일출은 무슨 말인지 알아차린다. 자기 대신 딸을 탈출시킬 테니 도와달라고 말하고 싶다. 하지만 바짝 붙어 선 성욱과 보위원이 옆에 있다. 전화를 끊고 나자 성욱이 됐다 싶은지 욕심을 낸다.

"적어도 50만쯤은 줘야 된다고 말하시라요. 선생님 돈이니까니 당당하게 말해도 됩니다. 자본주의자들은 부모 자식 간에도 돈 계산은 철저하답니다."

성욱은 절반의 성공을 기뻐하고 있다. 일행을 이끌고 식당으로 간다. 고기 요리를 시키고 백주를 산다. 술이 한두 잔 들어가니까 유산을 받아내자는 자신의 아이디어가 얼마나 기발했

는지 자화자찬을 늘어놓는다. 보위원이 맞장구를 친다. 하지만
일출은 미친놈 정신 돌아오듯 가슴이 미어진다. 늙은 누이네
가족을 괴롭히게 되리라. 그 소식이 저승의 어머니에게까지 알
려져서 어머니가 또다시 통곡을 하리라. 차라리 누이가 냉정하
게 거절했더라면…….

누이가 기다리라는 날짜가 지났다. 목돈을 마련하자면 하루
이틀이야 틀릴 수 있다. 약속일을 넘긴 지 3일째 되는 날 다시
누이에게 전화를 건다.

"헬로우?"

말을 가로막는 듯한 둔중한 중년 남자의 목소리가 수화기에
서 울려 나온다. 일출은 어머니의 유산을 다 날려먹었다는 누
이의 아들을 기억해낸다.

"일순 누이 아들이 맞소?"

놀라 머뭇거리는지 상대의 대꾸가 들려오지 않는다. 짧지만
긴 것 같은 시간이 흘러간다.

"맞습니다."

생각에 잠겼다가 겨우 입을 여는 것 같다.

"아, 조카로구만. 반갑소."

또 대꾸가 없다. 난생처음 외삼촌이란 사람과 말을 나누는데,
인사조차 없다. 도둑놈이 제 발 저려서 하는 짓일까? 침묵이
낯설고 불길하다. 일출은 어색함을 피하기 위해 누이를 바꿔달
라고 말한다.

"병원에 입원하셨습니다. 하실 말씀 있으면 제게 하세요."

목소리에 냉기가 그득 담겼다. 일출은 말문이 막힌다. 오죽하면 그 많은 돈을 사업한답시고 다 탕진했겠는가. 듣던 대로 좀 모자란 놈인가 보다.

"어드러케 갑자기 입원을 하셨소?"

"근심이 크셔서 그렇지요."

말투가 사무적이다. 더는 상대하기 싫다는 속마음이 느껴진다.

"무슨 근심?"

묻기는 하지만 돈을 마련하는 문제가 잘 해결되지 않아 누이가 앓아누웠다는 것을 일출은 대뜸 눈치챈다.

"어머니한테 저희 과거 사정을 다 듣지 못하셨는가 본데 잘 들으세요. 지난 세월 우리 가족이 얼마나 고통을 당하고 살아온 줄 아십니까? 사법고시라는 거 아시나요? 한국에 살 때 제가 그거 붙고도 외삼촌이 월북한 게 밝혀져 막판에 불합격당했어요. 제 꿈이 풍비박산 나고 우리 가정이 펼 기회가 단숨에 날아가 버렸다고요. 그때 일을 생각하면 지금도 자다가 벌떡 일어납니다. 어머니가 그런 말씀은 안 하셨던가요? 어머니가 뭐라 약속하셨는지 모르지만, 저는 외삼촌을 도와드릴 의사가 전혀 없어요."

조카의 어투는 점점 격양되었지만, 차분하게 말하려고 애쓰는 것이 역력하다. 일출은 자신으로 인한 애먼 피해자가 아버지 말고 또 있다는 사실에 놀란다. 자신의 과거 행동이 긴 줄로 연결되어 알지 못하는 이들에게까지 피해를 주었고, 아직도 그

중 누군가에게는 큰 상처로 남아 있음을 절감한다.

"기런 일이 있었소? 조카한테 정말 송구하오. 국제전화라서 내 맘을 다 표현하지 못하는 거 양해하오."

곁에서 엿듣던 성욱이 일출의 옆구리를 쿡 찌른다.

"다 남조선 괴뢰 놈들이 저지른 짓인데 왜 선생님이 사과합니까? 유산 달라, 대차게 나가라요."

일출은 자신의 가슴을 적시기 시작한 민망한 감정과는 현격히 다른 성욱의 말이 역겹다.

"조카, 내가 조카 돈 달라는 거는 아니고 내 몫의 유산을 달라는 거요."

하지만 입에서 나오는 말은 여전히 성욱의 지시를 따른다.

"그럼 제 꿈을 앗아 간 보상을 해주시겠습니까? 보세요. 부모 형제와 연 끊고 도망친 분이 무슨 유산 타령이세요? 이북 사람한테 유산을 줄 수 있는 법도 없고요, 줘서도 안 돼요. 남의 나라에 와서 별의별 고생을 다 하다 이제 겨우 살 만해졌는데 저를 또 한 번 죽일 셈입니까?"

조카의 목소리가 제법 커진다.

"기럼 어드러카면 좋갔소?"

"그걸 왜 저한테 묻습니까? 그 잘난 김정일이한테 물으세요."

"허, 이 사람이 말이면 단 줄 알고……."

감정에 겨워서인지 조카는 일출이 말하는 도중에 전화를 끊는다. 문이 쾅 닫힌 것처럼 전화 끊기는 소리가 완강하다. 전화를 다시 건다. 받지 않는다. 몇 번 더 건다. 수화기에서는 지구

밖의 행성을 찾아가는 것 같은 기약 없는 신호음만 울려 나온다. 성욱과 보위원은 눈을 멀겋게 뜨고 창밖 먼 데를 바라본다.

"반동 놈의 새끼! 주둥아리 한번 더럽게 놀리는구만."

보위원이 욕을 한다.

"대책을 세워봅시다. 누이와 직접 통화할 방도를 짜내보자요."

실망하지 않았다는 것을 보여주려고 성욱이 일부러 목청을 높인다. 허탈한 메아리가 객실 안을 휘감다가 사라진다.

일출은 이후 일주일 동안이나 전화기를 붙잡고 누이의 번호를 눌러댔다. 조카가 중국에서 걸려오는 전화는 무조건 받지 않을뿐더러 집 전화를 자신의 휴대폰으로 가로챘다고 성욱은 결론을 내린다. 지참한 돈은 바닥이 났다. 그들은 이미 값싼 민박집으로 숙소를 옮겼고, 두 칸 쓰던 방을 한 칸으로 줄였다. 지금은 집주인으로부터 매일 정산을 요구받는 형편이다.

"씨팔, 물경 2천 달러나 썼다구! 이를 어드러카면 좋아?"

성욱이 주먹으로 벽을 친다. 일출은 누이의 깊은 상심과 조카의 묵은 상처를 느낀다. 막판에 가서야 어쩔 수 없이 현실을 받아들이는 자신이 한심하다.

일출은 민박집 문을 나선다. 혼자서는 외출할 수 없다는 규정을 들먹이며 보위원이 팔을 벌려 앞을 가로막는다. 삶의 마지막 결단처럼 번쩍 솟구치는 힘으로 일출은 그를 뿌리친다.

거친 강바람에 몸을 맡긴 채 압록강 변을 걷는다. 강변에 늘어선 상점 안이 투명하게 들여다보인다. 수조 속의 물고기들처럼 사람들이 느릿느릿 움직인다. 조카, 진실을 드러낼 시간을 내가 너무 오래 지체시켰어. 날 용서하지 말라우. 강 건너 신의주는 깜깜한 어둠 속에 묻혀 있다. 자기네 늙은이 하나가 눈물을 흘리고 있든 말든 적막하기만 하다. 정태 동무, 나도 더 이상 비굴해지고 싶지 않아. 대체 어드러카면 되갔어? 일출은 어느새 자신과 조국, 아내, 정태를 연결하던 줄을 다 놔버렸음을 깨닫는다. 강변을 따라 하염없이 걷고 또 걷는다. 어디로 가는지도 모른 채.

|

별밤 너머

1

뜰에 내려앉은 석양이 유난히 눈부셨다. 우울하게 구겨졌던 자작나무 그림자들이 밝게 펴졌다. 언제 피어났는지 하얀 목련이 환하게 웃었다. 한국 갔다가 양복 빼입고 돌아온 사람처럼 제 존재를 뚜렷하게 일깨웠다. 방 안으로 기어든 햇볕조차 가슴을 살랑살랑 어루만졌다. 가슴속의 옹이가 풀려나가려고 기지개를 켜는 것일까? 선호는 피식, 쓴웃음을 터뜨렸다. 제 손으로 불 때서 밥해 먹어야 하는 처지로 전락한 주제에 무슨 봄타령. 선호는 창문을 거칠게 닫았다. 아귀가 맞지 않는 알루미늄제 창문이 쿨렁거리더니 삐익 소리를 내질렀다. 망상에 사로잡힌 자에게 보내는 경고 같았다. 이놈까지 날 무시하네.

선호는 저녁을 짓기 위해 정지(북방식 부엌)를 향해 어정어정 걸어갔다. 종일 사람들의 눈길을 피해 숨죽이며 지내다가 일찍 퇴근했다. 사람은 행복을 구가하기 위해 태어난다고? 개소리다.

종당엔 죽지 못해 연명하는 존재에 지나지 않는 것을. 이 시간을 기다렸다는 듯 휴대폰이 자지러지게 울었다. 화면에 찍힌 발신자 번호가 자신을 째려보고 있었다. 한국에서 걸려온 것이었다. 신 감독 번호가 맞았다. 아이구야! 탄식이 터져 나왔다. 이런 때를 대비하여 버튼 하나만 누르면 회의 중입니다, 라는 문구가 전송되는 기능을 익혀두었다. 하지만 계속 눌러댈 수는 없었다. 내가 눈이 뻤지. 네까짓 놈을 장예모에 비교했으니. 벨 소리가 신 감독의 성난 목소리 같았다. 에라이, 장예모 발가락에 낀 때만큼도 안 되는 놈아, 당장 제작빌 물어내! 신 감독의 전화를 피할 수만 있다면 쥐구멍이고, 처녀 치마 속이고, 하다못해 감옥이라도 제 발로 기어 들어갈 것 같았다.

2

두만강 너머 먼 하늘에 먹구름이 낮게 드리웠던 날이었다. 북한 무산과 중국 화룡을 잇는 두만강대교가 한눈에 바라보이는 중국 쪽 산 중턱 소나무 숲에 선호는 신 감독과 함께 숨어 있었다. 카메라를 대교 건너편 무산세관에 맞춰놓고서 날을 세워 품으로 파고드는 바람에 그들은 오들오들 떨었다. 신 감독은 탈북자 다큐멘터리를 전문적으로 제작했다. 그가 연변에 올 때마다 선호는 촬영 안내를 맡았다. 실제로는 조수나 다름없었다. 그를 따라다니면 보고 듣는 것이 많아 늘 조수를 자청했다.

10여 분 뒤면 이 지방에서 잡힌 탈북자들이 호송차에 실려 저 대교를 건널 것이다. 호송차가 무산세관에 이르면 탈북자들은 북한 관리들에게 인계된다. 남녀 구별 없는 무자비한 폭행은 그때 이루어진다고 탈북자들은 증언했다. 북한 관리들이 몽둥이를 휘둘러 등짝이며 머리통, 가슴, 가리지 않고 개 패듯이 팬다나. 신 감독은 바로 이 장면을 촬영하고자 했다. 성공한다면 탈북자들에 대한 인권 유린 현장을 폭로하는 생생한 영상이 될 거라면서 잔뜩 기대를 걸었다.

하지만 이내 순찰 중인 변방대 병사들에게 붙잡히고 말았다. 변방대에서는 적어도 외국인인 신 감독만은 구류를 시켜야겠다고 으름장을 놓았다. 선호는 진땀을 뺐다. 여기저기 줄을 대 구명을 간청했다. 서너 시간을 넘겨서야 간신히 무마되었다. 이 뜻밖의 사태가 제 탓이나 되는 양 선호는 신 감독에게 무척 미안했다. 아무리 변방 소도시의 소수민족 방송국이라고 하더라도 명색이 방송국 PD다. 신 감독이 이 취재를 오랫동안 별러온 것을 잘 알았다. 용의주도하게 준비하지 못했다는 자괴감을 떨칠 수 없었다. 거기에 더해 소문을 들을 방송국 동료들의 비웃는 소리까지 머릿속을 어지럽혔다. 별 아바이가 하는 일이 그렇지. 어쩌다 한국 감독이 저런 어중이를 따라다니는지, 원.

3년 전 선호는 한 해 동안 중계소로 파견을 나갔었다. 중계소가 있는 산중으로 많은 별들이 동무를 하자고 찾아왔다. 하릴없이 빈둥거리던 선호는 망원경을 들고 별들을 따라 산과 들을 떠돌아다녔다. 그 뒤부터 사람들은 선호를 별 아바이라고 불렀다. 세상 물정을 모르는 놈이 중계소로 쫓겨 가서도 동료들과 담을 쌓은 채 별과 놀고 자빠졌다는 비아냥이 별명 속에 숨어 있었다. 하지만 선호는 되레 그들이야말로 저 넓은 바깥세상에 눈을 감은 변방의 머저리들이라고 여겼다. 그들은 윗사람에게 아부나 하고 술을 샀다. 선물을 든 아내를 윗사람 집에 보냈다. 좋은 자리로 옮겨 앉아 평평 놀았다. 그러다가 부장이 되고 국장이 되었다. 아래 직원들로부터 자신도 그런 대접을 받는 것을 당연한 것으로 받아들였다. 너른 바다로 나가 물고기를 잡으라는 당의 정책을 귀에 담아두지 않았다. 선호는 그들처럼 살고 싶지 않았다. 그래선지 나이 사십 줄에 이르도록 일다운 일을 해보지 못한 채 평직원 자리를 벗어나지 못했다.

변방대에서 풀려난 선호와 신 감독은 돌아가기 위해 차를 화룡 방향으로 돌렸다. 무산 뒷산 마루에 걸렸던 먹구름이 햇살을 지워내며 빠른 속도로 추적해 왔다. 야산의 나무들이 거센 파도에 휩쓸리듯 바람에 부대꼈다. 신 감독은 속이 뒤집혔는지 얼굴에서 평소의 표정을 지웠다.

"탈북자 부인을 빼앗은 놈이 있단데. 대신 그걸 찍으면 어떨까? 시간은 좀 걸릴 테지만."

선호는 조심스레 만회를 노렸다.

"1년 전쯤 되었을 거야. 젊은 탈북자 부부가 열 살 먹은 아들 하날 데리고 우리 시 변두리의 농가에 스며들었댔지. 부부는 농사를 거들며 밥을 얻어먹었어. 주인은 항상 부부를 따로 떼어 일을 시켰대. 남편은 점심을 싸 들려서 10리나 떨어진 옥수수밭으로 보내고, 아내는 집 근처 텃밭에 보냈단 거야. 시간이 지나 남편이 가만 보니까 아들에게서 말이 없어졌더래. 아들이 눈을 내리깔고 아버질 보려 하지 않더래. 강퍅한 세파에 시달리면 일찍 속이 트인다더니 사춘기가 벌써 왔나? 남편은 그렇게 생각했대."

바람이 고지를 점령하는 병사들처럼 우우 함성을 내질렀다. 하염없이 차창 밖만 내다보는 신 감독을 힐끔거리면서 선호는 계속 씨부렁거렸다. 열심히 풀무질을 하다 보면 불은 피어나는 법.

"알고 보니 그게 아니었어. 이윽고 남편은 주인이 아내를 농락하고 있음을 눈치챘지. 하지만 숨어 사는 신세라 끙끙 속만 끓였대. 주인은 지은 죄 때문에 은근히 남편을 두려워했지. 그러다가 남편을 불법월경자라고 공안에 찔렀어. 옥수수밭에서 김을 매던 중 남편이 잡혔지. 아내와 아들을 이국땅에 남겨둔 채 혼자서 두만강을 넘어야 했어."

먹구름이 차를 앞질렀다. 그것이 하늘을 남김없이 뒤덮었다. 눈발이 비치기 시작했다.

"남편은 노동단련대에서 혹심한 강제 노동에 시달렸대. 그 와중에도 아내를 빼앗긴 게 분해서 견딜 수 없었대. 몇 개월의 단련대 생활을 마치자마자 다시 중국으로 건너왔지. 아내와 아들은 그곳에 없었어. 주인 놈이 먼 타지 사람에게 이미 아내를 판 뒤였다니까. 아들은 아내를 팔기 전에 시내 번화가에 데려다가 버렸다나."

아직도 신 감독의 귀가 열리지 않은 것 같아 선호는 속상했다.

"안 들어? 그만할까?"

신 감독은 차에 달라붙은 액세서리처럼 움직임조차 없었다. 선호는 이왕 꺼낸 얘기이므로 마저 시부렁대기로 했다.

"남편은 작대기로 주인 놈의 머리통을 후려치고 줄행랑을 놓았대. 날품을 팔면서 아내와 아들이 있을 만한 곳을 찾아 헤맸다는 거야. 대여섯 달 동안이나. 그래도 모자를 찾을 수 없었다지 뭐야. 술로 울분을 달래다가 다시 공안에 체포되었지. 재차 북송되는 운명에 처했어. 정말 안 듣는 거야? 내가 지금 귀신 씻나락 까먹는 소릴 하는 거야?"

그때 신 감독이 선호에게 얼굴을 돌리며 버럭 짜증을 냈다.

"이미 잡혀간 사람을 어떻게 찍어?"

안 듣는 줄 알았더니……. 운전기사가 전조등을 켰다. 눈송이가 부나비가 되어 차를 향해 달려들고 있었다.

"그걸 단편영화로 찍어보잔데, 나와 같이. 여기서 찍으면 제작비도 쌀 테고."

선호는 입꼬리에 멋쩍은 웃음을 달았다. 언젠가 신 감독은 당신처럼 맑은 눈을 가진 사람이 작품을 만들면 길섶에 핀 산나리꽃처럼 곱고 순수할 것이라는 말로 선호를 부추긴 적이 있었다. 또 선호가 별을 바라보며 상념에 잠긴 모습을 지켜보노라면 선호만의 향긋한 개성이 솔솔 풍긴다나 어쩐다나 하는 말도 했다. 그러면서 당신이 임자를 만나면 큰일을 낼 사람인데, 라고 중얼거렸다. 분명 과찬이었다. 하지만 그 뒤부터 자신도 작품을 해보고 싶다는 욕심을 내밀히 키웠다. 남들이 비웃을까 드러내지는 못했다.

"송환 장면을 찍을 수 있도록 변방대에 손쓸 방도는 없을까?"

고작 한다는 말이……. 선호는 자신이 따르는 신 감독에게조차 무시를 당하는 것 같아 배알이 꼬였다. 괜히 속만 보였네. 제 밥도 못 찾아먹는 주제에 남의 밥을 탐내다니. 사방은 깜깜한 어둠으로 뒤덮였다. 차는 시야를 겨우 열면서 앞으로 달려갔다.

두어 달쯤 지났다. 기나긴 겨울이 물러가는 시기였다. 선호는 창밖으로 얼굴을 내밀고 별들과 노는 중이었다. 그때 휴대폰 벨이 울렸다.

"지난번 한 말 기억해?"

신 감독의 목소리였다.

"그게 어떻단데?"

선호는 시답잖게 대꾸했다.

"그거 찍을 수 있겠어?"

"안 되는 것으로 자기가 진작 결론을 내려놓고 딴소리네."

"스토리가 괜찮아. 탈북자 소재 단편은 잘만 만들면 국제영화제 출품도 가능하거든."

선호는 자신의 머리를 세게 한 번 쥐어박았다. 제대로 맞았는지 너무 아팠다. 두 손으로 머리를 감싸 쥐고 하늘을 올려다보았다. 별들이 눈을 휘둥그레 떴다. 이내 너는 임자를 제대로 만난 거야, 라고 말하며 박수를 쳐댔다.

"우리 둘이 같이 하는 거야?"

"아니, 당신 혼자."

선호는 격정을 누르기 위해 지그시 눈을 감았다. 작품의 장면 장면이 머릿속에 그려졌다. 바다처럼 드넓게 펼쳐진 옥수수밭이 원경으로 화면 가득 잡히면 바람을 타고 옥수숫대가 파도처럼 너울댄다. 카메라가 그 밭의 어느 한 지점을 향해 서서히 줌인된다. 옥수수 이랑 사이로 도망치는 여인, 지친 숨소리, 찢긴 옷 사이로 드러난 빈약한 가슴, 그것을 지켜보는 두려움 가득 찬 소년의 눈망울, 격하게 흔들리다가 어느 순간 잦아드는 옥수숫대……. 두만강을 건너는 호송차 안에서 이편을 뒤돌아보는 사내의 망연자실한 얼굴도 보인다. 그 얼굴이 과연 내가 이 세상 사람이 맞슴까, 라고 묻는다.

선호가 일을 냈다는 소문이 삽시간에 방송국 안에 퍼졌다. 예산이 적은 소도시 방송국인 까닭에 외부로부터의 제작비 지원을 목말라하는 형편이었다. 하필 있으나 마나 한 존재인 선호가 그것을 이루어냈다.

"별이나 헤아리며 노는 줄 알았더니 남몰래 별님한테 기도를 올린 줄 누가 알았겠나."

"아이구야. 우렁이도 논두렁을 넘는 제주가 있다더니."

"그나저나 앞뒤 꽉 막힌 그자한테 국장이 돈푼이나 후려내려 할 텐데 일이 잘 진행될까?"

선호 편에 서서 말하는 사람도 없지는 않았다.

"간부들 찾아다니며 알랑방귀 뀌는 성미가 못 돼 문제지 나무랄 데가 많지 않은 사람이야."

"그런 사람이니까 한국 감독이 감복해서 지원을 한 거라구."

하지만 그런 극소수의 의견은 결국 다 묵살당했다.

"착하면 뭘 해. 작품은 실력이야. 개미가 소 등짐을 져 나르는 걸 봤어? 아직 제작비는 들어오지 않았다는군."

"그럼 그렇지. 아무리 한국 놈들 돈이 눈먼 돈이라 해도 별 아바이한테까지 차려질 순 없지."

"암, 한국 놈들이 나불거리는 입만 가졌다는 사실을 그 얼간이가 알 턱이 있나."

선호는 귓전에 흘러 다니는 험담을 가슴에 담아둘 여지가 없었다. 신성을 찾아 별나라를 여행하는 것 같은 야릇한 흥분만이 가슴 가득 넘실댔다.

마침내 신 감독이 속한 한국 프로덕션에서 계약서가 날아왔다. 제작비 3만 달러를 보내주겠다고 했다. 중국 내 방영권을 제외한 작품의 모든 권리를 자기네가 가져가는 조건이었다. 방송국에서는 돈만 보고서 다른 것은 따지고 자시고 할 겨를 없이 계약서에 도장을 꾹꾹 눌렀다.

국장은 즉각 선호를 찾았다. 아무리 시기와 질투, 조롱이 방송국 안에 횡행한다 해도 돈까지 들어왔다. 국장도 흔쾌히 내 손을 잡으리라. 전출 와서 처음 국장실로 향하면서 선호는 가슴이 저절로 떡 벌어지는 것을 느꼈다. 국장을 만나면 아주 편안하게 웃으면서 이래도 내가 별 아바이임까, 라고 물을 작정이 있다. 어깨를 으쓱 추켜올리고 발걸음을 사뿐사뿐 옮겨 국장실에 들어섰다. 커다란 목제 책상 앞에 버텨 앉은 국장에게 정답게 고개 숙여 인사했다. 그런데 국장의 표정이 영 딴판이었다.

"자네가 무슨 영화를 찍겠다고 그리 소란을 피우나? 수고는 했네만, 영화는 아무나 찍겠다고 나설 게 아니네."

선호는 하는 일 없이 월급이나 타먹는, 나잇값도 못 하는 작자로 그 순간까지 비치고 있는 자신이 서러웠다. 국장을 마주 보기가 힘들었다. 고개를 외로 꼬았다. 천장의 격자무늬들이 선호를 내려다보면서 쯧쯧 혀를 차는 듯했다.

"연출가들에게 넘기게. 방송국의 명예가 걸린 문제야. 돈을 댄 한국 회사에서도 좋은 작품을 기대할 것이 뻔하잖은가? 제대로 찍어야 다음에 또 지원을 해줄 거고."

선호는 고개를 더욱 바짝 꼬았다. 곧 뒤로 넘어질 것처럼 자세가 위태로웠다. 국장이 황당한 얼굴로 선호를 바라보았다. 아무리 고지식하다 해도 윗사람이 한마디 하면 듣는 척이라도 하던 사람이 대꾸조차 없는 것이 도무지 이해가 가지 않는 모양이었다.

"별일이네. 언제부터 자네가 영화 연출을 해보겠다고 원을 세웠단 말인가? 하던 대로 별 보기나 잘해."

국장이 눈을 부라렸다. 내가 별을 좋아하는 것은 그것조차 좋아하지 않으면 할 일이 없기 때문임다. 선호는 항변하고 싶었지만, 입이 열리지 않았다. 발성 기능을 국장의 성난 표정이 이미 앗아 간 뒤였다. 선호는 국장과 적잖은 시간을 그렇게 대치했다.

"만약 잘 만들지 못하면 어쩔 텐가? 내가 자네 철밥통을 깨부숴도 괜찮은가? 방송국 얼굴에 먹칠을 하고도 방송국에 남아 있을 수야 없지 않은가?"

국장은 돌아가는 선호의 등 뒤에 대고 가래침 뱉듯 노골적으로 말했다.

동료들은 선호를 찾아와 한편으론 어르고 한편으론 나무랐다.

"말귀를 그렇게 못 알아들어? 밭은 열심히 갈되 열매까지 따먹으려 해서는 안 돼. 열매는 윗사람에게 바치는 게 우리 사회의 미덕 아닌가?"

"아부도 하고, 뇌물도 바치면서 살게. 국장과 좋게 지낼 수 있는 절호의 기회를 놓치지 말란 말이네."

선호는 나무는 고요하려 하나 바람이 그치지 않네, 라는 옛사람의 시구를 떠올렸다. 자신의 처지를 어쩜 이렇게 딱 맞게 읊었을까 생각하면서.

결국 선호는 단편영화 제작팀으로 발령을 받았다. 대신 국장은 자신과 가까운 오 PD를 선호 팀에 배치했다. 오 PD는 국장의 술자리를 만들고, 국장의 여자를 고르고, 국장의 용돈을 댔다. 자연히 방송국 주변의 그늘 속에서 벌어지는 사건들에 자주 이름이 오르내렸다.

"다 알면서 왜 그리 고집을 피움까?"

오 PD는 근무 첫날부터 선호를 힐난했다.

"장비, 시설, 스태프, 무엇 하나 방송국 지원을 받지 않고는 배길 재간이 없는데, 국장 동지의 얼굴을 깡그리 뭉개놨으니 제 작 진행이 순조로울 리 있겠슴까? 아무리 단편이라고 해도 그 깟 3만 딸라 가지고 어떻게 영화를 찍슴까? 잘 모르시는 모양 인데, 장비 임대료, 연원(연기자) 출연료, 스태프 노임, 이것저것 다 내고 나면 턱없이 부족할 검다. 하필 국장 동지의 눈 밖에 난 졸판에 끼어들어 개고생하게 생겼다."

선호가 문예부원들과 시나리오를 쓰고 고치는 사이, 오 PD는 마지못해 스태프들을 모으고 배역을 섭외했다. 다행히 방송국 연원들이 선호 앞에 자주 모습을 드러냈다. 예전과 달 리 그들은 선호를 향해 유난히 밝은 미소를 지었다.

"연출가 동지, 오늘 밤 우리 집에 별들을 많이 모아 보내주어 요. 밝은 걸로 한 천 개쯤."

어떤 여자 연원은 은근한 목소리로 교태를 부렸다.

"그래. 내 연변 별들을 다 네 집 위에 모아주지. 모자라면 전 화 치라. 백두산 별은 좀 귀한 건데, 그것도 한 망태기 얻어다 줄게."

"그럼, 배역표에 제 이름이 들어간단 말인가요?"

제작부원들 역시 선호와 눈을 맞추려고 애를 썼다. 이 사무 실, 저 사무실 전전하다가 저녁 술자리나 마작판을 찾는 것이 일과인 그들이었다. 이제는 선호가 그들의 눈에 또렷하게 보이 기 시작한 것 같았다. 가끔은 듣기 좋은 말로 그들 입에 오르내 린다는 소식도 들렸다.

꼴에 선호는 가정부도 두게 되었다. 영화 연출가란 사람이 집안일 할 정신이 어디 있느냐는 오 PD의 채근에 따른 것이었다. 선호는 오 PD가 그리 말하는 것이 일은 일대로 하겠다는 뒤늦은 다짐 같아서 싫지 않았다. 실제 제작 일이 바빠지고 있어서 틀린 말도 아니었다. 벌써 오래전에 노무수출 대열에 끼어 한국으로 떠난 아내가 때맞춰 다달이 적지 않은 돈을 부쳐주었다. 기숙학교에 다니는 아이 뒷바라지하는 데 쓰고는 모조리 저축하라는 돈이었다. 선호는 거기서 얼마만큼 떼어 젊은 여자에게 집안일을 맡겼다.

정말 세상의 별들이 다 자신의 집 지붕 위로 몰려온 것 같았다. 사람은 왜 사는가 하는 지난한 질문에 대한 해답을 비로소 터득한 것 같았다. 선호의 변신을 두고 어떤 친구는 그리 나대다가 똥통에 빠진 사람들이 청년공원 공중변소에 그득하다네, 라고 충고했다. 하지만 선호는 그놈들은 모두 바쁜 사람 붙잡고 딴지를 건 놈들이라네, 라고 대꾸했다.

시내 번화가에 있는 주점 앞을 첫 촬영지로 택했다. 주인공의 아들이 거리의 거지로 내동댕이쳐진 장면을 찍기 위해서였다. 서울에 있는 왕궁 이름을 딴 이 주점은 양복을 빼입은 한국 사람들과, 아내를 노무수출 보내 주머니에 돈푼이나 넣어 다니는 한량들을 상대하는 대형 룸살롱이었다. 주점 앞길과 주변 골목을 겨냥해 두 대의 카메라를 설치했다. 거리가 붉은 네온사인으로 물들자 골목길에는 들고양이처럼 눈을 밝힌 아이들이 진을 쳤다. 주인공 아들로 분장한 아역배우가 골목길 종이박스 더미에 쭈그려 앉아 아이들을 물끄러미 바라보는 모습이 카메라에 잡혔다. 이윽고 한국 신사들이 나타나기 시작했다. 아이들이 그들 앞으로 잽싸게 달음질쳤다. 어떤 아이의 손엔 장미꽃이 들려 있었다. 그때 선호는 손을 쳐드는 것으로 액션 사인을 넣었다. 카메라 앵글이 아들 역의 눈길을 따라서 부산해진 아이들에게로 천천히 옮겨 갔다. 장미꽃을 든 아이가 손님 앞에 멈춰 섰다.

"한 송이만 사주시라요."

나머지 아이들은 신사 주위에 둘러서서 손을 벌렸다. 여자를 탐하며 거금 150달러짜리 양주를 유감없이 마셔대는 사람들이 아이들을 본체만체했다. 아이들은 썩은 생선에 달라붙는 파리 떼처럼 끈질기게 매달렸다. 신사들이 등장할 때마다 아이들의 그런 모습은 반복되었다.

다른 카메라는 골목길 끝부분을 잡았다. 주점 손님 역을 맡은 연원이 거기서 걸어 나왔다. 음흉한 투망처럼 쏟아지는 네온사인 불빛이 손님 역을 휘감았다. 손님 역은 문득 아들 역을 발견하고 걸음을 멈췄다. 찬찬히 아들 역을 살피다가 허리를 굽혀 손을 잡아 일으켜 세웠다. 아들 역이 맥없이 손님 역을 올려다보았다. 촬영 중임을 알지 못하는 구걸 중인 아이들이 손님 역 주위로 우르르 몰려들었다. 손님 역이 아들 역에게 저녁을 먹었느냐고 물었다. 자신들에 대한 호감으로 오해한 아이들 속에서 대장 격으로 보이는 아이가 한발 앞으로 나왔다.

"돈으로 주시라요. 우린 눅게 사 먹는 델 알아요."

손님 역이 아이들에게 다감한 미소를 지었다. 그러고는 아들 역을 데리고 가까운 식당으로 향했다. 아이들도 어미를 뒤쫓는 염소 새끼들처럼 쫄랑쫄랑 손님 역을 따라갔다. 대장 격의 아이가 얼른 손님 역의 옷소매를 잡았다.

"돈도 줄 거지요?"

주점 앞 카메라 곁에 서 있던 선호가 컷! 짧게 외쳤다.

촬영은 배역 명단에도 없는 엑스트라들의 열연까지 더해져 잘 마무리된 듯했다. 선호는 숨을 돌리고 담배를 빼 물었다. 손님 역과 함께 걸어가고 있는 아이들을 뒤따랐다.

"오지랖도 넓슴다."

오 PD가 눈치를 채고 투덜거렸다. 식당 창문으로 새어 나오는 불빛에 아이들의 추레한 모습이 드러났다. 땟국이 반질반질한 얼굴, 계절에 맞지 않는 옷차림, 몸에서 훅 몰려오는 곤혹스러운 냄새, 오랜 시간 험난한 세상사에 찌든 몸짓……. 식당 손님들의 식욕을 단번에 날려버릴 차림새였다. 눈살을 찌푸린 식당 주인이 황급히 출입문 앞으로 나와 버티고 섰다. 아이들과 손님 역, 뒤따라오는 선호 일행을 번갈아 쳐다보았다. 예사롭지 않은 낌새를 챘는지 마지못해 구석 자리를 내주었다. 아이들 사이에 선호와 연원들, 스태프들이 끼어 앉았다. 오 PD가 제 돈을 쓰듯 내키지 않는 목소리로 음식을 주문했다.

"어디서 왔지?"

선호가 아이들에게 물었다.

"청진요."

"정말? 그렇게 먼 데서 어떻게 와?"

"얘도 청진서 왔어요."

동네 개울 넘듯 두만강을 건너온 국경지대 아이들이 아니었다. 대장 격의 아이가 선호 뒤에 놓인 카메라를 유심히 쳐다보았다. 그러다가 선호를 향해 씩 웃었다.

"우리가 두만강을 건너가는 모습을 찍게 해줄 수 있어요. 2백 원만 주시라요. 우린 2백 원만 모으면 고향으로 돌아간단 말임다. 그 돈이면 우리 식구가 반년은 살거든요."

선호는 갖은 시달림 끝에 수백 리를 유랑해온 아이들이 할 수 있는 말이라고 여겼다.

"빼앗기지 않을까?"

"갈 땐 돈을 비닐에다 싸서 삼켜요. 조국 경비대에 잡히면 똥을 쌀 때까지 우릴 잡아둠다. 우린 그걸 아니까 두만강을 건널 때에는 며칠간 아무것도 먹질 않아요. 그래도 돈이 똥으로 나오면 얼른 다시 먹슴다."

그때 오 PD의 눈동자가 번뜩였다.

"이런 개자식!"

그가 제 앞에 앉은 아이의 귀뺨을 후려쳤다. 선호와 스태프들은 순간 당황했다. 맞은 아이가 꺼칠한 제 머리통 밑으로 슬그머니 얼굴을 감추었다.

"이 자식은 조선 꽃제비가 아니라요. 우리 동네 놈이야요."

선호는 내막을 알아챘다. 어쩌다 한 번씩 보아온 일이었다.

아이는 북한 아이들에게 길 안내를 하고 잠자리를 찾아주는 대신, 그들과 같은 꽃제비 패에 섞여 쉽게 구걸을 하는 동업자일 것이었다.

"이 아이들에겐 되레 고마운 아이 아닌가?"

오 PD가 못마땅한 표정으로 아이에게 향했던 사나운 시선을 누그러뜨렸다.

촬영이 본궤도에 올랐다. 땡볕에 번들거리는 플라타너스나무 밑에서 주인공이 달구지꾼을 만나 아내의 흔적을 캐는 모습을 찍고 막 사무실로 돌아왔다. 오 PD가 헐레벌떡 뛰어 들어왔다. 다음 촬영에 필요한 소품을 섭외하고 뒤따라오겠다던 그였다.

"당의 중조中朝 친선 방침 때문에 아니 된단데."

선호는 오 PD를 멍하니 바라보았다.

"탈북자를 소재로 영활 찍으면 아니 된단데."

아이쿠야. 등 뒤에서 기회를 엿보던 자한테 드디어 한 방 얻어맞은 기분이 들었다. 이자의 수작이 이젠 본격화할 때가 되었단 말인가?

"단편 하나 찍는데 아직도 공산당에서 이래라저래라 하나?"

"되는 일도 다 공산당 때문이지만, 아니 되는 일도 다 공산당 때문이 아닙까?"

오 PD 뒤를 이어 국장이 체면을 팽개치고 직접 선호를 찾아왔다.

"제작 진행을 전면 중단해."

냉기가 폴폴 풍겨 나오는 목소리로 국장은 명령했다. 선호는 입술에서 시작된 떨림이 온몸으로 번져나가는 것을 느꼈다. 그것을 막으려고 입술을 지그시 깨물었다.

선호는 스태프들과 백주를 왕창 마시고 늦게 집으로 향했다. 구름 사이를 들락날락하며 어디론지 흘러가는 별들을 올려다보았다. 별들이 들판의 망아지 떼처럼 제멋대로 하늘을 떠다녔다. 동쪽 하늘에서 늘 큰 입을 벌리고 웃던 목성은 보이지 않았다. 거듭 생각해보니 아무래도 국장이나 오 PD의 작당만은 아닌 것 같았다. 제작 자체를 중지시키고서야 국장이 이득을 취할 길이 없지 않은가? 촬영을 계속할 수도, 중지하고 제작비를 반환할 수도 없는 형국이었다. 당의 이상한 방침 때문에 제작을 중지당했다고 신 감독에게 고백할 수도 없었다. 룰루랄라 콧노래를 부르며 걱정 딱 붙잡아 매라고 장담하던 때가 엊그제 아니었던가. 저놈의 별들이 내 변신을 시기할까?

집에 들어섰다. 붉고 노랗고 하얀 꽃송이들이 출입문 앞에서 너울거렸다. 취기를 쫓아내며 초점을 맞추자 그것들이 가정부 김 씨의 원피스 위로 도망쳤다. 그녀가 예쁜 얼굴을 가졌다는 깨달음이 문득 찾아왔다. 저 여자도 여자로서의 기능이 남아 있을까 의문을 가졌던 적이 있었다. 오늘 보니 한껏 차려입은 꽃무늬 원피스 속에 여자다움이 고스란히 간직되어 있었다.

김 씨가 선호의 방 안으로 따라 들어왔다. 진작부터 얄궂은 미소를 지어 보이던 그녀였다. 선호는 그녀의 몸을 어루만졌다.

두어 번 손길을 뿌리치는 척하던 그녀는 잠자코 있었다. 침대 위로 그녀를 끌어들였다. 그녀의 가슴에 얼굴을 묻었다. 어미 품을 파고드는 새끼처럼. 그녀가 선호의 등을 다독였다. 하지만 툭 털어내고 싶은 응어리를 알 수 없는 억센 손아귀가 움켜쥐고 풀어주지 않았다. 그녀의 몸 위에서 맥없이 내려왔다. 적막이 흘렀다. 땍깍땍깍 탁상시계 소리가 들렸다. 그녀의 한숨 소리도 들렸다.

얼마의 시간이 지났을까? 적막을 휘저으며 휴대폰이 울렸다. 머리맡을 더듬어 휴대폰을 손에 넣었다.

"오 PD임다. 정책이 있음 대책이 있는 게 아니겠습까?"

선호는 잠자코 다음 말을 기다렸다.

"국장 동지께 좀 고이시오. 중국에서는 작품을 안 틀겠다고 하고, 5천 딸라쯤 고이면 국장이 시정부 영도들을 설득할 수 있지 않겠습까?"

작품 수준 또한 뻔할 텐데 어떻게 중국에서 틀겠느냐는 오 PD의 다음 말이 덧붙여지지는 않았지만, 선호는 그 말까지 다 들은 것 같았다. 휴대폰 폴더를 닫자마자 선호의 배 아래에서 큰 혹이 뻐근하게 자라났다. 선호는 그녀의 살 속에 숨은 숲에 태풍을 일으켰다.

"난 연원 같은 거 시켜달라고는 안 함다. 월급 좀 올려주면 됨다."

선호가 그녀의 몸에서 물러 나왔을 때 그녀가 선호의 귀에 소곤거렸다.

다음 날, 선호는 주위 사람들에게 여자는 술 취해 어둠 속에서 보아야 얼마나 고운지 알 수 있다고 떠벌렸다.

"눈으로 보는 것보다 손으로 보고, 가슴으로 봐야 여자는 제대로 보는 거야. 배로 보면 더 고와."

선호가 유별난 밤눈을 가졌다는 소문이 바람에 섞여 퍼져나갔다.

"설마 별 아바이가? 아, 선호는 역시 우리들과 다르다네. 손과 가슴에도 눈이 있고, 심지어 배에도 눈이 달렸다네. 아, 별난 별 아바이……."

가끔 선호는 가위에 눌려 잠에서 깨어났다. 그런 때에는 영락없이 한국의 어느 지방 요양병원에서 치매 노인을 간병한다는, 환자가 먹다 만 밥과 반찬으로 끼니를 때운다는 아내가 떠올랐다. 하지만 김 씨의 사타구니에 몸뚱이를 척 끼고 있노라면, 번민은 곧 온데간데없이 사라지곤 했다.

오 PD가 가져온 중간 결산 명세서를 보니 어이가 없었다. 제작 중단과 재개라는 곡절까지 겪느라 국장에게 5천 달러를 바쳤다. 그런데도 방송국에서는 촬영 장비와 스튜디오 사용료, 자료화면 제공료 따위를 과도하게 부과하여 제작비를 더 빼앗아갔다.

"곧이곧대로 5천 딸라밖에 국장 동지에게 고이지 않은 탓이 크다. 하도 돈이 없는 것 같아 5천 딸라만 주라 했슴다. 만 불은 썼어야 했슴다."

그는 되레 선호를 핀잔했다.

"국장 동지가 직권으로 면제해줄 수 있는 비용을 면제해주지 못하는 이유가 있슴다. 시정부 영도들을 두루 다독이는 비용이 예상외로 더 많이 들었기 때문임다."

신 감독이 찾아왔다. 옥수수밭에서 주인공이 김을 매는 장면을 찍는 중이었다. 신 감독은 그동안 찍은 필름을 살펴보았다.

"제 맘대로 찍었군. 아무렴, 제2의 장예모는 필요 없지."

신 감독은 혼잣말로 중얼거렸다. 다른 말을 더 하면 선호의 개성이 죽는다나 어쩐다나 하면서 더는 입을 열지 않았다. 선호는 신 감독이 뭐라 평할까 무척 마음을 졸이던 터였다. 돌아서서 흐흐 웃었다.

신 감독의 말은 곧 오 PD에 의해 방송국 안으로 옮겨졌다. 하지만 젊은 놈이 뭘 알고나 하는 말인지 모르겠다는, 신 감독에 대한 트집으로 그 말이 바뀌었다. 국장 주변의 간부들은 한 걸음 더 나아가 한국 놈이 중국 사람을 깔본다고 직원들의 자격지심을 촉발시켰다.

"한국 감독도 별 아바이와 한 치 다를 바 없는 놈이야."

촬영이 끝나기 직전인 늦가을에도 신 감독이 찾아와 더 진행된 필름을 살펴보았다.

"괜찮아."

정말 신 감독이 뭘 알고나 하는 말인지 선호까지도 은근히 걱정이 되었다.

선호는 신 감독에게 추가되는 돈 얘기를 꺼내지 못했다. 작품을 잘 만들면 실비만이라도 보충해달라고 말할 적당한 기회가 오겠지. 대신 한국에서 곧 제작비가 보충될 것이라고 아내를 속여 송금된 돈을 헐어냈다.

주인공이 체포되어 두만강 다리를 건너는 장면을 끝으로 촬영을 근근이 마쳤다. 다시 찍고 싶은 장면과 보완할 장면이 한두 개가 아니었다. 하지만 비용 때문에 엄두를 내지 못했다. 오 PD는 작품 수준은 제작비가 결정하는 것이라고 딱 부러지게 말했었다. 틀린 말은 아니었다. 그래도 선호는 마음 한편에 뿌듯이 차오르는, 자신이 비로소 해냈다는 자부심에 몸을 부르르 떨었다. 감히 국제영화제 출품은 기대하지 않았다. 작품이 한국 TV에서 나올 것이라는 생각만으로도 저절로 얼굴에 웃음꽃이 피어올랐고, 가슴이 가을 하늘처럼 툭 터졌다. 입까지 멋대로 열려 누구한테나 자화자찬이 튀어 나가려고 했다.

"네가 한국 사람들 입맛을 알아? 중국 사람은 신사복을 입어야 잘 차려입은 줄 알지만, 한국 사람은 아무 옷이나 입어도 폼이 나거든. 작품도 그와 같은 이치야. 한국 사람 눈높이에 맞게 만들어야 되는 거야. 알았어?"

선호는 오 PD에게 거만을 떨었다.

"중국 놈 눈에 좋으면 한국 놈 눈에도 좋은 거지, 대체 한국에 가보기나 하고 그런 말을 함까?"

이런 놈이 기를 펴니 공산당이 욕을 먹지. 선호는 속으로 오 PD를 비웃었다.

필름을 한국에 발송했다. 그러고 나서도 선호는 작품을 여러 번 찬찬히 뜯어보며 성취감을 음미했다. 그런데 어찌 된 일일까? 보면 볼수록, 시간이 지나면 지날수록 티가 불거져 나왔다. 능청스럽지 못한 액션과 대사, 고역이 느껴지지 않는 노동단련대 장면, 엉성한 세트 따위가 전선의 부상병들처럼 제발 자신에게 눈길을 달라고 호소하고 있었다. 경악했을 신 감독의 얼굴이 눈앞에서 맴돌았다. 부모가 20년 걸려 성인으로 만들어놓았더니 애인이 20분 만에 바보로 만들었다는 세간의 말처럼 삽시간에 모든 것이 허망해졌다. 신 감독을 대할 면목이 없었다. 그에게서 제작비를 더 타내려던 계획은 끝내 밤하늘을 떠돌다 추락한 별똥별이 되고 말았다.

선호는 사람들로부터 멀리 떨어져 숨죽이고 발걸음을 떼는 버릇이 생겼다. 방송국 사람들의 비웃음이 천둥소리처럼 들려오는 것 같았다. 사무실에 누가 들어오면 신 감독이 아닐까 깜짝 놀랐다. 거리의 소음 속에도 그가 자신을 부르는 소리가 끼어 있는 것 같아 몸을 사렸다. 그에게서 전화가 오면 회의 중 버튼을 눌러댔다. 빚은 빚대로 여기저기 깔렸다. 빚쟁이들은 시도 때도 없이 심사를 뒤집어놓았다. 그럴수록 선호는 가정부 김 씨의 품에 파고들었다. 그녀가 자신의 등을 다독여주기를 바랐다.

선호가 나락으로 처참하게 추락했음을 맨 처음 일깨운 사람은 한국에 있는 아내였다.

"안까이(아내)가 죽을 둥 살 둥 번 돈으로 계집질을 한다고?
이런 썩을……."

전화를 받자마자 아내는 냅다 포악을 부렸다. 김 씨와의 자
초지종이 국경을 넘어서까지 전해지고야 말았다. 선호보다 선
호의 주머니를 더 좋아했던 김 씨는 위기를 느꼈다. 밀린 월급
대신 전기밥솥, 세탁기, 냉장고 등속의 값나갈 만한 가전제품들
을 삼륜차를 불러다 실었다. 공교롭게도 그녀가 대문을 나서려
는 찰나에 처제가 집으로 들이닥쳤다. 뒤뜰 변소 옆에 놓인 똥
막대기를 찾아 들고 다짜고짜 선호와 김 씨를 후려쳤다. 등짝
에, 머리통에 똥이 묻어났다. 두 사람은 마당과 남새밭, 이 방과
저 방으로 쫓겨 다니며 얻어맞았다. 남편을 때려눕힌 적이 있다
는 처제였다. 가까스로 김 씨는 삼륜차를 타고 도망쳤다. 선호
는 맨발인 채 마당 구석의 창고 안으로 피신했다. 한 손으로는
창고 문을 부여잡고, 한 손으로는 머리에서 볼로 흘러내리는
똥을 닦아냈다. 처제의 매를 피해 침상 밑으로 기어들어 갔다
던 처제의 한족 남편이 생각이 났다. 빨리 나오라는 처제의 호
통에 사내대장부가 안 나간다면 안 나가! 라고 뻗대다가 더 얻
어맞곤 했다는 것이다. 처제는 막대기로 창고 문을 마구 두들
겼다.

"처제, 잘못했어. 내가 정작 청년공원 똥통에 빠져 죽을 인간
이야."

3

신 감독으로부터 온 휴대폰의 벨 소리가 계속 자지러졌다. 안전핀을 빼낸 수류탄 같은 휴대폰을 선호는 어쩔 줄 모르고 쥐고 있었다. 아궁이 앞으로 한 걸음 한 걸음 불안한 걸음을 옮겼다. 그때 적막을 깨며 누군가 대문을 거칠게 열어붙였다. 또 뭘까? 그가 지구를 깨기로 작정한 듯 쿵쾅쿵쾅 마당을 건너왔다. 목덜미에 오싹 소름이 돋았다. 엎친 데 덮치기까지 하면 어쩌라고? 그림자가 창문을 가득 채웠다. 선호는 엉겁결에 회의 중임을 알리는 휴대폰 버튼을 눌렀다. 그러고는 짐짓 아무렇지도 않다는 듯 헛기침을 했다.

"별 아바이!"

그림자 주인이 선호를 불렀다. 누군지 알 만했다. 선호는 참았던 숨을 푸후, 터뜨렸다. 건방진 놈, 별 아바이라니. 출입문이 삐드득 열리며 오 PD의 얼굴이 쑥 들어왔다. 나뭇잎 뒷면에 달라붙어 잎살을 다 갉아 먹고 모습을 드러낸 벌레 같았다.

"어이, 내 성질이 그리 온순하지 못한 줄 잘 알잖아?"

감독과 PD로 함께 일하던 얼마 전처럼 선호는 한껏 위엄을 갖췄다. 오 PD가 픽 웃었다. 무슨 똥개 같은 소릴 지껄이냐는 투였다. 돈만 보면 꼬리를 흔들며 알랑대던 체라도 하던 전날의 그가 아니었다.

"성질난 놈에게 성질 자랑하지 마오. 내 성질낼 충분한 자격이 있습다."

오 PD의 눈동자에 힘이 잔뜩 들어갔다. 어쭈, 갈수록 수미산이네.

"자격? 국장 동지가 네게 별안간 제작부 주임 감투라도 씌워 주었나?"

"중화인민공화국 상법이 내게 채권자란 자격을 주었슴다. 됐슴까?"

오 PD는 쌈닭처럼 어깨를 부풀렸다. 선호도 어깨를 들썩거려 몸집을 키웠다. 지나가는 개조차 비웃을 만큼 선호에게는 어울리지 않는 동작이었다.

"그렇지 않아도 나 지금 영 말쩬데 동무까지 이렇게 나오면 어쩌자는 거야? 안까이가 돈을 끊었어. 나무 패서 밥해 먹는 처지 됐단 소리 듣지 못했나?"

"그러니까 헐레벌떡 쫓아온 게 아님까? 얼른 돈 내시오. 작품 끝낸 지가 언젠데 진행비를 아직도 청산하지 않는단 말임까. 문예부 김 작가도 시나리오비 달라 함다. 조명 설비를 빌려줬던 홍군사진관 한족 놈은 돈 안 준다고 내 새 오토바이를 제집으로 끌고 갔단 말임다."

오 PD는 제법 독기까지 품었다. 그의 수작에 놀아나 그에게 제작비를 적잖이 뜯어먹힌 것이 분명했다. 증거가 없어 말을 못 할 뿐이었다. 하지만 주렁주렁 빚까지 매단 처지가 된 지금, 그를 다스릴 힘이 선호에게는 남아 있지 않았다. 그렇다고 일시에 체면을 무너뜨릴 수도 없었다.

"자네는 국장 동지처럼 가만히 있어도 돈이 줄을 서서 따라

오는 사람이잖아? 기다려보라고. 쫓아다니면 돈은 되레 도망치고 말아."

선호는 가급적 의젓하게 말했다. 오 PD의 얼굴이 벌게졌다.

"그 말 참 기이함다. 국장 동지가 별 아바이 일하게 해주려고 쥐꼬리만 한 돈 받은 것밖에 없는데, 은공도 모르고 그런 말을 함까? 거기다가 나를 탐오분자 대열에 끼워 넣자는 것임까? 난 지금 엄연히 일한 대가를 달라는 검다. 일한 대가!"

오 PD의 목소리가 점점 커졌다.

"시 영도들은 도로를 닦으면 은집이 한 채 생기고, 터널을 뚫으면 금집이 한 채 생긴다고 하던데, 영화를 한 편 찍은 별 아바이는 옥집 한 채는 챙겼을 거 아님까? 대체 얼마나 챙겼는지 실토해보라요! 한국서 제작빌 따로 더 받아서 안까이한테 숨겠다는 소문이 파다함다."

이젠 생떼였다.

"아휴, 그런 소리는 하지 말아. 오 PD가 나를 잘 알잖아?"

"아니까 어안이 다 벙벙하단데. 별하고 노네 어쩌네 하면서 깨끗한 척은 다 해놓고 뒷구멍으로 신나게 호박씨를 깠을 것을 생각하면 분하단데."

선호는 오 PD의 하는 짓에 익숙해지지 않아 눈살을 찌푸렸다. 대놓고 반말까지 했다. 이걸 어떻게 한다? 그런 생각을 하는 사이에 오 PD가 넓적한 손바닥을 펴 선호의 목을 바투 낚아챘다.

"맞고 줄래, 그냥 줄래?"

303

선호는 놀라 눈을 똥그랗게 떴다. 숨이 막힐 정도로 목이 심하게 졸렸다. 섣불리 물러설 오 PD가 아니라는 사실을 절망처럼 받아들였다.

"중화인민공화국 법에 맞은 사람도 무슨 권리가 있다고 나와 있을 텐데?"

선호는 간신히 풀을 다 죽이지 못한 목소리를 냈다.

"잘못해서 맞은 놈은 법기관에 신소해선 안 된다고 나와 있다! 알았어?"

오 PD의 손아귀에 힘이 더해졌다. 마침내 선호는 비는 모양으로 두 손을 모아 그의 코앞에 디밀었다.

"화 많이 났구나. 오 PD, 참아. 내가 빨리 밥해줄게. 같이 밥 먹으며 술이나 한잔하자."

오 PD가 선호를 거칠게 밀어냈다. 선호는 엉덩방아를 찧고 정지 바닥에 나자빠졌다.

"좋아! 돈 줄 때까지 이 집을 잡겠어! 저당 수속비는 당신 부담이야!"

오 PD는 출입문을 밀고 밖으로 나갔다. 마당을 가로지르는 발자국 소리가 쿵쾅쿵쾅 울렸다. 소리가 잠잠해지기를 기다렸다가 선호는 엉덩이를 털고 일어났다. 아궁이 앞에 쪼그려 앉았다. 암, 가는 길이 아무리 험난하다 해도 웃으며 가야지. 선호는 일부러 낄낄낄, 소리 내어 웃었다. 웃는다고 웃었는데 자신이 들어도 웃는 소린지 우는 소린지 분간이 가지 않았다.

자작나무 장작개비를 아궁이에 쑤셔 넣었다. 휴대폰이 다시 울렸다. 신 감독의 집요함을 누가 말릴까. 선호는 휴대폰 화면을 멍청하게 들여다보았다. 뜻밖에도 국장의 번호가 떠 있었다. 환장하네. 국장이 쓸 복병까지 아직 남아 있단 말일까? 미적미적 폴더를 열었다.

"자네가 기어코 일을 냈구먼."

국장의 목소리가 귓속을 파고들었다. 순간, 하늘을 검게 물들이며 정말로 지구가 깨지는 듯했다.

"신 감독한테서 전화가 왔어. 자네가 전활 안 받는다고 방송국으로 걸었구먼."

"……."

"축하해. 우리 방송국 생긴 이래 이런 경사는 처음이야. 아니, 우리 연변 땅에서도 처음일 거야."

미끼가 화사하면 사술도 가볍지 않은 법인데, 무슨 말을 하자는 것일까?

"자네가 찍은 작품이 호주 시드니라는 데서 열리는 아태영화제에서 단편 부문 금상을 탄다는구먼. 자네가 우리 방송국을, 아니 우리나라를 세계만방에 빛냈어."

선호는 자신이 아직 살아 있다는 아득한 느낌을 받았다.

"금상이란 말이야, 금상!"

"무슨 말씀인지……."

선호의 뺨 위로 몇 방울의 눈물이 주르르 흘러내렸다.

"사실이라면…… 다 국장 동지 덕분이지요."

"아암, 자네가 이젠 철이 들었구먼. 내가 시정부 영도들을 찾아다니며 애쓴 보람이 나타난 걸세. 내일 출근하자마자 내 방으로 와."

창문을 물들였던 석양이 산 밑으로 스며드는 모양을 선호는 멍멍한 기분으로 바라보았다. 바야흐로 형극의 시간이 끝난 것일까?

찬장이, 아궁이가, 장작더미가 선호의 눈에 뚜렷이 들어왔다. 부랴부랴 한국으로 전화를 걸었다. 신호가 미처 가기도 전인데, 신 감독의 목소리가 튀어나왔다.

"고생 많았어. 빨리 호주로 와. 거기서 만나자고. 그리고 말이야. 제발 전화 좀 받아. 이제부턴 전화 안 받으면 당신과 절교야."

"알았어. 알았다고."

아내에게도 전화를 걸었다.

"상금 받으면 빚부터 갚아. 돈 생겼다고 계집질하지 말고. 인간아, 제발 사람 좀 돼봐!"

창문을 열어젖혔다. 아까와 달리 창문이 온순하게 열렸다. 땅거미가 졌는데도 목련의 웃음이 도드라져 보였다. 두 팔을 벌리고 기지개를 켰다. 퍼런 하늘에서 막 돋아난 별들이 일제히 선호에게 몰려들었다.

"내가 일을 낸 게 맞아?"

선호는 별들에게 물었다. 그러고는 낄낄낄, 큰 소리로 웃었다.

다음 날. 출근하자마자 선호는 국장실을 찾았다. 의자에 몸을 푹 파묻은 국장이 느긋하게 선호를 바라보았다.

"자네가 우리 방송국 직원인 게 맞지?"

"그렇지 않고요."

"방송국 직원으로서 영활 찍은 것도 맞고?"

"두말하면 잔소리지 않나요?"

국장 앞에 선 선호의 대답이 모처럼 거침없었다. 정답을 잘 아는 질문을 받을 때의 자신감에 호기까지 배었다. 국장이 허리를 세워 책상 모서리를 힘 있게 움켜잡았다.

"그럼 상은 누가 받아야 하나? 상금은 누구 거고?"

무슨 생뚱맞은 소리일까? 자신의 뒤에 누가 더 와 있는 것 같아 선호는 뒤돌아보았다. 아무도 없었다.

"상은 방송국이 받아야 하고, 상금도 방송국 것이 맞지?"

힘이 잔뜩 실린 국장의 볼 근육이 움찔움찔 움직였다.

"시드니엔 내가 간다고 한국에 연락해. 그 사람들도 국장이 직접 온다고 좋아할 거야."

더 할 말이 없다는 듯 국장이 회전의자를 돌려 뒷모습을 보였다. 그 모습이 닫힌 철문처럼 완고했다. 선호는 국장실을 나왔다. 어두운 복도가 긴 터널을 이루고 있었다. 그 끝이 그늘에 묻혀 보이지 않았다. 목련은 피었지만, 복도엔 아직 다스한 햇볕이 스며들지 못했다. 거봐, 열매는 윗사람에게 바치는 거라고. 동료들의 힐난이 복도에서 왕왕 울려 나왔다. 선호는 그늘 속으로 천천히 발걸음을 뗐다. 그러면서 실없이 낄낄낄 웃었다. 암, 가는 길이 아무리 험난하다 해도 웃으며 가야지.

Ⅰ

붉은 댕기머리새

1

골목길에 쌓인 눈이 눈보라를 일으켜 백양나무를 할퀸다. '인민을 위해 복무하라'는 구호가 쓰인 플래카드의 한쪽 끝이 백양나무 가지에 걸려 거칠게 나풀거린다. 새 한 마리가 눈보라를 피해 나뭇가지 위에서 폴짝거린다. 처녀의 붉은 댕기 같은 뒤통수를 가진 새다. 눈보라는 나무 아래쪽을 거니는 행인들에게도 실랑이를 건다. 행인들은 어깨 사이에 목을 깊숙이 박고서 한사코 피하려 애쓴다. 허리를 수그려 가슴을 감싸기도 하고, 돌아서서 등을 내주기도 한다.

장 씨는 창문으로 그런 골목길 풍경을 바라본다. 담요를 뒤집어쓰고 방구석에 웅크리고 앉은 아내와 열 살 먹은 아들 명철이도 마찬가지다. 그들은 제각기 깊은 상념에 잠겼다. 미술관의 조각상들처럼 꿈쩍하지 않고서. 장 씨는 체념이란 이런 깊은 상념 끝에 오는 것이로구나, 깨닫고 있다. 딸꾹딸꾹 우는 벽시계 소리를 뚫고 조선족 박 씨의 말이 귓가에 웽웽 맴돈다. 어제 저녁 박 씨는 작심한 듯 그를 찾아왔다.

"명철이 엄마를 구부리기오. 내일 아침까지 답을 주오."

밤새 장 씨는 북방의 혹한보다 더한 냉기를 풍기는 그 말에서 헤어 나오지 못했다. 다른 사내들의 몸을 아내가 받아들인다? 그렇게라도 하지 않으면 살아날 가망이 없다는 생각과, 그렇게라도 해서 연명해야 하는가 하는 의구심 사이에서 여태 헤매고 있는 것이다. 한 가족의 추락이 이처럼 끝 간 데 없을까? 아침에 붉은 댕기머리새를 보면 기쁜 일이 생긴다는 세상 사람들의 이야기가 문득 떠오른다. 뜬구름 잡는 생각이나 하는 자신이 어처구니없었다.

장 씨네 가족이 지금 머무는 곳은 말이 방이지 한데나 다름없다. 헛간을 개조해서 세를 주던, 방이라고 부르기엔 허름하기 짝이 없는 박 씨네 문간방이다. 세 살던 이가 형편이 피어 떠나자 한동안 버려졌던가 보았다. 장 씨네 세 식구가 갈 곳이 없어 안절부절못할 때 박 씨는 큰 아량이라도 베풀듯 이 방을 내주었다. 벽에는 오줌 줄기 모양으로 생긴 두툼한 고드름들이 매달려 그들을 노리는 뱀처럼 혀를 날름거린다. 금이 간 귀퉁이로는 밖의 전신주가 빠끔히 내다보인다. 그 틈으로 전선이 윙윙 우는 소리가 그들에게 가해지는 채찍 소리가 되어 파고든다. 문짝조차 헐거워 제 맘대로 벌렁벌렁 여닫힌다. 쥐 새끼도, 바람도, 냉기도 제집처럼 드나든다. 장 씨네는 그제 이 방에 몸을 부리는 순간부터 자신들에게는 이 불청객들의 만행을 저지할 힘이 없다는 것을 알았다. 장 씨네가 들고 온 물건들도 맥없이 방바닥에 나동그라져 있다. 벽에 삐딱하게 기대앉은, 뻐꾸기가 도망친 뻐꾸기 벽시계, 그 옆에 라면 박스 하나, 주발 몇 개, 쭈그러진 냄비, 그리고 옷 보따리 하나⋯⋯. 이것들조차 방 안의 살풍경과 어울리지 못해 시름에 빠진 듯하다. 뚜껑이 열린 냄비만이 물에 불은 생라면을 품고 장 씨의 다음 손길을 기다리고 있다.

이윽고 골목길에 박 씨 아내가 나타난다. 궁둥이를 실룩거리며 백양나무 밑에 다가가 불이 벌겋게 남은 연탄재를 내버린다. 나무 밑에는 더 많은 쓰레기들이 쌓여 있을 테지만, 순백의 눈에 덮여 말끔하다. 연탄재에서 솟아오르는 수증기가 눈보라 속에 꼬리를 사린다. 그녀가 안채로 사라지기를 기다리다가 장 씨는 생라면이 든 냄비를 들고 밖으로 나선다. 문이 여닫히며 삐걱대는 소리가 방 안의 정적을 깬다. 그녀가 뒤돌아볼까 장 씨는 멈칫한다. 하지만 그녀는 이미 자취를 감추었다. 어깨에 굳은살처럼 남아 있는 조선인민군 대위로서의 자존심 나부랭이를 아직도 팽개치지 못했다고 장 씨는 자신을 책망한다. 냄비를 연탄재 위에 올려놓는다. 손바닥을 비비며 불을 쬔다. 눈보라가 목덜미로 파고든다. 이 문간방을 떠나 임시 거처라도 마련한 뒤 일자리를 찾으러 나서려면 단돈 3백 원만 있으면 된다. 그런데 지금 수중에는 땡전 한 닢이 없다.

이역만리 타국에서 그나마 손을 벌릴 사람이라고는 박 씨뿐이다. 같이 고향을 떠나온 은별이 엄마가 가까이 있긴 하다. 하지만 혹 떼듯 야멸치게 내팽개친 사람이다. 사람의 얼굴을 하고

서는 찾아갈 엄두가 나지 않는다. 박 씨는 자신을 찾아온 장 씨네를 고작 라면 한 상자와 함께 이 문간방에 구겨 넣었다. 그러고는 돈을 꿔줄 테니 아내를 내놓으라고 했다. 눈 한 번 끔뻑하지 않고 이 뻔뻔한 제의를 내뱉었다. 박 씨가 악마와 닮은 자라는 것을 모르진 않았다. 그렇다고 해도 엄연히 남편이 곁에 있는 여자에게까지 발톱을 세우고 달려들 줄은 정말 몰랐다. 생각해보면 은별이 엄마도 박 씨의 덫에 걸린 셈이다. 그것을 모르고 그녀를 맹비난했다. 갈라선 것을 은근히 기뻐했다. 그런데 어쩌자고 자신까지 이 악마의 발톱에 목숨을 맡기고 구차한 시은을 입자고 했던 것일까?

2

3개월 보름 전, 장 씨네 가족과 은별이 엄마는 통화에서 수천 리 북쪽에 있는 이곳 내몽고의 우란하오터로 도망쳐 왔다. 통화의 조선족 식당에서 일하던 중이었다. 여느 때 같으면 아무리 도망친다 해도 1, 2백 리 길이면 족했다. 남의 나라 땅에 숨어들어 떠도는 처지라 먼 데로 간다 한들 뾰족한 수가 있을 턱이 없었다. 동포들이 많이 살아 말이라도 통하는 변방 부근이 그래도 벌어먹기에 수월했다.
막상 도망을 나서고 보니 사이비 종교라는 파룬궁 신도 검거 선풍이 전국적으로 일었다. 엎친 데 덮친 격이었다. 파룬궁이 무엇인지도 모르면서 검문에 걸릴까 봐 덩달아 이리 뛰고 저리 내달렸다. 혼자 몸도 감당하기 벅찬 것이 도망자 신세다. 일행이 넷이나 되니 공안의 눈을 피하기가 여간 힘들지 않았다. 거기에다 한꺼번에 세 사람의 일자리를 얻는다는 것이 어디 쉬운 일인가. 결국 수천 리 밖 북방의 이 작은 도시까지 밀려왔다.

통화에서는 땡볕을 피할 나무 그늘이 그리운 시기였다. 이곳 우란하오터는 벌써 늦가을로 접어드는 중이었다. 가로수 이파리들이 된서리를 맞아 맥없이 늘어졌다. 단풍이 들 새도 없이 하나 둘 떨어져 내렸다. 푸른 낙엽이 뒹구는 거리는 이 지방의 색다른 풍경이었다. 아침저녁으로 팔뚝과 목덜미에 소름이 돋을 때마다 장 씨는 참 멀리도 달아나 왔구나 실감했다.

장 씨는 아내와 함께 시내를 헤매며 수많은 식당의 문을 두드렸다. 50군데도 넘을 것이다. 막무가내로 밀고 들어가 행운을 구걸했지만, 번번이 쫓겨났다. 그럴 때면 가족의 굶주림을 보다 못해 부대를 뛰쳐나와 압록강을 건널 때의 자신의 모습을 떠올렸다. 여기선 밥술은 뜬다는 생각을 하며 위안을 삼았다. 등을 떠미는 식당 주인들에게 허리를 굽히고 또 굽혔다. 일당은 고사하고 먹여주고 누워 잘 단칸방만 내준다면 은인으로 섬기겠다는 다짐이 절로 들었다.

변두리 골목길에서 '조선국수점'이라는 우리말 간판을 보았다. 까마득히 잊었던 것을 문득 마주친 기분이었다. 혈육이라도 만난 것처럼 가슴이 먹먹해졌다. 식구 수를 줄여 보이기 위해 장 씨 부자와 은별이 엄마는 식당 뒤편에 숨었다. 이번에는 아내 혼자 안으로 들어갔다. 입구의 계산대에 앉은 주인 노인 역시 다른 식당 주인들처럼 지레 손사래를 쳤다. 아내의 모습이 남루하기 그지없는 데다 유리창을 통해 일행이 숨는 모습까지 눈여겨보았던 모양이다. 거절당하는 데에는 이골이 난 터여서 아내는 물러서지 않고 애써 밝은 표정을 지었다. 주인 노인이 우리말을 알아듣지 못하는 것 같아 미리 연습해둔 중국 말로 천천히 용건을 말했다. 제발 귀를 열어주기를 바라면서. 더 이상 아무 데나 내뱉는 가래 취급을 당하지 않기를 바라면서.

"제가 조선 요리 잘해요. 요리사 자리가 없으면 주방 허드렛일이라도 시켜달라요. 정말 잘할 거라요."

조금 전까지 같잖다는 듯 비웃음을 머금던 주인 노인이 돌연 외면과 경계의 눈빛을 거두었다. 더듬거리는 중국 말이 이상했을까?

"조선족이오? 요리를 할 줄 안다 했소?"

주인 노인은 알아들을 수 있도록 그녀처럼 천천히 말했다.

"호텔 요리사까지 한걸요."

"그런 거짓말은 안 해도 되오. 신수 좋은 시절에 호텔 음식을 맛보긴 했겠지."

아내는 그야말로 신수 좋은 시절에 수천 리 남쪽 제 나라의 별 네 개짜리 호텔에서 요리사로 당당히 일했던 전력을 까발릴 수 없었다.

"국수도 만들 줄 아오?"

주인 노인은 밑져야 본전이라고 마음먹은 것 같다. 늘어진

뱃살을 흔들며 그녀를 주방으로 데리고 갔다. 당장 국수를 끓여보라고 했다. 육수 재료가 엉성하기 짝이 없었다. 그것을 내놓는 몽고족 주방장은 잔뜩 주눅이 들어 있었다. 아내는 나름대로 재료를 다스려 국수를 삶았다. 맛을 본 주인 노인은 단박에 환한 표정을 지었다.

"바로 이 맛이오. 조선 음식은 역시 조선족이 만들어야 제맛이 나오."

주인 노인은 귀인을 만났다는 듯 당장 채용을 결정했다. 대신 몽고족 주방장에게는 매정하게 해고를 통보했다. 나중에 들은 이야기지만, 한족인 주인 노인은 조선족 음식이 잘 팔린다는 소문을 듣고 '조선국수점'이라고 간판을 바꿔 달았다가 호락호락하지 않은 세월을 견디던 참이었다. 기대와 달리 신장개업한 뒤 찾아온 첫 손님부터 개운치 않은 표정으로 발길을 돌렸다. 마침내는 애초의 단골조차 코빼기를 보기 어려운 지경에 이르렀다.

밤하늘의 별이 품 안에 떨어지는 것 같은 행운이 다시 한번 장 씨네에게 찾아왔다. 주인 노인은 밍 씨였다. 밍 노인은 그제야 정말 호텔에서 일한 적이 있느냐고 물었다. 그래봐야 고작 소도시의 이름 없는 호텔 요리사 보조원쯤으로 여기는 눈치였다. 그래도 밍 노인으로서는 물을 본 기러기처럼 기뻤던가 보았다. 그녀를 끌고 홀 안쪽에 차려놓은 관운장 제단 앞으로 갔다.

"나더러 돈푼이나마 만져보라고 관운장께서 비로소 감응하시는가 보오."

밍 노인은 제단에 향을 다발째로 바쳤다. 푸르스름한 연기가 홀에 가득 차올랐다. 새로운 주방장의 등장을 고하며 밍 노인은 식당의 번창을 기원했다. 그때야 그녀는 군식구가 딸렸다고 고백했다. 셋방도 알선해달라고 요청했다. 밍 노인은 메이꽌시(괜찮다)를 연발했다. 조선족이라서 중국 말을 잘 못한다고 해도 메이꽌시였다. 하지만 장 씨 부부만 주방에 들였다. 장 씨는 청소며 설거지, 장작 패기 따위의 허드렛일을 맡았다. 은별이 엄마는 받을 수 없다고 끝내 버텼다. 얼굴이 고우니 홀 종업원으로 쓰면 어떠냐고 애걸했다. 미인은 주변 사람을 심란하게 해서 복을 달아나게 한다는 얄궂은 속설을 내세웠다. 장 씨는 자기 부부라도 일자리를 잡은 것에 감지덕지했다.

고향을 떠나올 때 장 씨는 압록강 도강을 눈감아 주기로 한 국경경비대에 바칠 뇌물이 모자랐다. 할 수 없이 가족 틈에 은별이 엄마를 끼워 넣었다. 그때는 죽어도 같이 죽고 살아도 같이 살자고 그녀와 굳게 약속했다. 그 말이 원죄가 되어 그녀가 자기네 꽁무니를 졸졸 따라다니게 되었다. 이렇게 일자리를 찾는 날이면 비 오는 날에 찾아온 손님처럼 여간 거추장스럽지 않았다.

밍 노인의 주선으로 가까운 곳에 월세 단칸방을 얻었다. 은별이 엄마는 일자리를 찾아 다시 변두리를 헤맸다. 갑작스러운 시련에 스스로 훌쩍 커버린 명철이는 방 안에서, 식당 주변 양지바른 곳에서 혼자 놀았다.

식당 입구에는 조선 음식 전문 호텔 요리사를 초빙했다는 벽보가 나붙었다. 제대로 조선 국수를 만드는 식당이라는 소문이 근방에 서서히 퍼져나갔다. 떠나갔던 손님들이 돌아왔다. 두어 달이 지나자 줄을 서서 들어와야 할 정도로 손님들이 북적댔다. 밍 노인은 흥이 났다. 아내의 월급을 갑절로 올려주었다. 부부는 이 북방 도시에 갇혀 지내는 서러움이 봄볕에 눈 녹듯 조금씩 가벼워지고 있음을 느꼈다. 돈을 모으리라. 머잖아 중국 호구戶口를 사서 이곳에 눌러살리라.

두 달이 넘도록 은별이 엄마는 일자리를 찾지 못했다. 찬밥 더운밥 가리지 않는데 일자리가 없었다. 일거리 자체가 없는 긴 겨울이 단단히 한몫 거들었다. 그녀가 어깨를 축 늘어뜨리고 식당 앞을 지나가는 것이 보일 때마다 장 씨는 벼룩의 간을 빼먹을 년이라는 욕이 튀어나오려는 것을 참아냈다. 그녀가 자신들의 벌이를 축내는 것이 여간 신경 쓰이지 않았다. 손에 잡힐 듯 다가오는 서광이 그녀로 말미암아 저만큼씩 뒷걸음질 치는 것 같아 조바심이 났다.

장 씨는 틈틈이 식당 손님들에게 그녀를 부탁했다. 어떤 자리라도 좋으니 후딱 해치웠으면 좋겠다는 생각이었다. 단골로 얼굴을 내밀던 조선족 박 씨에게도 부탁했다. 며칠 뒤 박 씨는 일자리 대신 괜찮은 혼처를 소개하겠다고 나섰다. 그녀의 얼굴과 마음이 남달리 고운 덕에 통화에 살 때에도 군침을 삼키는 남자들이 있었다. 하지만 결혼은 그녀가 결코 원하는 일이 아니었다. 그녀는 네 살배기 외동딸 은별이를 남편에게 남겨두고 고향을 떠나왔다. 양식이 다 떨어져도 꿈쩍 않는 남편을 기막혀하던 차에 장 씨의 유혹을 떨치지 못해 중국행을 결정했다. 친정에서 도강 비용을 꾸어 두 달을 작정하고 돈을 벌러 왔던 것이다. 그것이 벌써 반년이나 지났다. 제삿날 떡 맛보듯 번 돈이나마 공안을 피해 도망 다니느라 다 날렸다.

손님이 먹다 남긴 술이라도 손에 들고 장 씨가 셋집으로 돌아오면 그녀는 그것을 마시고 신세 한탄을 쏟아냈다. 살 뺀다고 굶는 중국 아이들과 먹을 것이 없어 눈이 휑하게 뚫린 은별이를 비교하면서. 그새 은별이가 죽었으면 어쩌나 근심하면서. 그때마다 장 씨는 역정을 냈다.

"스스로 어찌해볼 도리가 없는 과거에 매달려 힘을 탕진해서 되오? 차라리 결혼을 하오. 남편이 벌어먹일 거니까 적어도 일자리 구할 걱정은 덜 게 아니오?"

"명철이 아버지까지 기리 말하면 내 참 속상해요."

"압록강 너머의 일은 그만 잊기오. 그 강 건너고 나면 자식이고 뭐고 이미 다 잃은 것이오. 병신이라도 좋으니까니 돈 많은 사람을 골라 새 인생 사는 게 내 보기엔 백번 낫소. 나도 그 덕을 좀 보자요."

그날, 그녀는 눈에 있는 힘 없는 힘을 다 박아 장 씨를 째려보았다. 그러다가 더는 견디지 못하고 두 눈을 흥건히 적셨다. 온몸을 팽팽하게 채우고 있던 서러움을 쏟아내듯 그녀는 좀체 눈물을 거두지 않았다.

"이이는 어째 상처에 소금까지 뿌리오?"

아내는 장 씨를 핀잔했다. 그래도 장 씨는 물러서지 않았다.

"압록강 너머 일을 내 앞에서 다시 말하지 마오. 넌더리가 난단 말이오. 기리고……."

장 씨는 잠시 뜸을 들였다.

"결혼을 안 하려거든 아예 우리와 갈라지기오."

심중에 있던 말을 장 씨는 기어코 내뱉었다. 취기 때문에 은별이 엄마는 더욱 서러워진 대신, 장 씨는 더욱 용감해졌다. 결혼을 하면 자연히 헤어지게 될 터였다. 결혼을 안 해도 헤어지자고 했으니 결국은 당장 헤어지자는 말을 장 씨가 대놓고 한 셈이었다. 그녀는 40도짜리 백주를 병째 들이켰다. 무릎 사이에 얼굴을 쿡 박고 흐느꼈다. 그러다가는 머리를 벽에 쿵쿵 찧었다.

"내가 명철이네 밥 축낸다고서리 말을 이리 함부로 해도 되나요? 아이고, 다른 이도 아니고 철석같이 믿어온 명철이 아버지가 이리 말하니까니……. 아이고, 이를 어째오? 아이고……."

그날 아내는 장 씨를 문밖으로 떠밀었다. 장 씨는 댓돌에 앉아서 밤하늘을 올려다보았다. 별빛이 함박눈처럼 소담스럽게 이역의 지상에 내려앉고 있었다.

통화의 식당에서 일하던 때가 떠올랐다. 점심 손님이 다 빠져나가고 난 뒤였다. 홀에서 조선족 주인의 앙칼진 목소리가 째앵 쨍 유리창을 울렸다. 주방에서 설거지를 하던 장 씨는 보나 마나 은별이 엄마가 또 실수를 저질러 주인에게 야단을 맞는 것이라고 짐작했다. 홀 종업원인 그녀는 특유의 행동으로 종종 주인의 노여움을 샀다. 안쓰럽다 싶은 손님에겐 주문하지도 않은 고기반찬을 주인 몰래 얹어주었다. 돈에 목을 매고 살면서도 공산당원임을 자랑스레 떠벌리는 주인에게는 청렴한 공산당원은 제 돈벌이를 해서는 안 된다고 대놓고 말했다. 주인을 더 화나게 한 짓은 제멋대로 손님에게 주문을 줄이라고 권유하는 것이었다. 무슨 기념일을 맞았다든지, 애인하고 같이 왔다든지 하여 호기롭게 돈을 쓰는 판인데 너무 많이 시켰어요, 라거나 다 못 먹어요, 라고 말하곤 했다. 주인은 해도 너무한다면서 당장 나가라고 그녀의 턱밑에 종주먹을 들이댔다. 장 씨는 그때까지만 해도 그런 단련을 통해서 그녀가 낯선 타국 생활에 익숙해질 것이라고 믿었다. 하지만 그녀의 버릇은 불쑥불쑥 도졌다.

장 씨는 그날따라 주인의 꾸중이 더 거칠고 더 오래 이어지고 있다는 느낌을 받았다. 배식구를 통해 홀을 들여다보았다. 어라! 이게 무슨 일이람? 주인이 그녀의 따귀를 연거푸 후려치고 있었다. 헝클어진 그녀의 머리칼 사이로 피가 흘러내리는 입술이 보였다. 맞고도 피하지 않는 것을 보면 그녀와 주인 사이에는 전과 달리 유별난 긴장이 흐르는 것이 분명했다. 그녀를 도와 음식 나르는 꼬맹이 철영이는 홀 구석에서 주먹을 단단히 말아 쥐고 지켜보고 있었다. 주인은 폭행을 멈추지 않았다. 급기야 철영이가 철제 의자를 번쩍 들었다. 냅다 주인의 머리통을 후려쳤다.

"왜 착한 사람을 때려! 이 나쁜 놈아!"

장 씨가 주방에서 뛰쳐나가는 찰나에 벌어진 일이었다. 장 씨가 홀에 당도했을 때에는 주인이 머리를 감싸 쥐고 바닥에 쓰러져 있었다. 피가 분수처럼 품어져 나와 얼굴이 피범벅이었다.

장 씨는 수건으로 주인의 머리를 싸매주고 철영이를 잡으려고 뒤쫓았다. 철영이는 벌써 식당 앞 큰길을 건넜다. 장 씨가 고함쳐 불렀다.

"아저씨, 주인 놈이 은별이 엄마를 팔아먹으려고 해요. 은별이 엄마더러 빨리 도망치라고 해요. 제가 지금 공안에 가서 주인 놈을 제꺽 이를 테야요."

철영이가 돌아보며 외쳤다.

"빨리 돌아와! 와서 빌어!"

장 씨는 공허하게 외쳤다.

"도망치라 해요, 빨리! 오늘 밤이 되면 남방에서 온 놈들에게 은별이 엄마가 팔려 가요!"

철영이는 다시 뛰었다. 철영이의 뒷모습을 바라보다가 장 씨는 홀로 돌아왔다. 아내와 함께 주인을 가까운 진료소로 보내고 은별이 엄마를 추슬렀다. 얼굴에 묻은 피를 닦아내고 보니까 수심이 가득했다. 도대체 무슨 일이 있었느냐고 물었다. 하지만 멍하니 허공만 응시했다. 그때야 머릿속에 거북하게 걸려 있던 철영이의 말이 보다 확실히 새겨졌다. 공안에게 신고하겠다고? 아이쿠! 그동안 기억의 뒤편으로 조금씩 옮겨 가던 불법월경자 신세라는 자신들의 처지가 예리한 통증으로 되살아났다. 공안을 찾아 뛰어가던 철영이의 뒷모습이 브레이크가 고장난 채 내리막길을 질주하는 자동차처럼 여겨졌다. 가만히 있을 수 없었다. 공안이 시시비비를 가려서 얻을 이득 따위는 아무짝에도 쓸모가 없었다. 꿈에 나타나도 종일 기분이 안 좋은 조국으로 송환될 것이 뻔했다. 절망을 견디지 못한 죄로 목까지 내놓게 될지 모를 위험에 처할 것이었다.

장 씨는 아내와 은별이 엄마를 데리고 부랴부랴 식당을 빠져 나왔다. 은별이 엄마는 철영이를 걱정하며 떠나기를 짐짓 망설였다. 제 코가 석 자인 주제에 남 생각할 겨를이 어디 있느냐고 호통을 쳐서 그녀의 등을 떠밀었다. 정처 없는 방랑길에 나섰다. 무작정 큰 도시로 나가는 버스에 올라탔다.

그런 뒤에야 은별이 엄마로부터 뜨문뜨문 사건의 진상을 들었다. 그날 점심 무렵, 주인이 낯선 사람들과 속닥이는 말을 들었다면서 철영이가 그 어처구니없는 소식을 전하더란다.

"3만 원 달라, 만 원밖에 못 준다 하면서 주인과 남방 사람이 흥정을 하는 걸 아까 내가 똑똑히 들었어요."

그녀는 철영이의 말을 액면 그대로 믿을 수 없었다. 자잘한 마찰이 있긴 했지만, 주인은 옹색한 처지의 자신들을 거둬들인 은인이 아닌가. 먼저 나서서 배은망덕한 짓을 할 수는 없었다. 식당이 한산해지기를 기다렸다가 주인에게 철영이가 들었다는 말의 진위를 캐물었다. 주인은 펄쩍 뛰었다.

"사람을 어찌 팔고 사고 해? 내게 그럴 권리가 있기나 해?"

철영이가 잘못 들은 것이려니 여기며 돌아서려는데, 주인이 태도를 슬쩍 바꿨다.

"말이 나왔으니 하는 말인데 좋은 남자가 있긴 있어. 마침 남방에서 온 사람이 당신을 보더니 첫눈에 반했다더군. 돈이 많은 사람이야. 어때? 결혼 안 할 거야?"

철영이의 말이 틀리지 않았다. 말이 결혼이지 실제론 사창가에 팔려는 수작임을 그녀는 그제야 눈치챘다.

"제발 절 그냥 놔두라요. 고향에 딸이 있단 말입니다."

주인에게 호소했다. 주인은 그녀의 유약한 성품을 진작부터 알고 있었다. 심상치 않은 사태가 닥쳤는데도 하나 마나 한 소리나 주절대니 그녀를 더욱 얕잡아 보았다. 내친김에 결론을 내려고 덤벼들었다. 따지고 보면 그녀의 국적을 아는 사람은 그것만으로 절반은 그녀의 소유자가 되는 셈이다. 공안에 그녀의 국적을 알려주겠다는, 아주 손쉬운 협박만으로 그녀는 협박자의 손아귀에 덜미를 내줄 수밖에 없다.

"가라면 가. 잔말하지 말고! 다 당신을 위해서 하는 일이니까."

주인의 말투는 거침없이 거칠어졌다. 그녀는 눈을 부릅뜨고 주인을 꼬나보았다.

"어디다 대고……!"

주인이 그녀의 따귀를 후려쳤다. 단박에 제압하려면 폭력이 효과적이라고 믿은 모양이었다.

거기까지 들었을 때 장 씨는 가슴에서 뜨거운 것이 불끈 솟구치는 것을 느꼈다. 속수무책 당해야 하는 자신들의 처지가 분했다.

그때 그녀를 떼놓고 자신의 가족만 도망쳐 왔더라면 은별이 엄마라는 성가신 짐에서 벗어날 수 있었을 텐데. 장 씨는 새어 나오는 한숨을 내뿜으며 다시 밤하늘을 올려다보았다.

3

장 씨가 은별이 엄마에게 헤어지자고 선언한 직후였다. 밍 노인네 식당 단골인 박 씨가 여관의 청소원 자리가 났다면서 은별이 엄마를 데리고 나갔다. 어쩐 일인지 밤새도록 그녀는 집으로 돌아오지 않았다. 식당에서나 만나던 박 씨여서 그가 식당에 나타나지 않는 한 연락을 취할 방도가 없었다. 하루가 지나고 또 하루가 지나도 그녀는 돌아오지 않았다. 그렇게 일주일이 흘렀다. 박 씨도, 그녀도 여전히 코빼기를 비치지 않았다. 취직이 잘돼서, 일이 바빠서 올 새가 없나?

장 씨는 군식구가 떨어져 나가 홀가분하게 됐다고 안도했다. 상황이 이대로 굳어지기를 바랐다.

"당신이 헤어지자고 독설을 퍼부어댔으니까니 노여움을 사도 단단히 샀나 보오."

아내는 걱정했지만, 장 씨는 그 말을 잘했다고 여겼다. 압록강을 건너면서부터 붙어 다니던 혹을 그렇게 떼어낸 것으로 믿었다. 문득 생각이 나면 제 돈벌이에 급급해 연락조차 끊은 무정한 년이라고 욕도 해보았다.

차츰 그녀가 잊힐 즈음, 박 씨가 식당에 나타났다. 홀 바닥을 쓸고 있던 장 씨 곁으로 그는 슬며시 다가왔다. 보아하니 식사를 하러 온 것은 아니었다. 그녀와의 연결이 회복될까 봐 장 씨는 그의 출현이 달갑지 않았다. 그가 장 씨와 눈을 간신히 맞췄다.

"병원으로 가보기오."

장 씨는 무슨 말인지 몰라 그를 빤히 쳐다보았다.

"은별이 엄마가 잘못되었소?"

"가보면 아오."

"자초지종을 말해줘야 가고 말고 할 게 아니오?"

그는 못 들은 척했다. 병원 약도를 그린 쪽지만 건네고 돌아갔다. 식탁 위에 놓인 약도가 토사물처럼 영 마뜩잖았다. 다 떼어낸 줄 알았던 혹이 더 큰 혹으로 자라난 것은 아닐까? 가슴이 두근두근 뛰었다. 무슨 모진 인연으로 그녀가 자신에게 다시 부려지려 할까? 방심하다가 한 방 야무지게 얻어맞는 것은 아닐까?

장 씨는 어쩔 수 없이 식당을 나섰다. 병원은 지저분한 뒷골목에 있었다. 은별이 엄마는 담요를 뒤집어쓰고 침상에 누워 있었다.

"어디가 아프오?"

장 씨의 목소리를 듣고는 담요를 끌어 내려 망연히 올려다보았다. 이내 두 눈에 눈물이 그렁그렁 맺혔다.

"얼마나 아프오?"

그녀는 대답하지 않기로 작정한 사람 같았다.

"연락은 왜 하지 않았소?"

"일없으니까니 돌아가라요."

그녀는 겨우 한마디 했다. 눈물이 관자놀이 위로 굵은 길을 내는 중이었다. 타향에서 병까지 얻어 서러울까? 이 꼴이 되도록 자신을 방치한 장 씨 부부가 야속할까? 아프니까 두고 온 은별이 생각이 더 간절할까? 장 씨는 슬며시 부아가 치밀었다. 현실과 다부지게 맞선대도 폭풍 앞의 등불처럼 막막하기만 한 처지다. 툭하면 자식 생각으로 눈물이나 짜고, 연락을 끊은 것이 누군데 병이 났다고 제 맘대로 부르고, 왔는데도 말 한마디 없이 돌아가라 하고. 방심하면 나락으로 떨어질 외나무다리를 건너면서 깨진 요강 단지조차 끌어안고 가겠다는 태도와 무엇이 다를까?

장 씨는 간호사를 찾았다. 밑바닥에 찌꺼기처럼 간신히 남은 그녀에 대한 의무감을 마저 소진하고 돌아가겠다는 마음이었다. 손짓을 섞어 그녀의 상태를 물었다. 아랫배가 아프다, 큰 병은 아니다, 라는 정도는 알아들을 수 있었다. 자신이 더 할 일이 없다는 것이 적이 안심이 되었다.

별 병이 아니라며 장 씨는 아내의 병문안을 말렸다. 하지만 식당 일을 마친 늦은 밤 아내는 그녀를 만나고 왔다. 그녀는 치료비가 아까워서 여관으로 돌아가 있었다고 했다. 아내는 그녀가 병에 걸린 사연을 들려줬다.

"도대체 기게 무슨 말이오?"

장 씨는 아내의 말을 듣다가 벌컥 화를 내고야 말았다.

"막다른 골목에 몰리다 보니까니 기리된 거 같아요."

"아무리 기래도 기렇지. 할 짓 안 할 짓은 가려야 할 게 아니오.”

“엎질러진 물인데 어쩌갔나요? 그 짓이라도 해서리 돈을 벌면 다행이갔는데…….”

“기건 또 무슨 말이오?”

“여관에서 방값이요 세탁비요 소개비요 하면서리 이것저것 떼 가면 하루에 30원도 안 남는다고 해요. 박 씨도 손님 소개비로 몇 푼씩 떼 간다고 하고. 기래서리 빨리 돈 벌어 고향 땅 밟겠다고 욕심껏 손님을 받다 보니까니 하혈이 심해졌대요.”

“기만 말하오. 이제 보니까니 그 여잔 다신 상종할 사람이 못 되오. 얌전한 고양이가 부뚜막에 먼저 올라간다더니. 기런 사람인 줄 알았더라면 내래 진작 내쳤을 거인데……. 그 더러운 여자 얘기, 내 앞에서는 다신 꺼내지 마오.”

장 씨는 이참에 그녀와의 결별을 기정사실화하기로 마음을 굳혔다. 순진하고 선량한 척은 혼자 다 하더니 뒷전에서 호박씨를 까고 있었다.

아내는 그래도 가끔 전화를 걸고 찾아가기도 하는 모양이었다. 어느 날은 손님과 한 방에 있어 헛걸음을 친 경우도 있었다고 했다.

4

밍 노인네 식당은 나날이 번창했다. 밍 노인의 장 씨 부부에 대한 신임도 부쩍부쩍 늘어났다. 이런 식이면 호구를 살 6천 원을 모으는 것도 크게 어렵지 않으리라. 아내가 자나 깨나 걱정하는 명철이 학교 문제도 해결할 수 있으리라. 우란하오터에 처음 왔을 때에는 지구의 오지에 영원히 갇히는 것처럼 불안했었다. 이젠 그것도 군걱정에 지나지 않았다. 통화 같은 변방과 달리 공안의 불법월경자 단속이 없었다. 평생 조선족을 만나본 적이 없다는 주민들이 많아 조선 사람(북한인)과 조선족을 구별할 줄도 잘 몰랐다. 동면하던 희망이 싹트려고 가슴속에서 꼼지락거렸다.

그런데 바로 엿새 전, 근처에 있다는 조선족 식당의 여주인이 찾아왔다. 뒤꼍에서 장작을 패다가 장 씨는 그 소식을 들었다. 이 오지에도 식당을 차린 조선족이 있다니. 반가워 한달음에 홀로 달려 나갔다. 그런데 그녀의 표정이 심상치 않았다. 고양이처럼 치켜 올라간 눈꼬리에서 비웃음이 번지고 있었다.

"당신네 고향이 통화라는데 맞소?"

장 씨는 단번에 기가 푹 꺾였다. 단칼에 목이 베어질 수도 있는 기로에 다시 섰음을 직감했다.

"맞소."

엉겁결에 맞섰다. 하지만 입 밖으로 소리가 제대로 새 나왔는지조차 알 수 없을 정도로 장 씨는 긴장했다. 그녀의 불룩한 가슴이 어깨를 따라 한껏 추켜 올라갔다가 내려왔다.

"탈북자가 뻔한데 왜 조선족 행세를 하오?"

그녀는 곧장 칼을 뽑아 목을 칠 것처럼 자신만만했다.

"내 말이 틀렸으면 신분증을 내놔보오."

장 씨의 얼굴이 하얗게 질렸다. 밍 노인네 식당이 번창하는 동안 정작 진짜 조선 식당인 그녀의 식당은 파리를 날렸단다. 그녀는 밍 노인네 식당이 뭔가 특별한 비법을 가진 것 같아 유심히 살폈다. 그러던 중에 장 씨네가 조선족 행세를 한다는 사실을 알게 되었다. 가소로웠다. 장 씨네만 몰아내면 그녀의 식당이 명성을 되찾는 것은 식은 죽 먹기였다. 장 씨는 그제야 이 근방 어딘가에 조선 식당이 있다는 말을 들은 기억이 났다. 진작 주의를 기울이지 못한 것이 후회막심했다.

그들이 무슨 말을 하는지 몰라 밍 노인은 멀뚱하게 서서 구경했다. 차차 사태가 심상치 않게 돌아간다는 것을 눈치채고 끼어들었다. 내막도 모르면서 같은 민족끼리 다투면 되느냐고 그녀를 나무랐다. 장 씨네가 조선족이 아니라는, 의기양양한 그녀의 설명을 들었지만, 밍 노인은 말 같은 소릴 하라며 무시했다. 복잡한 세상사를 모르는 밍 노인은 장 씨네가 조선말밖에 할 줄 모르므로 조선족이 분명하다고 확신했다.

"제집 장사가 안 된다고 남의 집에 해코지를 하면 되나?"

밍 노인은 장 씨네가 조선족이라는 것을 자신이 보증하겠다고 나섰다. 그녀는 웃었다. 그러면서 당장 공안을 불러 확인하자고 밍 노인을 윽박질렀다. 화가 치민 밍 노인이 해볼 테면 해보라면서 그녀를 문밖으로 거칠게 떠밀었다.

"두고 보오."

그녀는 눈꼬리를 더욱 치켜 올리고서 큰길 쪽으로 사라져갔다.

"같은 민족을 몰라보다니!"

밍 노인이 그녀가 사라진 자리에 대고 뇌까렸다. 장 씨는 자신의 처지를 솔직히 밝혀야만 했다. 조선이라는 나라가 따로 있으며, 자신들은 그 나라에서 도망 온 사람이라고. 밍 노인은 놀라는 기색이 역력했다. 자신이 나서서 공안국에 손을 쓰겠다고 했다. 하지만 그것은 목숨을 아무한테나 거저 맡기는 짓일 뿐이었다.

장 씨네는 단돈 백 원 한 장 없는 빈털터리로 변해 있었다. 기왕에 모은 돈으로 바로 며칠 전 환경이 좀 나은, 벼르던 셋집을 얻었다. 무려 6개월분의 집세를 한꺼번에 치렀다. 움치고 뛸 형편이 되지 못했다. 밍 노인에게 월급을 정산해달라고 사정했다.

"시름 놓고 일하오. 아무리 높은 간부도 돈이면 통하게 돼 있소."

밍 노인은 장 씨네의 사직을 끝내 받아들이지 않았다. 장 씨네는 다시 정처 없는 발걸음을 옮겨야 했다. 도대체 어디로 가야 한담? 아내는 추운 벌판으로 나앉아야 하는 신세가 서러운지 엉엉 울었다.

은별이 엄마에게 잠시 의탁할까 하는 생각이 없지 않았다. 도무지 염치가 없었다. 대신 은별이 엄마가 일하는 여관을 통해서 박 씨를 찾아냈다. 오죽하면 은별이 엄마에게 붙어먹고 사나 싶어 박 씨 역시 피하고 싶은 사람이었다. 하지만 이 도시에선 박 씨만이 물에 빠진 장 씨네가 붙잡을 수 있는 지푸라기 같은 존재였다. 깊이 번민하는 척하던 박 씨는 자신의 문간방을 내놓왔다. 그러더니 장 씨네가 문간방에 들어앉자마자 본색을 드러냈다. 아내를 창녀로 내놓으라고.

5

눈보라가 장 씨의 뺨이며 목덜미를 할퀸다. 연탄재 위의 냄비에서 김이 보일 듯 말 듯 새어 나온다. 나뭇가지에서 붉은 댕기머리새가 쫑쫑 운다.

"고루하게 살지 마오. 배 지나간 자국이 바다에 남소?"

언제 왔는지 박 씨가 장 씨 곁에 서 있다.

"구부리기오. 그러면 다 해결될 일이오."

세상의 가장 낮은 곳에 선 사람에게 박 씨는 더 낮은 곳이 있음을 알려주고 있다. 이젠 조선인민군 대위가 어깨의 마지막 굳은살을 떼어낼 차례. 장 씨는 눈 속에 모습을 드러낸 돌을 주워서 댕기머리새에게 애꿎은 팔매질을 한다. 새가 눈보라를 헤치며 위태롭게 날아간다.

"명철이 아버지!"

아내의 목소리가 들린다. 보다 못한 아내가 직접 박 씨에게 대답하려는가 보다. 아냐! 안 돼! 장 씨는 머리를 쥐어뜯는다.

"명철이 아버지!"

안 된단 말이야! 절대 그럴 수 없어! 하지만 장 씨의 절규는 목구멍을 헤쳐 나오다가 온데간데없이 사라지고 만다.

"은별이 엄마가 왔어요."

장 씨는 시선을 문간방 쪽으로 옮긴다. 뜻밖에 거기에 아내와 은별이 엄마가 함께 서 있다. 은별이 엄마가 멋쩍은 미소를 짓는다.

"살아도 같이 살고 죽어도 같이 죽자고 한 말 잊었나요?"

그녀의 목소리가 여유롭다. 아내가 손바닥을 펴 백 원짜리 붉은 지폐 뭉치를 보여준다.

"우리가 먼저 쓰라네요. 방을 구해야지요."

장 씨가 고개를 떨어뜨린다. 오만상을 찌푸린 박 씨가 슬그머니 자기네 문 쪽으로 걸음을 옮긴다.

"우리 은별이가 눈을 참 좋아했어요. 맑은 눈을 보니까니 속이 개운해지네요."

은별이 엄마가 아내에게 하는 말소리가 들린다.

|

개뿔, 샹그릴라

고난의 행군

"어엇!"

앞서가던 상 선배가 다급히 소리쳤다. 선배의 몸에 가려서 앞의 상황은 알 수 없었다. 방금 전까지 경 시인이 몇 걸음 앞 돌부리 위에 서서 상 선배와 나를 기다리고 있었다. 상 선배가 내달렸다. 선배가 허리를 굽히자 돌부리를 힘겹게 부여잡은 경 시인의 윗몸이 보였다. 길 아래 낭떠러지로 미끄러졌던가 보았다. 소나기가 거칠게 숲을 휘갈기고 지나간 뒤였다. 나도 달려갔다. 상 선배를 도와 경 시인을 끌어 올렸다. 가까스로 길 위로 올라온 경 시인은 다리를 쩍 벌리고 풀숲에 널브러졌다. 남자들 앞에서 부끄러움을 잊은 태도였다. 그저 우리를 멍하니 바라보았다. 방금 일어난 일이 실감 나지 않는 듯했다. 어쩌면 무슨 일이 일어났는지조차 모르는 눈치였다. 고산증은 무기력증을 동반한다고 했던가. 나는 배낭에서 생수병을 꺼내 디밀었다. 나 역시 그것 말고는 딱히 해야 할 일이 생각나지 않았다.

나는 경 시인이 방금 기어 올라온 돌부리 아래를 내려다보았다. 수풀에 가려진 주상절리가 까마득한 절벽을 이뤘다. 절벽을 좀 벗어난 곳에 뱀이 꿈틀대는 모양을 한 누런 진사강金砂江이 흘렀다. 강 너머로는 위룽설산玉龍雪山이 시야를 가렸다. 여기가 지구의 끝이라고 거인이 팔을 벌려 막아선 모양새였다.

"진사강에 뛰어내리면 3년쯤 뒤에나 동지나해에서 시신을 건질 수 있어요."

가이드가 한 말이 떠올랐다. 말을 타고 오던 오 시인은 나시객잔納西客棧을 막 벗어난 이 차마고도茶馬古道 초입에서 인증샷을 찍다가 낙마했다는 소식을 아까 휴식 참에 들었다. 바위에 얼굴을 부딪히지 않은 게 천만다행이라고 일행은 입을 모았다. 어제는 김 시인이 고도 4천 미터가 넘는 도로를 지나오던 중 허리춤을 붙잡고 황급히 포도밭 안으로 들어가는 것을 보았다. 말 그대로 우리 일행은 걷고 타고를 반복하는 고난의 행군을 이어가고 있었다.

"정신 바짝 차려요. 죽기 좋은 땅이라고 해서 죽으려 들지 말고."

나는 정색을 하고 경 시인을 핀잔했다.

"이상향으로 가는 길이 녹록할 리 없지."

경 시인이 푸, 빈 웃음을 머금는 사이 상 선배가 말을 받았다. 이 길이 곧장 샹그릴라로 이어진 건 아니다. 하지만 우리의 여정은 며칠 뒤 샹그릴라에서 정점을 찍고 끝난다. 생수를 한 모금 마신 경 시인이 물에서 나온 짐승처럼 몸을 부르르 떨었다. 일어나 다시 걸었다. 상 선배와 나는 갈림길에 있는 바위에 빨간 페인트로 표시한 화살표를 보면서 경 시인을 뒤따랐다. 앞에서 걷는 것보다는 뒤에서 그녀를 보면서 걷는 게 낫겠다는 생각이 들었다.

"사막의 여전사 추 시인도 말을 탔어요. 다른 사람은 몰라도 경 시인은 말을 타세요. 우리 걱정시키지 말고."

나는 목청을 돋워 참견했다. 시인이 안 되었으면 어땠을까 싶도록 경 시인의 영혼의 시계는 시에 맞춰져 있다. 시처럼 살지 않는 동안은 누구도 시인이 아니다, 라고 엊저녁 경 시인은 선배 문인들 앞에서 열변을 토하기도 했다. 지금도 시의 한 구절을 얻기 위해서 모질음을 쓰고 있을 게 뻔했다. 자신의 육체와의 싸움에 시라는 바벨을 하나 더 얹고 가는 지금도 시처럼 사는 시인인 셈이다. 하지만 경 시인은 종종 시간을 잊는다. 길을 잊는다. 내 말을 들었을 테지만, 경 시인은 아무런 대꾸를 하지 않았다.

샹그릴라라는 이상향이 처음 등장하는 제임스 힐턴의 소설 『잃어버린 지평선』의 구절들이 생각났다. 샹그릴라에는 허위의 감정을 갖지 못하게 하는 그 무엇이 있었다고 힐턴은 썼다. 거기 사는 라마승들은 모두 평온한 지성을 가졌다. 그것이 겸손하고 잘 조화된 의견으로 흘러나왔다. 만약 어느 의견이 반드시 옳고, 어느 의견이 반드시 그릇되었다는 말을 들었다면 그들은 충격을 받았을 것이다. 그곳은 시간과 죽음에서 보호되는 생명의 본향만 같았다. 소설의 주인공 영국인 콘웨이는 거기서 생활하는 중에 평온한 지성이 무럭무럭 자라나 계속 귀에 안도의 말을 속삭여오는 것을 느꼈다.

우리가 찾아가는 샹그릴라가 과연 그런 곳일까? 아니었다. 중국 정부가 관광객을 유치하기 위해 소설 속의 지명을 따 붙인 곳에 지나지 않았다. 그래도 우리는 무슨 대단한 안식을 얻을 것처럼, 일상의 고민을 다 해소시킬 마력이라도 있는 것처럼, 그래서 그곳에 가보는 것을 평생 소원한 것처럼 샹그릴라를 향하는 여정을 이어가는 중이었다. 물론 이력에 빛나 보이는 한 줄을 첨가하기 위해서 온 이들도 있을 것이다.

경 시인에게 죽기 좋은 땅이라는 표현을 쓴 것이 마음에 걸렸다. 상황과 걸맞지 않게 튀어나온 생뚱한 말이었다. 이렇게 걷다가 삶이 다하는 순간이 오면 아무 데고 내 무덤 자리가 되었으면 좋겠다고 여길 만한 오지인 것은 사실이었다. 박지원의 『열하일기』 한 구절을 패러디했을지언정 내 내부의 무엇과 부지불식간에 결부된 말인 것 같아서 스스로가 비겁하게 여겨졌다.

어느새 나는 두 사람에게 뒤처졌다. 경 시인을 살피겠다는 생각은 까맣게 지워졌다. 숨이 가빠왔다. 흉통까지 느껴졌다. 소나무 아래 바위에 주저앉았다. 나는 급성심근경색증을 앓은 적이 있다. 심장근육의 4분의 1이 죽었다. 심혈관에 두 개의 스텐트를 박았다. 일행에게 내색하지 않았지만, 내심 걱정을 돋우는 중이었다. 남편이 약사라는 오 시인이 준 비아그라를 이미 먹었다. 사실인지는 모르지만, 고산증에 좋다며 가이드가 준 송이도 먹었다. 가이드는 이곳에 송이가 흔하다며 그것으로 틈틈이 주전부리를 했다. 약효가 있어서 이 정도일까? 우리가 걷기로 한 차마고도의 10킬로 구간 중 절반을 좀 넘게 지나온 것 같았다. 3천5백 미터 안팎의 고지에서 진사강을 바라보며 협소한 오르막길을 타고 왔다. 말들조차 산똥을 갈기며 올라가는 험로였다.

"그 옛날 윈난성, 쓰촨성 일대의 차와 티베트의 말을 교환하는 이 교역로의 어떤 구간은 말들이 서로 교행하지 못할 정도로 비좁았대요. 한편의 말을 낭떠러지에 떨어뜨리고 교행할 수밖에 없었대요. 어느 편이건 관계없이 작은 말을 떨어뜨렸대요."

가이드뿐 아니라 우리 일행은 내게 말을 타고 갈 것을 권했다. 나는 말을 듣지 않았다. 걸어서 완주를 하겠다고 굳게 맘먹었다. 세계 3대 트레킹 코스라는 말에 현혹된 때문은 아니었다. 한 번쯤 자신을 고되게 단련할 필요를 절감하고 있었다.

장갑을 벗었다. 포켓에서 휴대전화기를 꺼내 메시지 앱을 눌렀다. 귀를 기울일 때마다 매미가 한 백 마리쯤 들어 있는 것처럼 머릿속에서 웽웽 들끓던 생각을 입력하기 시작했다.

당신은 내게서 나는 담배 냄새가 역겹다고 했어. 그러나 역겨운 건 담배 냄새가 아니라 나 자신인지도 몰라. 당신은 내가 잘 훈련된 병사처럼 늘 당신 앞에 단정히 있어야 안심하는 사람이야. 안 그래? 당신이 나를 대하는 걸 보면 내가 세상의 머저리 중 머저리인 것만 같았어. 그런데도 당신은 나와 사는 동안 나와 가족의 노예였다고 말했지. 마치 당신은 어떤 결론을 미리 정해놓고 내 행동에서 그 결론으로 다가가기 위한 시빗거리를 찾는 듯했어.

거기까지 검지를 놀려 입력했을 때 매미 소리가 더욱 요란해졌다. 잠잠하던 놈들까지 다 깨어난 듯했다. 속에서 스멀거리던 흡연 욕구 또한 더욱 거세졌다. 담배 이야기를 꺼낸 까닭이었다. 하지만 담배와 라이터를 객잔에 놔두고 왔다. 그때의 결심은 굳셌다. 나는 곁에 삐죽 나와 있는 에델바이스 이파리들을 우악스레 뜯었다. 그것을 앞에다 힘껏 내동댕이쳤다.

  좀 거창하게 말하면 나는 올바른 삶이란 가족보다 이웃, 사회, 국가, 인류, 이런 대상들에 대한 기여라고 생각했었지. 실제 내가 늘 그걸 염두에 두고 행동했다는 건 결코 아니지만. 당신은 내 생각을 쓸데없는 망상이라고 여겼어. 결국 나는 당신을 변화시킬 수 없다면 내가 변하려고 줄기차게 노력했지. 금연은 언제나 실패했지만, 남자로서 절대 못 할 것 같던 설거지, 청소, 세탁 따위의 일을 지금은 당연한 듯 하게 됐어. 당신은 그런 소시민적인 삶을 행복이라고 말했지. 하지만 행복은 오래가지 않았어. 어느 시점에 가면 당신은 현미경을 들이대듯 용케도 담배 냄새 같은, 금생에서는 고칠 수 없을 것 같은 내 단점을 다시 찾아냈어. 이미 당신은 내 주변을 온통 금기의 철조망으로 둘러친 터였어. 옷 자주 갈아입어라. 샤워해라. 탄수화물을 먹지 마라. 스크린골프를 치지 마라. 술 많이 마시는 누구는 만나지 마라. 초가삼간을 태우는 한이 있더라도 벼룩을 잡고야 말겠다는 식으로 나를 무참하게 공격했어. 내가 그렇게 단점투성이의 인간이라면 내 친구들은 벌써 다 이혼당했어야 하지 않았을까?

제발 당신도 내 탓도 있지, 라고 생각해줘. 어서 집으로 돌아와. 돌아오는 시간이 더디면 더딜수록 돌아오기가 어려워질 거야. 나를 당신에게 맞추도록 그렇게 오랫동안, 그렇게 많이 변화시켰는데, 그냥 헤어지면 당신이나 나나 너무 억울하잖아?

솔숲을 헤치며 지나가는 바람 소리 속에서 기척이 들렸다. 일행의 일부가 나타났다. 그들 또한 악착같이 걸어오고 있었다. 그들 또한 말을 타지 않은 건 이 시간을 온전히 자신과의 싸움에 바치고 싶어서이리라.

"말을 타. 조금 전에 홍틀러 시인도 탔어."

정 작가가 걱정스럽게 나를 바라보았다.

"에그, 그 양반은 해가 바뀔수록 몸이 달라지는 게 아니라, 달이 바뀔수록 달라지는 형편인가 봐요."

말품을 팔아보았자 자신들만 더 피곤해진다는 듯 일행이 나를 앞질러 갔다. 정 작가의 제안을 받아들이지 못한 후회가 밀려왔다.

"5천만 원짜리 문학상은 언제 받아 오는 거?"

집을 나가기 전 아내가 내게 한 말이었다. 내 모든 잘못이 그것으로 다 용서될 것처럼 아내는 문학상을 기다려왔다. 아내의 사전은 단순하다. 풍진 세월을 이악하게 헤쳐온 여자임을 내세우듯 승리와 패배, 선과 악, 부와 빈, 이런 낱말 외에는 없다. 나는 아내의 사전에 좋음으로 등록된 낱말들의 허기를 달래준 적이 별로 없었다. 그래서 종종 가능성이 조금 있을 뿐인 일을 곧 틀림없이 일어날 일처럼 미리 말해서 아내를 기쁘게 하려는 시도를 하곤 했다.

"받을 거야. 받는다구. 올해가 가기 전에는."

나는 무엇이 딱 하나 부족해서 못 받았다는 듯, 무척 억울하다는 듯 대답을 했다. 내 삶이 이처럼 거짓투성이라는 점이 무척 부끄러웠다. 그러면서도 한편으로는 터무니없게도 그렇기 때문에 우리의 삶이 향상을 기대하며 살아갈 가치가 있는 것이라고 위안을 삼았다.

작성을 마친 메시지의 전송 버튼을 눌렀다. 지구의 끝인 듯한 오지인데도 휴대전화기의 신호가 잡혔다. 엉덩이를 털고 일어났다. 기어코 완주하고야 말겠다는 결심을 다시 가슴 가운데에 새기면서.

개조의 시간

산을 오를수록 아스라이 보이는 계곡의 폭이 되레 넓어졌다.

아무리 귀를 기울여도 줄기차게 따라오던 물소리가 더는 들리지 않았다. 주위를 둘러보았다. 나쁜 짓 하다가 딱 걸린 놈처럼 퍼런 낭떠러지를 만들며 흐름이 음흉하게 멈춰 있었다.

"와, 빙하야! 한여름에 빙하를 보다니."

"여긴 계절이 고도로 구분되는구먼."

"3천 고지를 넘었으니까."

"저 빙하의 단면 좀 봐. 아이스블루로 물든, 아주 아름다운 주상절리 같아."

데크로 만든 등산로의 난간에 멈춰 선 일행이 한마디씩 감탄사를 쏟아냈다. 우리는 저 아래서부터 침엽수림과 구름 사이로 하얗게 반짝이는 경사면을 바라보면서 올라왔다. 가이드는 그것이 빙하라고 했다. 이미 예측하고 있었을지라도 현실로 닥쳤을 때의 감동이 뭉클뭉클 솟구치는가 보았다.

"말이 푸짐하게 설사를 한 모양 같네."

나는 그들의 대화가 못마땅할 것도 없는데 통명스럽게 내뱉었다.

빙하를 거쳐 온 냉기가 패딩 점퍼를 뚫고 가슴으로 파고들었다. 여행사에서 겨울 등산복을 가져오라고 해서 히말라야에 오르는 것도 아닌데 설마 그 정도일 리야, 했었다. 서울은 폭염이 계속되던 시기였다. 알고 보니 이곳이 히말라야 산맥의 동쪽 끝이었다. 어느 길은 눈이 쌓이고 빙판이 되어서 여정을 변경해야 했다. 숨을 고르며 긴 줄에 만국기 모양으로 매달린 룽다(라마 불교의 기도용 깃발)들이 펄럭이는 난간에 기대었다. 머리 위에서 물주머니가 터진 듯 피로가 온몸을 적셔왔다. 삶의 무게가 한 꺼번에 몸에 얹힌 듯했다. 심장에서 이는 뻐근한 통증이 어제보다 많이 커졌다. 유리 조각처럼 예리한 것이 박힌 듯 아팠다. 가슴을 오므리며 진정될지 가늠해보았지만, 가라앉지 않았다. 에라, 모르겠다. 나는 난간에 철퍼덕 주저앉았다. 어제 차마고도 산행의 마지막 구간에서는 어쩔 수 없이 말을 탔다. 기어코 두 발로 완주한 지 화가는 머리가 아프다며 식사를 거른 채 밤새 앓았다. 교회에서 무슨 직분을 가졌다는 도 시인은 기도를 하면서 억지로 고통을 추슬렀다고 했다. 예상과 달리 경 시인은 아무렇지도 않았다.

상 선배가 담배를 빼 물었다. 고산에서 피면 안 된다는 것을 알면서도 참을 수 없었던가 보았다. 선배의 손가락에 끼인 담배 개비를 보니까 다시 흡연 욕구가 왈칵 치밀어 올라왔다. 오늘도 마찬가지로 나는 담배와 라이터를 객잔에 두고 왔다. 선배에게로 뻗어가는 내 손을 나는 다른 쪽 손으로 탁 쳤다.

"산소가 부족해서 라이터까지 안 켜지나?"

선배가 라이터의 가스 배출 레버를 만지작거리며 투덜거렸다. 웃자고 해보는 말이었다.

"여기서 멈추려는 건 아니겠지?"

오래 참았다는 듯 길게 연기를 내뿜으며 선배가 내게 물었다.

"저 위는 신이 인간의 발자국을 허용하지 않는 영역이래요."

아까 등산을 시작하기 전 나는 객잔에서 현지 쫭족壯族 청년과 필담을 섞어 대화를 나눴다. 청년은 6천7백 미터가 넘는 매리설산梅里雪山 정상에 오른 사람은 지금까지 아무도 없다고 누누이 강조했다. 설산을 신성시했다.

"쓰잘데기없는 소리 마. 우리는 관광객의 영역까지만 가는 거야. 어서 일어나."

상 선배가 걸음을 옮겼다.

"고산증 환자는 여기까지래요, 쓰팔."

나는 자조적으로 대꾸했다. 선배가 내뿜은 담배 연기가 코로 스며들자 숨이 더 거칠어졌다. 흡연 욕구를 참는 괴로움에 대한 앙갚음을 하듯 선배가 버린 꽁초를 발로 짓이겼다. 연거푸 심호흡을 했지만, 숨은 안정되지 않았다. 누군가 어제 선배에게 했다는 말이 떠올랐다.

"저 사람, 장교 출신 맞아? 월남전 스키병 출신인 상 선배도 꼿꼿하게 걷는데, 저 사람은 구부정해가지고, 곧 뒈질 말처럼 영 맥을 못 춰."

상 선배는 월남전 참전용사였다. 헌병으로 편하게 복무했다고 해서 사람들은 선배의 참전 이력을 폄하했다.

오늘은 기필코 남들 가는 데까지는 가려고 했는데……. 다 나보다 나이 많은 노털들인데, 노털들도 못 따라갈 정도면 안되지, 했는데……. 무엇이든 하나라도 말끔하게 성취해내야 다음 일에도 자신이 붙을 텐데…….

며칠 후면 얼마 전 초유의 무더위가 기승을 부릴 때 심장마비로 급사한 동생의 49재가 열린다. 추석도 닥쳤다. 부모님, 조부모님의 차례도 모셔야 한다. 모두 아내가 절실히 필요한 일들이다. 하지만 아내는 내 메시지에 답을 하지 않았다. 내가 알지 못하는 사이에 내가 알지 못하는 사소한 것들이 쌓이고 쌓여서 돌이킬 수 없이 커졌을까? 알베르 카뮈는 자기 어머니의 장례식에서 울지 않는 사람은 누구나 사형선고를 받을 위험이 있다고 경고했다. 아내가 나를 그토록 증오하고 있었다니. 내가 가지고 있던 행복, 행운, 보람, 그런 것들에 대한 자신감이 다 와장창 깨졌다.

쩍쩍 우르르르.

별안간 숲을 울리는 굉음이 들렸다. 고개를 번쩍 치켜들었다. 계곡 위쪽에서 눈보라가 일었다. 거대한 빙하가 무너져 내리고 있었다. 흡사 포탄이 쏟아지는 전장 속 같았다.

쾅쾅쾅 우르르르.

대형 컨테이너 박스만 한 얼음덩어리가 산산이 부서지며 아래로 곤두박질쳤다. 사람을 몰살시킬 만큼 제법 큰 덩어리였다. 하지만 영화 속의 한 장면처럼 비현실적인 일로 보였다. 우리 일행의 안전과는 무관할 터였다. 그들은 능성이의 계단을 따라 올라갔다.

쿠릉쿠릉 쾅쾅쾅.

이번에는 굉음이 앞산에서 들려왔다. 계곡 건너 가파른 능선에서 자욱한 먼지를 날리며 바위들이 긴 시간 수백 미터 아래로 굴러 내렸다. 자연이란 이름의 신이 자신이 창조한 천지를 개조하는 현장을 목도하는 기분이 들었다. 혼돈에 질서를, 반목에 소통을, 파괴에 복구를……? 개뿔. 질서는 무슨 질서. 그래.

마구 부숴라. 때려 부숴라.

그들의 일상

지프는 매리설산이 있는 더친을 떠나 4천 미터가 넘는 바이마설산白馬雪山의 옆구리를 돌고 돌았다. 중국에서 가장 고지대에 있는 산악도로 중 하나를 지나는 중이었다. 오른쪽 아래 분지에는 백색의 벽과 주황색의 처마를 가진 라마사원을 둘러싸고 작은 마을이 형성돼 있었다. 오늘 저녁엔 우리 마음속의 목적지 샹그릴라에 도착한다.

"딸을 결혼시키기 전에 딸과 함께 파리 여행을 계획했어. 그런데 딱 당해서 딸이 못 간다고 하더라고. 이유가 뭐냐니까 임신했대. 내가 이런 발칙한 아이 이야기를 이젠 아무렇지도 않게 하게 됐다니까. 호호호."

등 뒤에서는 여류 시인들이 수다를 떨었다.

"나는 우리 아들 흉이나 하나 봐야겠네. 가을에 미국 여행을 계획하고 있어. 미국에 있는 아들에게 전화해서 운전을 해달라고 부탁했지. 아들이 뭐라는지 알아? 미국은 운전자 천국이니까 직접 하세요, 그래. 아들놈들은 다 이 모양이야."

"지난 설에는 아들 처가에서 아들에게 치자, 흑임자 등등을 넣고 삼색밥을 지어 먹였대. 아들이 그걸 내게 자랑하더라고. 삼색밥을 어떻게 짓나 알아봤더니 각각 밥을 따로 지어서 섞더

라고. 이번 추석에 며느리 오면 어떻게 차려줘야 할지 걱정이
야."

"우리 며느리는 시부모 대접하려고 요리학원에 다닌대. 기특
하지?"

여성들의 대화는 상대방의 이야기에 연결되지 않았다. 흉이
나 고민을 털어놓는 모양을 취하며 은근히 자랑을 늘어놓고 있
었다. 목소리를 듣자니 차마고도에서 말을 타고 인증샷을 날리
며 가던 이들이었다. 말에서 떨어진 오 시인도 끼어 있었다.

"강남 아줌마들은 친구들을 만나면 너 아직도 시인이 안 됐
니, 라고 묻는다던데요?"

나는 어디선가 들은 말을 슬쩍 던졌다. 생각 같아서는 야멸
치게 쏘아붙이고 싶었다. 그렇게까지는 용기를 내지 못했다. 여
성들이 잠시 대화를 멈추었다. 저놈이 왜 저럴까 하는 생각이
드는가 보았다.

"앞엣분! 참 잘났어요."

경 시인의 목소리였다. 경 시인만 빼고, 라는 말이 목을 타고
올라왔지만, 꾹 눌렀다. 몸도 성치 않은데 일을 키울 필요가 없
었다. 여성들도 불만을 참는지 흠, 흠, 헛기침을 해댔다. 그럼에
도 내 마음 한구석에서는 자격지심이 일었다. 그들은 모두 펄펄
하게 살아 있는데, 나만 악마의 손아귀에 목을 채인 채 숨을 헐
떡이고 있는 것 같았다. 이 죽기 좋은 땅에서 콱 죽어버리
면…… 그런 생각의 언저리를 맴돌다가 정말 모르는 척 세상과
이쯤에서 작별해도 되겠다는 생각이 불현듯 들었다.

비가 오락가락했는데, 맑게 개었다. 그래도 눈을 인 산의 정상은 구름에 가려 보이지 않았다. 먼 곳에서 쌍무지개가 보였다. 다행히 여성들의 관심은 그리로 쏠렸다. 환기를 위해 벌려놓은 창틈에서 우우, 바람이 몰려들었다.

"누구 비닐봉지 갖고 있어요?"

그때 느닷없는 금 시인의 목소리가 들렸다. 혹 경 시인에게 문제가 생긴 게 아닐까? 경 시인은 금 시인의 옆자리에 앉아 있었다.

"차 좀 세우라고 해요!"

아니나 다를까 경 시인의 외마디 소리가 잇따랐다. 지프가 급히 왕복 2차선 도로의 갓길로 붙어 섰다. 와르륵 문이 열렸다. 금 시인이 경 시인을 부축해 내렸다.

"남자는 내리지 마! 으윽……."

경 시인이 와중에도 남자를 의식했다. 나는 따라 내리려고 붙잡고 있던 손잡이에 힘을 가하다가 풀었다.

"뒤도 돌아보지 말고."

금 시인이 뒤를 돌아보는 건 괜찮다는 말처럼 웃으며 덧붙였다.

"어제 내가 말을 타고 가라 하니까 끝내 그냥 걷더니……. 아이쿠."

나는 볼멘소리를 했다. 나 역시 뻐근한 가슴 통증이 여전했다. 백 미터쯤 질주한 뒤처럼 숨이 차오르다 가라앉기를 반복했다. 혀 밑에 넣는 심장 구급약을 호주머니에서 꺼낼까 망설이던 중이었다. 몇 알 안 되는 약을 먹으면 정작 더 큰 통증이 왔을 때 대처할 방법이 없을 것이다. 문이 한 번 더 열렸다가 닫혔다. 지프 안에서 밖으로 휴지가 전달되는가 보았다.

"이상향을 찾아간답시고 사람이 먼저 죽겠네. 비아그라를 먹었으면 옆 남자를 잡아야지, 왜 자기를 잡아."

수다를 떨던 여성이 농담이랍시고 한마디 덧붙였다.

밖에 나갔던 시인들이 돌아온 뒤 지프가 출발했다.

"아, 별꼴도 다 봤어. 중국인 부부와 동석해서 식사를 한 적이 있는데, 부부가 싸우더라고. 조금 있다 보니까 남자가 막 울어."

여성들의 강남 스타일의 대화가 다시 이어졌다.

"영실이 말이야. 남편하고 갈라지려고 해도 손자 대까지 불행의 씨앗을 넘겨주고 싶지 않아서 못 갈라진대. 웃기지 않아?"

"영실이가 누군데 갈라져? 지난번엔 남편과 싸움을 하고서는 집을 나가서 호텔서 한 달을 묵었대. 그때도 헤어지네 마네 했었지. 남편이 하도 전화를 해대니까 집에 들어가는 조건으로 5천만 원만 달라고 했대."

다음 휴게소에 들르면 상 선배와 차를 바꿔 타자고 할까? 선배가 이 차에 타면 재밌게 응대해줄 수 있을 텐데.

노란 완장을 찬 아줌마가 도로에 나타났다. 급할 것 없다는 듯 붉은 기를 천천히 들어 올렸다. 허리춤에는 아들로 보이는 코흘리개 꼬마가 매달렸다. 지프가 다시 멈췄다.

"어디 산사태가 났나?"

우리를 뒤따라오던 일행의 지프들도 줄줄이 서는 것이 사이

드미러에 비쳤다.

"저 사람까지도 완장의 위세를 과시하네."

내가 투덜댔다. 그때 우리 지프 앞 5미터도 떨어지지 않은 곳으로 큰 바위가 굴러떨어졌다. 바위는 쿵쾅거리며 도로를 건너 뛰어 고랑에 처박혔다. 아줌마가 그만한 것에 뭘 놀라느냐는 듯 픽, 웃었다. 안도의 한숨이 새어 나온 것과 동시에 가슴에서 유리 조각들이 와글와글 움직였다. 이제 안 되겠다 싶어 나는 구급약을 꺼내 혀 밑에 넣었다.

현이 없어도 세상에서 가장 아름다운 소리를 내는 악기라고 중국인들답게 과장 광고를 하는 얼하이洱海 호수를 지났다. 저만큼 석양을 머금은 도시가 보였다.

"아! 샹그릴라야."

충분히 감탄할 준비가 된 여성들이 탄성을 질렀다.

개뿔

어둠이 내렸다. 도심에 있는 라마사원이 휘황찬란한 빛을 뿜어냈다. 하지만 객잔을 찾아 움직이는 동안 지프 안에서 본 도시는 여느 중국 도시와 다르지 않았다. 도시 설계자의 매너리즘과 권력자의 교만이 합작한 신도시일 뿐이었다. 힐턴의 상상력이 만든 샹그릴라에서 나는 아무렴 그럴 리야, 여기면서 이것저것 환상을 미리 제했다. 막상 도착하니 제하고 남은 한 가닥 기대조차 다 재가 되어 허공에 날아갔다.

하늘은 다를까? 지프에서 내려 별을 바라보는 내게 먼저 도착한 상 선배가 다가왔다.

"밤이 되어야 보이는 것들이 있어. 달이나 별들은 까마득히 멀리 있지만, 밤에만 보이지. 우리네 삶에도 밤이 닥쳤을 때에야 보이는 부분이 있지."

선배가 내 어깨를 감싸며 말했다. 여정 내내 나를 지켜보면서 깊이 생각한 의미를 담아 건네는 말 같았다.

"무슨 말씀을 하고 싶으세요?"

"은행에 가서 현금 인출을 하려니까 내 비자카드나 마스터카드는 안 돼. 중국 카드만 된대. 샹그릴라가 결국 이런 곳이네."

선배는 대답을 얼버무렸다. 노골적으로 후배의 사적 영역을 침범하는 게 실례라는 생각을 했나 보았다.

"저는요, 밤하늘을 아름답게 수놓던 별똥별이 하필 내 정수리로 떨어진 기분이 든단 말이에요, 지금."

나는 선배의 팔에서 몸을 빼냈다. 아내가 돌아오지 않으면? 이젠 아내의 선의를 믿으면서 가만히 기다려서는 안 될 시기가 된 것 아닐까?

"그래서 말인데요. 문학상 하나만 주세요."

나는 가슴에 걸려 있는 말을 기어코 뱉어냈다. 선배는 큰 문학단체의 대표를 지냈다. 종종 문학상 심사위원도 맡았다. 선배가 나를 빤히 바라보았다.

"그러고 보니 네가 지금까지 상을 하나도 받지 못했구나."

선배의 목소리가 무척 부드러웠다. 나는 세상에 어찌 이런 일이 있을 수 있냐는 듯 분하다는 표정까지 지었다.

"그래. 줘야지. 오늘 당장 샹그릴라문학상을 하나 만들자. 이따가 시상하자. 백주를 부상으로 곁들여서."

나는 있는 힘을 다해 눈에 힘을 주고 선배를 노려보았다.

"조금만 더 잘 써봐. 그러면 상이 저절로 굴러와."

"지금도 잘 쓰지만 상을 받으면 더 잘 쓸 수 있어요. 돈이 많이 걸린 상을 받아야 한다는 부담 때문에 글이 써지지 않아요."

"제발 정신 좀 차려라. 라면에 송이를 다섯 개씩이나 넣어 먹더니 간뎅이가 부었니?"

선배가 내 등짝을 픽 소리가 나게 쳤다.

이런 꿈

저런 꿈

날마다 꾸지만

허위단심

찾아가 봐야

별것도 없네

헛꿈만

꾸지 않으면

여기가 바로 그곳

　　—홍사성 시조 「샹그릴라」 전문

　만약 아내가 돌아오면? 까닭 없이 멀어졌던 옛 친구와 우연히 마주치듯 그렇게 웃어주어야겠다고 나는 맘먹었다. 정말 돌아올까?

이정 소설집 『그 여름의 두만강』 출간에 부쳐

장경렬 서울대 영문과 명예교수

지난 2015년 여름 나는 우리 문단의 사표師表와도 같은 존재인 박경리 선생이 세운 원주 소재의 토지문화관에 잠시 머물렀다. 그리고 그곳에서 인사를 나눈 문인 가운데 한 분이 이정 작가다. 하지만 인사만 나누고 공식적인 자리에서 공식적인 이야기만 주고받을 뿐 가깝게 지낼 여유의 시간을 찾지 못했다. 그러던 중 집에 잠깐 들렀다가 우연히 방 한구석에 쌓아놓은 과월호 잡지들을 들춰보게 되었는데, 독특하다면 독특하다 할 수 있고 이름만으로는 남성일지 여성일지가 쉽게 가늠되지 않는 '이정'이라는 이름을 우연히 《한국소설》 2015년 2월호에서 마주하게 되었다. 작가 소개란에 첨부된 사진을 보니 그는 바로 토지문화관에서 인사를 나눴던 중년 남성인 작가 이정이었다. 호기심에 끌려 그의 작품을 읽고 나는 입가에 웃음을 머금지 않을 수 없었다. 아름답고 애틋하지만 안타까운 한 사람의 사연이, 상상 속에서나마 멋진 남북통일의 정경이, 그리고 무엇보다 따뜻하고 다감한 작가의 마음이 소설에서 감지되었기 때문이다.

다음 날 다시 토지문화관으로 돌아온 나는 그날 저녁 식당에서 그와 마주하게 되었고, 그 자리에서 그가 《한국소설》에 발표한 작품을 읽었노라고, 따뜻하고 다감한 작가의 마음이 감지되는 그의 작품에 깊은 감명을 받았노라고 말했다. 저녁 식사를 끝낸 후에 그의 제안에 따라 우리는 연세대학교 원주캠퍼스 근처 대학촌의 목로주점에서 자리를 함께하게 되었다. 그 자리에서 나는 그가 〈경향신문〉 기자로 재직할 당시 북한 문제에 관심을 갖게 되었고, 남북 문화 교류를 위해 북한을 수차례 다녀오기도 했음을 알게 되었다. 또한 북한 사람들과의 만남을 위해 중국을 수백여 차례나 다녀왔으며, 그런 일은 현재에도 계속 이어지고 있음도 알게 되었다. 덧붙여, 그가 지난 2010년에 늦깎이 작가로 등단한 이후 그는 북한과 북한 사람들을 소재로 한 작품 창작에 전념하고자 한다는 사실도 알게 되었다. 말할 것도 없이, 《한국소설》에서 읽은 그의 작품은 이 같은 그의 의지가 담긴 작품들 가운데 하나다. 이런저런 이야기를 이어가는 동안, 나는 작품에서 감지했던 작가의 따뜻하고 다감한 마음을 재차 확인할 수 있었다. 그날 받았던 느낌을 전하자면, 그는 따뜻하고 다감할 뿐만 아니라 순박하고 겸손한 마음의 소유자이기도 했다. 그런 그가 누구에게든 쉽지 않을 것으로 짐작되는 열정의 마음으로 북한 문제와 관련하여 그처럼 온갖 활동을 했다니! 그리고 현재에도 그런 활동을 멈추지 않고 있다니! 순박하고 너그러워 보이는 중년 아저씨의 마음 한구석에 그런 열정이 숨어 있다니! 나는 놀라지 않을 수 없었다.

그와 만나고 거의 반년 이상의 세월이 흐른 후 그로부터 전화가 왔다. 그는 새롭게 북한 문제를 다룬 장편소설을 한 편 창작하게 되었다 말하면서, 나에게 원고 검토와 조언을 부탁했다. 북한 문제에 대해서는 상식 수준의 이해밖에 없는 처지여서, 나는 완곡하게 사양했다. 북한 문제를 다룬 소설이라면 내가 감히 섣부른 조언을 할 수 없다는 것이 나의 생각이었기 때문이다. 물론 작품의 짜임새나 언어 운용 등등의 면에서 문학적인 조언은 할 수 있을 것이다. 그렇다 하더라도 이미 읽은 그의 작품으로 보아 그런 조언조차 필요해 보이지 않을 만큼 문학적 역량도 대단히 갖추고 있다는 것이 나의 생각이었다. 그리하여 거듭 사양했지만, 그의 간곡한 청을 끝내 물리칠 수는 없었다.

그렇게 해서 우리 만남은 다시 이어지게 되었고, 그가 건넨 작품 원고를 읽고 나는 내 나름의 주뻣난 의견을 피력하는 지경에 이르게 되었다. 이정 작가는 나의 조언을 참조하여 원고에 전면적인 손질을 가했다는 말과 함께, 나의 요청에 따라 새롭게 다듬은 원고를 나에게 다시 건넸다. 사실 처음 그의 원고를 읽을 때 나는 내가 고등학생 시절 학교 도서관에서 찾아 읽은 소련 작가 두딘체프의 소설 『빵만으로는 살 수 없다』를 불현듯 기억하게 되었는데, 소설의 주인공 로빠드낀이 소련의 관료체제 안에서 고군분투하는 모습이 문득 떠올랐기 때문이었다. 혹시 아직 구할 수 있을지 몰라도 그 작품이 원고를 다듬는 과정에 도움이 될지 모르겠다는 말을 건넸는데, 수정된 원고를 가지고 온 이정 작가가 그 소설을 구해 읽었다고 했다. 그리고 그 소설을 읽고는 많은 생각을 하게 되었으며, 자신의 소설 원고를 다듬는 과정에도 도움이 되었다는 말을 덧붙였다.

새롭게 다듬은 소설 원고를 받아 읽고는 내가 생각하기에 여전히 아쉬운 점이라고 생각하는 부분에 대해 내 나름의 의견을 제시했고, 이정 작가는 그 의견을 참조하여 몇 달 후에 '재수정본' 원고를 마련했으며, 역시 나의 요청에 따라 나에게 이 '재수정본'을 건넸다. 그의 진지함에 감화된 나는 또다시 나의 의견을 덧붙여 그에게 원고를 돌려주었는데, 놀랍게도 그는 다시금 '재재수정본'을 마련했다고 했다. 그렇긴 하나, 더 이상 나의 시간을 빼앗을 염치가 없기에 이쯤에서 원고 수정을 마감하고자 한다고 했다. 이에 정색을 하고 내가 말했다. "어차피 나 때문에 이 형이 고생하셨는데, 나도 좀 더 고생합시다. 원고를 보내주세요." 그렇게 해서 나는 그가 다시 마련한 작품 원고를 읽었으며, 이를 읽은 뒤 그에게 더 이상 덧붙일 의견이 없음을 전했다.

그 후에도 이정 작가는 소설 원고를 다듬기 위해 각고의 시간을 보냈음을 나는 누구보다도 잘 안다. 아무튼, 그 과정을 거쳐 마련된 원고는 『압록강 블루』로 세상의 빛을 보게 되었다. 그리고 그의 이 작품에 대해 속속들이 알고 있는 나는 후에 이 작품에 대한 작품론을 문학 전문 계간지 《문학의오늘》에 발표하기도 했다.

이 모든 일이 진행되는 동안 더할 수 없이 돈독해진 우리의 관계는 오늘날까지 이어지고 있다. 최근에 마주한 자리에서 내가 그에게 물었다. "이 형, 이제 단편집도 출간할 때가 되지 않았소?" 나의 물음에 머뭇머뭇 말을 이었다. "선배 문인들이 추렴하여 제 소설집을 내주기로 했다는 거예요. 이 말을 듣고 제가 거칠게 저항했지만, 그들은 벌써 작품집 출간에 필요한 자금을 마련했다는 것입니다." 그 말에 나는 반색을 하며 이렇게 말했다. "이 형의 인간적인 따뜻함에 감동한 사람이라면, 이 형처럼 제 머리 못 깎는 중과 같은 사람에게 당연히 할 법한 제안이네요. 그런 멋진 제안을 한 귀인들은 누구누구입니까?" 그러자 나도 잘 아는 우리 문단의 보배와도 같은 분들의 이름이 그의 입에서 흘러나왔다. 이상문, 홍사성, 김영재.

이름을 밝힌 뒤 어쩔 줄 몰라 하는 이정 작가에게 내가 한마디 했다. "좋습니다, 감동적이고 멋져요. 가난한 시대에 이처럼 풍요로움을 느끼게 하는 일이 있을 수 있다니! 망설이지 말고 그분들의 뜻에 따라 작품집을 출간하세요. 척박한 우리네 문단에 이처럼 따뜻한 정 나누기가 있을 수 있다니, 참으로 기쁘고 즐겁습니다. 금전적으로 보탤 형편은 못 되지만, 혹시 나 또한 발문 형태의 글로 이번 작품집 출간에 보탬이 되면 어떨지요?"

이정 작가의 이번 작품집은 이런 절차를 거쳐 출간의 빛을 보게 된 것이다. 발문을 쓰겠다고 자청한 뒤에 나는 많은 생각을 했다. 이정 작가의 작품이 우리 시대에 갖는 의미에 대해. 고백건대, 작가 이정의 작품을 읽다 보면, 잊고 지내긴 하지만 그럼에도 여전히 내 몸과 마음에 내재되어 있는 상처나 병환이 갑자기 새롭게 의식되어 새삼 아픔이 더해지는 지경에 이를 때가 생각난다. 이정 작가의 소설에 담긴 북한 사람들의 삶에 대한 이야기를 읽다 보면, 그들의 아픔과 고통이 풍문만은 아님을 절감하게 된다. 이정 작가의 소설에 묘사된 북한의 현실이 바라건대 현실이 아니기를! 삶이란 단순히 경제적 여유로움에 의해 그 의미가 결정되는 것은 물론 아니지만, 그들도 최소한 우리와 다름없는 정도의 경제적 여유로움과 삶의 자유로움을 구가하기를!

그와 같은 나의 열망에도 불구하고, 이정 작가가 우리에게 전하는 북한의 삶은 여전히 슬프고 안타깝다. 어설프나마 발문을 쓰기 위해 이정 작가에게 요청한 그의 작품집 원고를 한 편 한 편 읽는 동안 나는 한 구절도 허튼 마음으로 읽지 않으려 애썼다. 그리고 이정 작가가 소설 창작을 위해 북한의 어려운 현실을 '소설적으로' 과장하여 전하는 것임을 감지케 하는 단서를 잡고자 했다. 하지만 북한의 현실에 대해 상식적 이해의 수준밖에 없는 나에게 이 같은 시도는 내 능력 바깥의 일임을 새삼스럽게 깨닫지 않을 수 없었다. 사실 작가 이정은 자신의 이름을 띄우기 위해 그런 식으로 허튼 내용의 소설을 쓰는 사람이 아님을 나는 잘 안다. 그렇기에, 나는 그의 소설을 읽고 누구도 전하기 어려운 저쪽 현실에 대한 이야기를 용기 있게 전하는 그에 대한 신뢰의 마음을 재확인할 수 있었을 뿐이다. 그럼에도 나는 희망한다, 그의 이야기가 다만 허구의 이야기이기를! 그곳 역시 우리네와 같이 평범한 사람이 평범하게 사는 인간의 삶이 이어지는 세상이기를! 삶은 어느 곳에서나 마찬가지로 신산한 것이 아니겠는가.

이정 작가의 이번 소설집에는 그 모든 작품과 구분되는 한 편의 소설이 있다. 모두가 현실의 이야기라면 미래에 관한 소설이 있다는 뜻에서 하는 말이다. 이는 바로 지난 2015년에 작가 이정을 인간적으로 알기 전 《한국소설》에서 읽었던 바로 그 작품인 「시인의 귀향」이다. 내가 이번의 소설집에서 특히 이 작품을 소중히 여기고자 하는데, 이는 어두운 현실과 관계되는 소설 가운데서도 특히 빛을 발하는 소설, 환한 미래에 관한 소설이기 때문이다. 이 작품의 줄거리는 다음과 같다.

"남북한은 이미 합의한 절차대로 코리아연합이란 이름으로 통행, 통관, 통신을 자유롭게 하는 첫 단계 통일을 시행"했다. 통일을 맞이하여 '나'는 열차를 타고 5년 전에 "천연가스 파이프라인 가설 공사"를 위해 머물던 함경북도 화성군의 심산으로 향한다. 그 당시의 과거로 돌아가면, '나'는 결혼 후 첫 휴가를 맞이하여 아내와 여행을 갔다가 그곳에서 교통사고로 아내를 잃은 사람으로, "집 안 곳곳에 남아 있는 아내의 체취를 피해" 그 공사의 토목기사로 자원했던 것이다. 그리고 그곳에서 근무하던 중 우연히 아내를 연상케 하는 여인을 만난다. "중학교 미술 교원"이었던 그녀는 소학교에 다니는 아들과 산속에 들어와 살고 있는데, 그녀의 남편이 어디론가 사라졌기 때문이다. "감시원"의 저지에도 불구하고, '나'는 여인을 찾고 마침내 그녀와 가까워진다. 그런데 그곳을 떠나고 나서 연락이 두절되었던 것이다. 이제 통일을 맞이하여 그녀를 찾아가는 길이다. 그녀를 다시 만날 기대에 부풀어 있는 '나'의 옆자리에 앉아 있는 이는 "탈북자 도 선생"으로, 알고 보니 그도 12년 전에 생이별한 아내와 아이를 찾아 '나'와 마찬가지로 함경북도 화성군으로 가는 길이다. 아무튼, 그와 이야기를 주고받는 가운데 '나'는 놀랍게도 그가 바로 자신이 찾아가는 여인의 남편임을 알아챈다. 열차가 평양에 이르자 '나'는 그곳에서 일이 있다는 핑계로 가던 길을 멈춘다. "도 선생"과 헤어져 "시내로 나가는 출구 쪽으로 향"하는 순간 "불현듯 죽은 아내가 눈앞에 나타"나 이렇게 말한다. "자기야, 남 아내 가로채려고 그토록 통일을 기다렸어?" 이에 '나'는 대꾸한다. "부동산 투기 하려고 기다린 사람보다는 낫잖아?" 곧이어 '나'의 진술이 다시 이어진다. "아내의 얼굴이 뾰로통해집니다. 나는 멋쩍게 웃으며 마땅히 갈 곳 없는 평양 시내를 멀뚱히 바라봅니다."

당사자에게는 가슴 아픈 사연이겠지만, 이는 그를 둘러싼 온갖 사람들의 삶에 관한 한 따뜻하고 아름다운 이야기가 아닌가. 나는 남과 북이 하나로 통일되기를 바라는 '보통 한국인' 가운데 하나다. 요즘 통일이 반드시 필요한 일인가에 대해 의문을 갖는 젊은 세대의 한국인도 있다고 한다. 하지만 '보통 한국인'으로서의 나는 이 문제가 논리적이거나 경제적이거나 그 밖의 근거에 기초하여 판단할 문제라고 생각지 않는다. 나는 논리를 뛰어넘어 본능적으로 언젠가 남과 북의 통일이 이루어지기를 염원하는 '보통 한국인'인 것이다. 바라건대, 「시인의 귀향」을 통해 작가가 상상하듯 남과 북이 하나로 통일되었을 때, 자기 입장을 일방적으로 고집하지 않고 열린 마음으로 상대를 이해하는 데 이정 작가의 작품 세계가 나름의 보탬이 되기를! 이정 작가의 슬프지만 따뜻한 이야기들이 언젠가 우리 모두의 마음을 하나로 모으는 데 나름의 능동적인 역할을 할 수 있기를!

북한 문제와 관련하여 아무것도 모르는 내가 이정 작가의 작품집에 발문을 넣는 것은 주제넘은 일임을 나는 잘 안다. 하지만 문학을 공부하는 사람 가운데 하나로서 그의 작품에 대해서는 적어도 한마디는 할 수 있다는 외람된 생각에서 이상과 같은 발문을 마련해보았다. 부디 나의 발문이 이번 소설집 발간을 위해 마음을 모은 존경하는 문인들 이상문, 홍사성, 김영재의 선한 뜻에 보탬이 되기를 바랄 따름이다.

낮 전등	《불교문예》, 2019. 여름
종려나무 아래서	《문학의오늘》, 2016. 겨울
고비의 달	《PEN문학》, 2016. 11-12.
그 여름의 두만강	《동리목월》, 2016. 봄
압록강	《문예바다》, 2015. 겨울
시인의 귀향	《한국소설》, 2015. 2.
	(서울대 통일평화연구원, 남북한작가
	공동소설집 『단군릉 이야기』, 2019. 2.
	재수록)
새	《시선》, 2014. 봄
발가락이 닮았다	《동리목월》, 2013. 봄
만리장성	《21세기문학》, 2012. 가을
유산	《21세기문학》, 2011. 겨울
별밤 너머	《계간문예》, 2010. 겨울
붉은 댕기머리새	《계간문예》, 2010. 봄
	(서울대 통일평화연구원, 남북한작가
	공동소설집 『꼬리 없는 소』, 2018. 2.
	재수록)
개뿔, 샹그릴라	《문예바다》, 2018. 겨울

그 여름의 두만강

—

초판 1쇄 2019년 10월 31일
지은이 이정
펴낸이 김영재
펴낸곳 책만드는집

—

주소 서울 마포구 양화로 3길 99, 4층 (04022)
전화 3142-1585·6
팩스 336-8908
전자우편 chaekjip@naver.com
출판등록 1994년 1월 13일 제10-927호
ⓒ 이정, 2019

—

—

ISBN 978-89-7944-706-4 (03810)